Alexander Häusser

Noch alle Zeit

PENDRAGON

Für Nico – auf seinem Weg.

Perfect memories fall down like ashes
From the fire we made alone
Everything we're gonna say, we save it
See the black heels around the fire
Feel the night air and perfect darkness
Perfect darkness is all I can see.

Perfect darkness, Fink

Til J. – alltid.

Eins

EDVARD

Irgendetwas stimmte nicht. Irgendetwas in dem Raum hatte sich verändert. Edvard stand im Türrahmen und blickte in das Zimmer seiner Mutter. Der Bettgalgen ragte ihm entgegen, der Raum schien an seiner Triangel aufgehängt. Wie ein Gemälde, das seit Jahren seinen festen Platz im Haus hat. Ungezählte Male hatte er es gesehen. Im Morgenlicht, wenn er ihr den durchsichtigen Kaffee brachte. Im Mittagsschatten, wenn er auf dem Teller das Fleisch zerdrückte. In der Abendsonne, wenn er kleine Brotwürfel schnitt. Im Lampenschein las er ihr aus den Illustrierten von der Welt vor, weil sie nicht schlafen konnte. Und in der Dunkelheit hatte er ihre Hand gehalten, damit sie nicht alleine in die wirren Träume hatte gehen müssen.

Jetzt war sie nicht mehr da.

Aber sie war es nicht, die fehlte. Es lag nicht an dem kahlen Bett oder der jetzt leeren Vase auf der Kommode. Etwas anderes hatte sich verändert, doch Edvard konnte nicht sagen, was es war. Er hielt sein Erinnerungsbild dagegen – *Original und Fälschung* – wie in den Rätselheften seiner Mutter. Als sie noch gelebt hatte und es ihr besser gegangen war, hatte sie oft unten am Küchentisch gesessen. Er hatte ihr über die Schulter gesehen, während er das Geschirr abtrocknete, hatte gestaunt, wie schnell sie auf dem gefälschten Bild die Kringel machte. Mit dem Kugelschreiber um den fehlenden Schornstein auf dem Dach, um die kleine Lücke in der Krone eines Baumes.

Er erkannte die Unterschiede nicht. Als ob er automatisch ergänzte, was in der Fälschung fehlte und sie so zum Original machte. Vielleicht nahm er aber auch dem Original die Stellen weg und machte es so zur Fälschung. Wie lange war das her? Ein trockener Laubhaufen Zeit, längst im Hof verbrannt.

Edvard trat über die Schwelle, zwei Schritte waren es zum Bett. Vielleicht, wenn er ihre Perspektive hätte, wenn er sähe, was sie gesehen hatte, vielleicht könnte er dann die Veränderung entdecken. Er setzte sich an den Rand der Matratze. Er sah den Himmel im Fenster, die Bücherrücken und das Schmuckkästchen im Regal. Daneben an der Wand – der vergessene Kalender, der keine Monate mehr zählte, dort nur noch wegen der Motive hing. Bilder von Horizonten, vom Fluss und den Schafen auf dem Elbdeich direkt hinter dem Haus.

Für seine Mutter war das alles unerreichbar geworden, für seine Mutter hatte es nur noch diese vier Wände gegeben und die Erinnerung. Und mit einem Mal wusste Edvard, was da nicht stimmte. Er sah den dünnen Rand auf der Tapete, den Nagel, den er selbst eingeschlagen hatte, aber wo das Familienfoto gehangen hatte, war nur noch ein leeres Rechteck. Als wären die verblassten Bonbonfarben in das Tapetenmuster eingesickert und verschwunden, als wäre der Rahmen zu Staub geworden, weil er nichts mehr zu halten hatte. Die Runde um den Tisch im Hof. Seine Mutter, der Vater und er selbst, zehn Jahre alt, an seinem Geburtstag. Das letzte Foto der Familie. Edvard hatte es für sie umgehängt, von unten im Flur in ihr Zimmer, dem Bett gegenüber, damit sie es immer vor Augen hatte. Bis zum Schluss.

Warum hatte sie es abgehängt? Und wie? Sie hatte sich nicht mehr auf ihren dünnen Beinen halten können. Und sie hätte bestimmt auch nicht die Pflegerin darum gebeten. »Warum soll denn das schöne Foto weg?«, hätte die gefragt und ihm von der Bitte seiner Mutter erzählt.

Edvard suchte im Regal, griff in die Reihe Bücher, zwischen die Buchdeckel, unter die Zeitschriften. Irgendwo hier im Zimmer musste es geblieben sein. Die Schubladen der Kommode waren verkantet. Um sie zu öffnen, hätte ihre Kraft nicht ausgereicht. Wann hatte sie es abgehängt? Er öffnete den Schrank. Von all den Kleidern hatte sie keines mehr gebraucht. Aus ihrer feinen braunen Bluse strich er einen blassen süßlichen Geruch. Da hing ihr Leben vor der Krankheit und an einem Bügel das blaue Kostüm, unter der dünnen vergilbten Plastikfolie einer Reinigungsfirma im Ort, die es schon lange nicht mehr gab. An seinem Geburtstag vor mehr als fünfzig Jahren hatte sie es zuletzt getragen. Auf dem Foto, das sie nicht mehr hatte sehen wollen. Irgendwann würde er den Schrank ausräumen. Alles aus dem Schrank und der Kommode in Kartons packen und zu den Sachen seines Vaters stellen. In den blauen Schuppen, der vernagelt war.

Edvard durchsuchte die Wäschefächer, den Stapel aus Pullovern und Schals, und er dachte schon daran, den Schrank wieder zu schließen, als er ganz hinten in einer Lade die Ecke eines Holzrahmens ertastete. Doch es war nicht allein die gerahmte Fotografie, die er hervorzog. In den Klammern auf dem Rücken des Bildes steckte ein Sparbuch. Er nahm es heraus, blätterte es auf. Auf der ersten Seite stand sein Name. Er hatte nichts davon gewusst. Schwach in blassem Blau gestempelte Einträge. Er ging zum Fenster, hielt es ins Licht. Zeilen in dünner Tintenschrift dazwischen. Spalte für Spalte, Seite für Seite Zahlenkolonnen, Monat für Monat, über Jahrzehnte. Nur Einzahlungen. Ein kleines Vermögen.

Er konnte nicht begreifen, was er sah. Wie konnte sie so viel Geld gespart haben? Warum hatte sie ihm nichts davon gesagt? Wie sehr hätten sie das Geld gebraucht! Für die Heizung, die im letzten Winter nicht mehr angesprungen war. Und die maroden Fenster, die nur noch die Farbe zusammenhielt. Und als sie noch nicht krank war, hätten sie in Urlaub fahren können, in die Sonne. Weit weg von ihren traurigen Gedanken. Da wäre ihr Gesicht weich geworden und die Nerven warm. Aber sie hatte jeden Pfennig zweimal umgedreht. Schon als er noch zur Schule gegangen war. Weil ihnen nach Vaters Tod nur ihr Lohn von der Streichholzfabrik geblieben war. Die Pergament-Tüte voll abgezählter Scheine und Münzen, ausgeschüttet am Monatsanfang auf dem Küchentisch und in zwei leere Kaffeedosen gezählt: *Haushalt* und *Besonderes*. Und die *Besondere* füllte sich erst nach seiner Lehre in der Druckerei. Bleibuchstaben für neue Schindeln auf dem Dach und damit die Rohre wieder Rohre wurden und Überstunden, damit endlich sein Klavier gestimmt war. Die Zahlen bedeuteten ein anderes Leben.

Er starrte auf das Sparbuch. Woher kam das Geld? Edvard schoss das Blut in die Wangen. Als wäre er ertappt worden.

Wie an jenem Abend, als er kein Kind mehr war und statt zu schlafen, Tagebuch geschrieben hatte. Plötzlich hatte die Mutter in seinem Zimmer gestanden: »Was schreibst du da? Was schreibst du, das ich nicht wissen darf.«

Doch das Sparbuch war nicht sein Geheimnis, es war das Geheimnis seiner Mutter. Und es riss mit einem Mal sein Leben in zwei Teile, das eine vor, das andere nach seiner Entdeckung. Und als müssten sich sofort wieder beide Teile zusammenfügen suchte Edvard weiter – er wusste nicht wonach.

Er ging durchs Haus, als würde er es nicht kennen. Die Treppe hoch und hinunter, als wäre er vergesslich. Er zog den Kopf ein, als er sein Zimmer betrat, das immer sein Kinderzimmer geblieben war, das nie für ihn gewachsen war, das ihn ein Leben lang klein gehalten hatte und immer noch nach Klebstoff roch. Als hätte es seine ganze Kindheit eingesogen, um sie ihm später vorzuhalten. Sein beleidigtes, besserwisserisches Zimmer, das es Edvard nie verziehen hatte, erwachsen geworden zu sein. Es hatte sein Tagebuch für ihn versteckt und jetzt wurde ihm sein Geheimnis heimgezahlt. Edvard fand nichts, was das Geld erklären konnte.

Es war dreizehn Uhr, die Sparkasse hatte noch eine Stunde Mittagspause. Elsie würde beim Bäcker gegenüber stehen wie früher. Sie war die einzige, die etwas wissen konnte. Er würde noch eine halbe Stunde warten, es sollte nicht viel Zeit für Blicke bleiben. Er würde ihr nur das Sparbuch zeigen und fragen, ob sie etwas darüber sagen könne.

Edvard rasierte sich. Die Stoppeln klebten im Waschbecken neben den schwarzen Haarrissen in der Keramik. Auch das Bad hätte man mit dem Geld renovieren können.

Er bürstete seine Jacke aus, wischte die Schuhe blank, setzte sich auf den Klavierhocker, und während er darauf wartete, dass es Zeit wurde, zu gehen, strich er mit den Handflächen über die Hosenbeine, auf und ab. Wie es seine Mutter immer getan hatte, wie es nur die alten Leute taten, beim Arzt im Wartezimmer oder im Bus, wobei sie vogelgleich aus kleinen Augen ihre Umgebung musterten. Edvard wusste nicht mehr, wann es bei ihm selbst angefangen, wann er es bemerkt hatte. Die Zeit hatte an ihm Spuren hinterlassen, die ihm selbst verborgen blieben. Es waren nicht allein die Falten. Er hatte schon längst damit begonnen, alt zu handeln und zu denken. Er musste aufmerksam sein, misstrauisch, um etwas über sich zu erfahren, und versuchte verzweifelt, all die Marotten und Nachlässigkeiten, die er an sich entdeckte, abzulegen, das Sinnlose und Überflüssige abzuschneiden, wie die wuchernden Haare aus seiner Nase und den Ohren. Aber er war allein, und zu viel blieb von ihm unbemerkt. Einmal hatte er beim Einkaufen im Supermarkt zufällig einen eingetrockneten Fleck (war es Suppe?) auf seinem Pullover entdeckt und sich gefragt, wie lange er den Pulli schon so getragen hatte. Er schämte sich und begann, den Essensrest wegzukratzen. Und obwohl der Fleck bald nicht mehr zu sehen war, hörte er nicht auf, an der Stelle herum zu reiben bis er an der Kasse die Frielings, seine Nachbarn, von gegenüber traf. Seit vierzig Jahren waren sie miteinander verheiratet und Sophia Frieling zupfte im Gespräch beiläufig ein paar graue Haare vom Mantelkragen ihres Mannes. Edvard hatte es die Kehle zugeschnürt.

Viertel vor zwei verließ Edvard das Haus. Der sonnige Juni-Tag wusste nichts von seinen Gedanken. An der warmen Mauer stand sein Fahrrad angelehnt – wie immer. Edvard stieg auf, fuhr scheppernd über den mit Katzenköpfen gepflasterten Hof, am Schuppen vorbei, durch das Schattengeflecht der Buche auf den weißen Schotterweg, der zur Hauptstraße führte. Schon an der Ecke zur Andreas-Apotheke sah er gegen die Sonne Elsie an einem der Tischchen vor der Bäckerei stehen, er hätte ihre Silhouette unter tausenden erkannt. Je näher er kam, desto härter wurde sein Griff um den Lenker. Er legte sich die Worte zurecht, aber keines machte vergessen, dass er sie sah. In einem blauen Sommerkleid mit Puffärmeln, den Rücken durchgestreckt, das Gesicht in der Sonnenwärme, den Hals verdeckt durch ein Tuch. Ganz bei sich stand sie da, und er dachte noch, er sollte sofort anhalten und umdrehen. Doch Elsie drehte den Kopf in seine Richtung und erkannte ihn, und sie winkte ihm lachend zu. »Edvard!«

Ihr Gesicht strahlte, als er das Rad zu ihr auf den Gehweg schob. Es wäre zu viel gewesen, sich zu umarmen und zu wenig, sich einfach nur die Hand zu geben. So standen sie sich gegenüber. Das letzte Mal hatten sie sich bei der Trauerfeier gesehen, vor einer Woche. Da hatten sie sich auch so gegenüber gestanden, als alle Gäste gegangen waren.

»Wie schade, ich muss gleich wieder zur Arbeit. Wir hätten einen Kaffee trinken können.«

»Ja, schade«, sagte Edvard und zog schnell das Sparbuch aus seiner Jackentasche, »ich hab das in ihrem Schrank gefunden, sie hatte es vor mir versteckt.«

Er schob ihr das Sparbuch aufgeschlagen über den Tisch.

»Weißt du was darüber? Sie hat die Einzahlungen hier gemacht.«

Elsie beugte sich über den Tisch, las und blätterte, ohne das Sparbuch in die Hand zu nehmen. Edvard tippte auf eine Reihe blassblauer Unterschriften.

»Da hast du unterschrieben.«

Elsie kniff die Augen zu.

»Das ist fast vierzig Jahre her! Sieh dir mal das Datum an!«

»1980. In dem Jahr bist du nach Lübeck gegangen.«

Das hatte er nicht sagen wollen. Er sah sie nicht an, aber er spürte ihren Blick.

Die letzte Seite war nur zur Hälfte ausgefüllt. Elsie fuhr mit dem Finger die Zeile ab. Elsies klarlackierten Fingernägel, Elsies schmales Handgelenk. Ob sie es immer noch mit einem Tropfen Parfum über der Pulsader betupfte, mit der Vorstellung, das Blut würde im Fließen den Duft auf ihren ganzen Körper verteilen?

»So viel Geld. Und die aufgelaufenen Zinsen kommen auch noch dazu. Hier 1999 wurde in Euro umgerechnet. Das Sparbuch ist gültig, aber ich verstehe nicht woher – ich meine, ihr wart doch immer knapp.«

»Und damals hast du dich nicht gewundert, woher das Geld kommt? Habt ihr nicht darüber gesprochen?«

»Deine Mutter mochte mich nicht. Schon vergessen?«

Vergessen! Vergesslichkeit war nicht sein Problem.

»Du hättest mir von dem Geld erzählen können! Es wäre alles anders gekommen.«

Sie sahen sich an. Elsie zupfte an ihrem Halstuch. Sie hat immer geglaubt, sie habe keinen schönen Hals. Edvard fasste sich ans Handgelenk, weil er sich nicht mehr spürte.

»Das Geld hätte doch nichts geändert, Edvard.«

Er strich den Jackenärmel von seiner Uhr.

»Du musst jetzt gehen,« sagte er, ohne auf die Uhr zu sehen. »Kannst du herausfinden, wo das Geld herkam?«

»Wenn es von einer Überweisung stammte, vielleicht.« Elsie nahm das Sparbuch. »Aber die letzten Einzahlungen sind auch schon eine Weile her – ich weiß nicht, ob die Bank noch die Konto-Unterlagen von 2007 hat.«

»Versuch es. Ja?«

»Ich brauche deinen Erbschein. Ich darf das nicht ohne.«

»Das dauert mir zu lange. Bitte, Elsie.«

Immer noch sprach er ihren Namen sanft aus. Er konnte nicht anders.

Elsie nickte. »Soll ich dann bei dir vorbeikommen?«

»Ruf mich einfach an.«

Edvard drehte sich weg, und er saß schon auf dem Fahrrad, da blickte er noch einmal über die Schulter: »Wie geht es deinem Jungen?«

Er wartete keine Antwort ab und fuhr los, mit kurzem Atem, ohne sich noch einmal nach ihr umzudrehen. Edvard hatte Elsies Sohn noch nie gesehen, kannte nicht einmal seinen Namen. Er musste schon ein junger Mann sein. Sicher hatte er Ähnlichkeit mit ihr, hatte ihre Augen, ihre

Ohren. Aber sicher glich er auch dem Anderen, hatte ihre Augen und seinen Mund.

Edvard würde sich bei Edeka eine Flasche Helbing und Zigaretten holen. Er hoffte nur, an der Kasse nicht den Frielings zu begegnen.

ALVA

Aus der prallgefüllten braunen Papiertüte lugte eine Lauchstange heraus. Alva beobachtete Jo, wie er aus dem Super Bruggsen kam, die Tüte in den Armen haltend als wäre sie eine Geliebte. Er kaufte leidenschaftlich gerne Lebensmittel ein, legte sogar Dosen und Plastikverpacktes mit Sorgfalt in den Einkaufswagen. Das war etwas, was man lieben könnte, dachte Alva. Sie hatte im Auto warten wollen.

Jo blieb neben dem Wagen stehen, sah zum Himmel und schüttelte den Kopf. *Into the light, we fall into each other.* Alva nahm die Knöpfe aus ihren Ohren, wischte die Musik vom Smartphone. Gleich würde er reden wollen.

»Vielleicht wird es bald regnen«, sagte er und lud die Tüte ein, »sollen wir nicht doch lieber zurückfahren? Es ist ein Stück bis Råbjerg Mile und bei Regen ist es dort nicht schön. Andererseits: das Wetter ändert sich hier ja dauernd und wenn es regnet, scheint auch bald wieder die Sonne.«

»Aber es regnet doch gar nicht«, sagte Alva.

»Aber falls es regnet, kann genauso schnell wieder die Sonne scheinen«, sagte er.

»So wie jetzt«, sagte sie.

Jo fuhr, er kannte sich aus. Alva wollte ihn nur ansehen und dabei Musik hören. Sie wollte sich mit ihm in ihren Kopf verkriechen. Seine schönen Hände am Lenkrad, sein schönes Profil vor dem blauen Fenster. Kleine krüppelige Fichten, die vorbeizogen, sein Blick in den Rückspiegel, schwarze Augen unter dichten dunklen Brauen.

Aber er wollte auch während der Fahrt reden.

»Die größte Wanderdüne! Bis zu vierzig Meter hoch. Dänemarks Sahara wird sie genannt. Du wirst es mögen, es ist ein magischer Ort.«

Er drehte kurz den Kopf zu ihr, als könne er sehen, ob sie ihm zuhörte, ob sie überhaupt noch da war.

»Na ja, kein richtiger. Nicht das, was du für dein Thema brauchen kannst, aber für mich. Ich gehe jedes Mal hin, wenn ich hier bin. Das ist wie ein gigantischer Akku. Man wird aufgeladen. Ich bin mir sicher, dass du das auch spürst.«

Wieder sah er sie an. Alva wusste, er konnte sich nicht sicher sein. Aber er wünschte es sich so sehr.

»Ganz bestimmt«, sagte sie.

Es war nicht gelogen, aber sie fühlte nichts. Sie streckte die Hand aus dem offenen Fenster, spielte mit den Fingern. Der Wind sollte sie mitnehmen, forttragen, sie wäre so gerne bei ihm, ohne bei ihm zu sein.

Jo lächelte.

»Du musst da dranbleiben, Alva. Es ist eine fantastische Idee: *Eine Reise zu den magischen Orte der Welt.* Sowas finden die Zuschauer toll.«

Er sei sich sicher, sie habe großes Potential. Sie müsse ihre Projekte nur ernsthafter verfolgen, müsse dranbleiben, sie sei zu flatterhaft. So etwas sagte man zu einer Zwanzigjährigen, nicht zu einer Frau von dreißig Jahren und mit kleiner Tochter. Schon gar nicht, wenn der Mann drei Jahre jünger war und neben der Wohnung in Berlin schon ein Ferienhaus in Dänemark besaß. Er hatte einen guten Start gehabt, kam aus einer wohlhabenden Familie. Alva wusste: Jo sagte nicht, dass er an sie glaube, weil er sie im Bett haben wollte, aber sie schlief mit ihm, weil er an sie glaubte. Und sie ahnte, wann immer er von »Festanstellung« beim Sender sprach, meinte er damit ein gemeinsames Leben. Ein ganz normales Leben. Jeder Trottel konnte das, warum nicht sie. Ihre Tochter würde er in Kauf nehmen. Er würde Lina womöglich richtig gern haben.

Auf dem Parkplatz war es still, nicht einmal das Meeresrauschen war zu hören. In den Hagebuttensträuchern knisterte Sand. Alva steckte sich wieder die Musik in die Ohren. Das Stück lief an derselben Stelle weiter, als wäre keine Zeit vergangen. Jo sah sie schulterzuckend an. Aber er lächelte, zeigte zum Sandweg, der steil nach oben in den Himmel führte. Sie gingen über Kiesel bis der Sand begann. Alva hakte sich bei ihm ein, um Halt zu haben und schlüpfte aus den Flipflops, hielt sie schlenkernd mit dem kleinen Finger an den Riemen. Zeit für Haut.

Sie grub die rotlackierten Zehen in den Weg, merkte die Steigung in den Knien, spürte auf der Stirn die Sonne und einen kühlen Hauch vom Meer. Heiß und kalt sah sie Jo an. Oben fuhr Wind unter sein T-Shirt, und der Weg versank unter ihr bis zu den Knöcheln. Wolkenschatten zogen über die Sandberge in die Täler hinein. Eine Wüste, in der Ferne Menschen als verlorene Striche. Sie nahm Jos Hand. Sie lief, sank, fiel im Steigen, stieg im Fall, sie war sich immer voraus. Sie lachte, ohne ihr Lachen zu hören. Der Sand war Sonne, die Sonne war Sand. Auf den Kämmen fegten ihr Böen Nadelstiche ins Gesicht. Alva ließ sich einfach fallen, riss Jo mit. Sie rollten in eine Mulde. Und Jo lag auf ihr, windstill. Wolken zogen über sie. Sie strich mit der Hand über seine Arme, stellte seine Härchen auf, Härchen in der Farbe des Hafers. Sie griff in seine Shorts, öffnete den Knopf. Er streifte sie hinunter, sie berührte seine Lippen, blickte gegen die Sonne, um geblendet zu werden, für die Zeit, die er brauchte, bis sie ihn auf ihrer Haut spüren konnte. *We fall into the light, we fall into each other.* Immer die gleiche Zeile, Haut auf Haut. Er griff nach den Kabeln ihrer Ohrhörer, aber sie schüttelte den Kopf, nahm seine Hände, legte sie auf ihre Brüste. An ihr Herz, wo die Musik war. Die Musik durfte nicht aufhören, das Lied musste immer weitergehen – in ihrem Kopf, während er in sie drang und erfüllte, was nicht zu erfüllen war. Sie schloss die Arme um ihn und der Himmel schaukelte, Wolken verdunkelten die Sonne. Schwere Regentropfen fielen in seine Haare, rannen in ihr Gesicht. Ihre Hände schwammen auf seinem nassen Rücken und ihr Kopf rauschte bei dem Gedanken, einen großen, wunderbaren Fisch in den Armen zu halten, sich von ihm hinaustragen zu lassen auf den Wellen, die durch ihren Körper liefen. Sie hatte Sex, sie hatte einfach Sex, aber Alva sah sich in einem Märchenbuch, einem Märchenbuch von Lina, in dem zärtliche Tiere mit Menschenstimmen sprechen. Verzaubert und Erinnerung für ein ganzes Leben. Sie bäumte sich auf, wollte mit ihm zurückfallen, doch er verwandelte sich zum Menschen, stützte sich mit den Händen in den Sand, löste sich aus ihrer Umarmung und sagte: »Es regnet, lass uns gehen.«

Später im Ferienhaus schloss sich Alva im Badezimmer ein. Den Sand wolle sie loswerden, sagte sie und hörte Jo an die Tür klopfen und lachen: »Aber vom Regen hast du ja nichts abbekommen, unter mir. Ich fange schon mal mit dem Kochen an. Beeil dich.«

»Ja! Ich dusche nur schnell.«

Der Duschstrahl schoss ins Leere. Alva hockte in der Ecke auf dem Boden, die Zehen an das Holz der Saunakabine gedrückt. Als Mädchen hatte sie sich oft ins Badezimmer eingeschlossen. Sie passte genau hinein. Sie hatte die Klospülung gedrückt und den Wasserhahn aufgedreht, damit es in den Ohren ihrer Mutter gluckerte und rauschte. »Ich weiß, dass du nicht auf der Toilette bist«, rief ihre Mutter, »Wenn du jetzt nicht rauskommst, gehe ich alleine mit deiner Schwester einkaufen.« Sollen sie doch gehen. »Ich gehe mit deiner Schwester einkaufen, deine Schwester mag das Essen, deine Schwester hat sich darüber gefreut« – sie sagte immer »deine Schwester«, als hätte ihre kleine Schwester keinen Namen. Und dabei hatte sie den schöneren. Aber Alva hatte sich längst den eigenen Namen gegeben, den keiner kannte außer ihr und Wiesel, dem kahl gestreichelten Stofftier, das sie im Arm hielt. Obwohl sie dafür schon zu alt war. Ihre jüngere Schwester jedenfalls brauchte kein Stofftier mehr.

»Komm, Mama, lass sie doch!«, hörte sie Emma vor der Tür sagen. Alva stand an dem kleinen Badezimmerfenster und sah in den Hinterhof hinunter. Ihre Mutter und ihre Schwester traten aus dem Haus, und obwohl sie und Wiesel in Deckung waren und nicht bemerkt werden konnten, winkte ihr Emma hinter dem Rücken der Mutter zu, ohne nach oben zu sehen, weil sie wusste, dass sie da stand. Und sie hüpfte blöde beim Gehen und nahm die Mutter bei der Hand. Die beiden blickten nicht zurück. Sie sahen nicht, dass Alva ihnen die Zunge herausstreckte, und als das Tor zum Hof ins Schloss fiel, sagte Wiesel: *Sie sind weg, Alva, sie sind endlich weg. Jetzt gibt es nur noch uns.*

Wiesel schnupperte aus dem Badezimmer, krabbelte ins Wohnzimmer, das ein Saal war, zum Sofa, das ein Thron war, auf dem schon Alva, die dunkle Feenkönigin wartete, die es vom Boden hob und neben sich in ein Kissen legte. Denn Wiesel war die Beraterin der Feenkönigin, die oft ein dunkles Herz hatte und Schrecken über die Menschen in ihrem Reich brachte. So stand es in ihrem Lieblingsbuch. *Alva – Die Feenkönigin,* die vor langer Zeit herrschte, in einem weit entfernten Land.

Nur Wiesel konnte Alva milde stimmen: *Sie wissen es nicht besser. Du bist anders als die anderen.* Wiesel durfte ihr die Wahrheit sagen, das hätte sie sonst keinem erlaubt. Es wusste mehr als sie. Über Stunden war Alva allein mit ihren Stimmen.

Der Abend zu zweit begann. Und weil sie sich schon eine Weile kannten, trug Alva ihre Jogginghose und das Kapuzenshirt. Auf dem Tisch brannte die blaue dänische Kerze, ein Blau wie der Himmel hinter vereistem Glas. Die Kerze passte zum Norden draußen und dem Kiefernholz drinnen und den blau gestreiften Vorhängen dazwischen und obwohl ein warmer Wind die Vorhänge bewegte, machte

Jo nach dem Essen Feuer im Kamin und es hatte den roten Schein vom Rotwein und dem schmalen Streifen Sonne am Horizont. Jo setzte sich mit einem Buch auf die Couch, lächelte Alva an, klopfte mit der flachen Hand neben sich aufs Polster. Und natürlich verstand sie, dass es Ironie war. So wie er verstand, dass ihre beiden ausgestreckten Zeigefinger und die hochgezogenen Augenbrauen bedeuteten, er solle sich einen Moment gedulden, sie komme gleich zu ihm. Alles war schon wie ein ganzes Leben, und Alva dachte, dass nur noch Lina fehlte. Sie ging mit dem Telefon auf die Terrasse. Wenigstens Linas Stimme hören, fragen, wie es in der Kita gewesen war, was sie und Oma denn gerade machten. Es sei ja langsam Zeit, schlafen zu gehen und Zähneputzen nicht vergessen. Vielleicht würde Lina aber auch noch eine Geschichte hören wollen. Dann würde Alva von dem Zauberfisch erzählen, der die Menschenfrau gerettet, sie aus dem Meer auf den großen Sand getragen hatte. Jo würde sich gedulden müssen, aber er könnte das verstehen. Sie war eben eine Mutter, und es war doch schön, dass sie sich Zeit für ihre Tochter nahm.

Alva hatte die deutsche Vorwahl und die drei-null getippt, als sie innehielt, weil sie Lina schon fragen hörte, wann sie denn zurückkäme. Noch bevor sie einen Satz gesagt hätte, würde Lina wissen wollen, wie lange sie noch bei Oma wäre. Und Alva müsste wieder sagen, dass sie bald zurückkäme. Aber sie würde mit *bald* nicht das Wochenende meinen, auf das Lina wartete, das Wochenende, das doch immer ihnen gehörte, an dem sie nicht bei Oma oder ihrem Papa wäre, sondern bei ihr. Sie beide zusammen.

Sie müsse arbeiten, würde sie sagen, nein, nicht in Berlin, nicht in dem großen Haus, das sie ihr einmal gezeigt habe, ihre Arbeit sei eine Reise. Und dann würde sie blöden Kinderkram erzählen: »Ich fahre mit dem Schiff in ein Land, das Norwegen heißt. Da gibt es viele Märchen, von Trollen und Riesen, die kann ich dir dann erzählen.« Aber über das Felsenportal Kirkeporten, das Tor zur Unterwelt, dürfte sie nicht mit ihr sprechen, auch nicht vom Wald in Finnskogen, in dem Menschen einfach verschwinden, da bekäme sie Angst. Womöglich würde auch ihre Mama verschwinden. Aber wahrscheinlich wären Lina auch die Märchen egal. Entscheidend wäre allein: sie würde nicht da sein. An ihrem Wochenende wäre sie nicht da.

»Hast du sie nicht erreicht?«

Alva spürte Jos Hand auf ihrer Schulter. Sie schüttelte den Kopf und als ob er wüsste, dass sie an die bevorstehende Reise dachte, fragte er, warum sie denn eigentlich alleine fahren wolle.

»Wir könnten doch zusammen durch Norwegen tingeln und deine magischen Orte besuchen. Das wäre doch schön!«

Er war wie Lina. Alle, die liebten, waren wie Lina. Sie zerrten und wollten, dass man für sie da ist. Und sie glaubten, dass es einem genau so gehen müsste, sonst wär es keine Liebe. Da wirst du Lina aber ganz doll vermissen, wenn du so lange weg bist, hatte Mareike vergangenen Freitag noch zu ihr in der Kita gesagt und den Kopf schräg gelegt. Sie halte ja kaum die paar Stunden aus, die ihre kleine Charlotte in der Kita sei. Nicht wahr, Zwiebelchen, wir sind unzertrennlich, und dann ging Mama Mareike vor Charlotte auf die Knie und band ihr die Schuhe. Einer Fünfjährigen band sie die Schuhe, während Lina schon nach draußen vor die Tür gestürmt war und Alva keine Angst wegen des Verkehrs auf der Greifswalder hatte. Und sie hatte wieder die Stimme in ihrem Kopf gehört: *Du bist anders als die anderen* und sich die Knöpfe ins Ohr gesteckt, ohne Mareike und ihrem Zwiebelchen richtig Tschüss gesagt zu haben.

»Also? Was hältst du davon?«, fragte Jo. »Wir würden unter der Mitternachtssonne kühlen Weißwein trinken und Fisch essen.« Alva legte den Kopf schief. »Und arbeiten! Natürlich auch arbeiten. Nein, wirklich, ich wäre dir bestimmt eine Hilfe.«

Alva wollte seine Hilfe nicht, wollte kein Essen zu zweit unter der Mitternachtssonne. Jo konnte doch nicht davon reden, dass sie ihre Projekte ernsthafter verfolgen müsste und dann von Weißwein und Fisch sprechen. Nein, es war allein ihre Idee gewesen und es sollte ihre Reise sein. Monatelang hatte sie das Material zusammengetragen, die Kosten bis auf den letzten Cent kalkuliert – preiswerte Hostels, Zugverbindungen, Busse und Fähren. Niemand von den Leuten in der Redaktion könnte sagen, Jo habe sie protegiert und ausgehalten. Er wäre schon wieder in Berlin, während sie durch Norwegen reiste. Alle würden sehen: sie geht ihrer Arbeit nach. Ohne Jo. Und sie würde bis zum Überdruss Brot und Käse essen, nur um alles aus eigener Tasche bezahlen zu können. Auch vom Stiefvater und ihrer Mutter hatte sie kein Geld genommen. Gerade von ihrer Mutter nicht.

»Ich muss das alleine machen, Jo.«

Er sagte, dass er das verstehe. Aber natürlich verstand er es nicht. Es sollte eben zu ihm gehören, alles zu verstehen. Er hatte tatsächlich einmal von sich gesagt, er sei ein »moderner Mann«. Mit ihm stimmt was nicht, hatte sie da gedacht.

»Na, wir haben ja noch Zeit bis du losmusst. Ich fahre dich dann zur Fähre und winke mit dem Taschentuch.«

Dann nahm er Alva an die Hand und zog sie zur Couch. Es war ganz still im Haus. Er hatte keine Musik, die ihm das Herz zerreißen konnte.

NACHT

Es war nicht mehr der alte graue Apparat von damals, mit Wählscheibe und dem verzwirbelten Spiralkabel, der auf dem Garderobenkästchen im Flur gestanden hatte. Schon lange war es ein schnurloses Tastentelefon. Überall konnte es liegen: auf dem Klavier im Wohnzimmer, das nie eines gewesen war oder auf der dritten Treppenstufe, die besonders schäbig aussah, weil Edvard unzählige Male auf ihr gestanden hatte, stehengeblieben war, um nach der Mutter zu horchen – im Glauben, ein Geräusch gehört zu haben, ein Stöhnen oder einen leisen Ruf.

Jetzt lag das Telefon auf dem Küchentisch, die halbleere Flasche Helbing stand daneben und ein Wasserglas. Vor dem Fenster versank der Hof langsam in Dunkelheit, der blaue Schuppen vergraute, und Edvard saß vor dem Telefon und wartete. Noch vor dem Klingelton würde das Display aufleuchten. Er würde Elsies Anruf sehen können, bevor er ihn hörte, als würde das silberne tote Ding zum Leben erweckt, als müsste es sich aufrichten und ihm entgegenspringen.

Damals war er es gewesen, der Elsie immer angerufen hatte. Ihr Klingeln hätte seine Mutter wecken können. Jeden Tag dankte er Gott, wenn Mama endlich Ruhe fand, nachdem sie die Arbeit im Büro überstanden hatte und die Stunden des restlichen Tages über ihren Rätselheften in der Küche saß. Oder im Haus herumgeisterte, aufräumte und dabei Unordnung machte, kochte, was ungenießbar war. Edvard konnte sich nicht vorstellen, dass sie in der Streichholzfabrik irgendetwas Sinnvolles zustande brachte. Wie sollte sie dort Akten führen und Briefe an Kunden schreiben können, wenn sie doch zuhause nicht imstande war, die einfachsten Aufgaben zu bewältigen. Sie war krank. Eine Krankheit, für die es keinen Namen gab. Er nannte sie *Automatenkrankheit.* Manchmal sprang sie an und funktionierte, als hätte man eine Münze eingeworfen. Und im Büro hatten sie wohl Kleingeld.

Edvard saß vor dem Telefon und in ihm zogen und zerrten die Erinnerungen. Wenn du vergessen willst, hatte seine Mutter einmal gesagt, dann geh mit dem Strom auf dem Deich entlang. Der Fluss nimmt alle Erinnerung mit und trägt sie fort. Geht man gegen den Strom, kommt alles zurück, und was längst vergessen schien, taucht plötzlich wieder auf. Und was ist, wenn man stehenbleibt, fragte Edvard. Dann bist du ein Schaf, hatte sie geantwortet. Seit ihrem Tod ging er immer gegen den Strom, gleichgültig welche Richtung er auch einschlug. Er dachte an Elsie und wusste nicht, ob es die Erinnerung an Sehnsucht oder die Sehnsucht selber war. Er dachte an ihren letzten gemeinsamen Abend. Die Mutter hatte, statt ins Bett zu gehen, lange vor dem Fernseher gesessen. Dabei mussten sie beide am nächsten Morgen früh zur Arbeit und wenig Schlaf machte alles noch viel schlimmer. Sie war dann wie im Fieber, aufgekratzt und ungeduldig, ohne zu wissen, was sie wollte. Als es oben endlich still geworden war und Edvard endlich nach dem Hörer greifen konnte, war es schon fast elf gewesen. Elsie ging sofort ans Telefon.

»Kommst du noch?«, flüsterte er im Flur. »Kommst du noch, bitte.« Er drückte den Hörer ans Ohr, hörte Elsie atmen.

»Ja.«

»Bleibst du die Nacht bei mir?«

»Ich weiß nicht. Ich muss ja morgen arbeiten.«

»Ich doch auch. Ich warte draußen.«

Er ging aus dem Haus und schloss leise die Tür.

Sie war anders an jenem Abend. Aber er spürte ihre Hand und zog sie fort. Der Himmel lag ohne Schimmer im Fluss. Elsies Gesicht, ihr Körper, waren nur schwarze Fetzen in der Dunkelheit. Aber Edvard spürte ihre Wärme, die Regentropfen auf der Haut, das weiche Gras unter seinen Schritten bis zu den Kieseln auf dem Weg. Es zog in den Beinen, als der Weg von der Deichkrone nach unten führte. Zu dem stillen Haus, in dem nur das Licht im Flur brannte. Doch sie wussten beide, ihnen blieb nur der Schuppen. Die Mutter würde nach ihm rufen, sobald er die Haustür öffnete. Sie stünde oben an der Treppe, sähe voller Furcht hinunter und würde wieder alles durcheinander bringen: die Nacht und die Vergangenheit. Und er müsste ihr erklären, was sie nicht begreifen wollte, dass er ein eigenes Leben wollte.

Leise gingen sie Hand in Hand am Haus vorbei, blickten hinauf zu ihrem Schlafzimmer, hofften, dass das Fenster dunkel blieb. Sie überquerten den Hof, verschwanden hinter dem Schuppen.

»Ich gehe zuerst hinein und sehe nach den Fallen, ja?«

Er wollte ihr den Anblick ersparen. Elsie würde ohnedies

wie immer kein Auge zutun, ganz egal, ob in den Fallen Mäuse wären oder nicht. Sie läge mit offenen Augen neben ihm auf der Matratze und er dürfte nicht aufhören, sie zu streicheln. Edvard hatte nie verstanden, wovor sie sich bei diesen kleinen Tieren fürchtete, aber seine Angst vor der Dunkelheit und ihre vor den Mäusen schweißte sie zusammen. Sie würden sich im Schein der Petroleumlampe lieben, von Dunkelheit und dem Rascheln der Mäuse umgeben. Sie würden sich wie verwandelt in die Augen sehen, und ihre Küsse würden den Brief versiegeln. Den Brief an eine Zukunft mit geteilter Angst. So sollte es sein. So würde es doch sein, bestimmt.

Auf der vom Haus abgewandten Seite löste Edvard drei Latten von der Bretterwand, schlüpfte durch den engen Spalt in den Schuppen hinein. Er zündete die Petroleumlampe an. Die Fallen waren leer. Aber auf den alten ausgelegten Teppichen lag Mäusekot.

»Alles klar – komm rein«, flüsterte er nach draußen und drehte den Docht der Lampe weit nach oben, damit sie auch sehen konnte, dass es keine Mäuse gab. Er breitete auf der Matratze eine saubere Decke aus, die er in Folie verpackt immer für sie bereit hielt, doch Elsie setzte sich in den alten Korbsessel, der zwischen vollgestellten Regalen vor der zugenagelten Tür stand. Von einem Scharnier zum anderen spannten sich dicke Spinnfäden wie Saiten auf einem Instrument. Elsie griff nach dem zerschlissenen Buch mit den aufgedunsenen Seiten, das neben der Lampe lag. Das Buch blätterte sich in Elsies Hand von alleine auf, an der Stelle, wo ihm der Rücken gebrochen worden war. Edvard kannte die Stelle auswendig: »Geliebter! Es ist merkwürdig, zu denken, dass ich nichts anderes ausgerichtet habe, als auf die Welt zu kommen und Sie zu lieben, und jetzt vom Leben Abschied zu nehmen. Glauben Sie mir, es ist sonderbar, hier zu liegen und auf Tag und Stunde zu warten. Geliebter, Sie sollten wissen, wie ich Sie geliebt habe. Jetzt da ich sterben soll und es für alles zu spät ist, schreibe ich Ihnen noch einmal und sage es Ihnen.«

Stolz sah er Elsie an. »Das ist schön, nicht wahr? Ein schönes Buch. Auch so sorgfältig gesetzt. So was machen wir in der Druckerei gar nicht mehr. Elsie?«

Sie blickte auf und er sah im Lichtschein ihre Wangen glänzen. Er dachte, sie seien noch regenfeucht. Aber dann hörte er ihre Stimme.

»Ich kann nicht mehr. Ich kann das nicht.«

Edvard stieg stolpernd über die Matratze, zwängte sich an den Regalen vorbei. Es war so eng im Schuppen, so schrecklich eng. Er kniete sich vor den Sessel und versuchte eine Umarmung.

»Ich kann Mutter nicht alleine lassen, das weißt du doch. Aber sie wird mich irgendwann nicht mehr brauchen, der Apotheker sagt, das wird schon.«

»Nichts wird schon. Nach so vielen Jahren wird man nicht einfach wieder normal. Seit wir zusammen sind, ist es nicht besser geworden. Es wird ja eher schlimmer. Es können sich auch andere um sie kümmern. Nicht nur du allein.«

»Aber sie braucht doch mich.«

Elsie wollte nicht umarmt werden. Er spürte, sie wollte

aufstehen, die Arme ausbreiten, sie wollte große Schritte machen, sie wollte sich von ihm entfernen, auf ihn zugehen können. Es war so eng hier, so schrecklich eng.

»Ich hasse diesen Schuppen!«

Sie schrie und Edvard fuhr zusammen, dachte an seine Mutter, die vom Bett aufgeschreckt, das Licht anknipste, immer noch in ihren wirren Träumen wäre und nicht wüsste wohin. Und er müsste zu ihr gehen, Elsie hier alleine lassen, aber sie bliebe nicht. Heute würde sie nicht bleiben, heute würde sie nicht warten. Es war anders als sonst. Elsies Gesicht sah aus wie der Fetzen in der Nacht.

»Elsie, leise, bitte.«

»Nein! Ich hasse diesen Schuppen! Ich wünschte …«

Elsie sprang auf, stürzte zur Matratze, sie wollte nach der Petroleumlampe greifen, doch Edvard warf das Buch nach ihr und traf sie am Kopf. Ein Schrei, sie fasste sich an die Stirn, sank auf die Matratze, und Edvard sah, wie sie sich schüttelte, geschüttelt wurde, sich ihr Rücken hob und wieder senkte, ohne einen Laut.

»Entschuldige, Elsie, das wollte ich nicht.«

Er legte sich neben sie, umfing sie mit seinen Armen. Jetzt konnte alles gut werden. Wenn sie weinte, blieb sie bei ihm. Die Decke war nass von ihren Tränen. Oder vielleicht war das Dach undicht. Er hätte die Pappe längst erneuern sollen. Er hätte längst Platz schaffen sollen, raus mit dem alten Krempel seines Vaters, nach den Mäuselöchern suchen. Dann hätte sich Elsie hier wohlgefühlt. Nur das Buch seines Vaters, das würde er behalten. *Victoria* und vielleicht noch ein paar andere. Und die Kartons voll mit

Postkarten. Und den alten Korbsessel. Und das Porzellan. Und einige Möbel, die der Vater so geliebt hatte.

Edvard zog Elsie zu sich. Der Regen trommelte auf das Dach, rauschte am Giebel hinunter und zwischen den rauen Latten glitzerten in den Ritzen Wassertropfen. Unter Edvard schwankte der Boden. Sie trieben fort, aber er blieb still. So war es gut. Er würde Elsie sagen, dass er den Schuppen zu ihrem Heim machte. Dass sie hier beide wohnen könnten. Edvard spürte ihren Herzschlag an seiner Brust. Doch bevor er den Knoten ihres Tuches lösen konnte, um über ihren wundervollen Hals zu streichen und sie zu küssen, wand sich Elsie aus seiner Umarmung und setzte sich auf. Sie sah ihn an, als hätte sie nicht geweint.

»Ich werde weggehen. In eine Filiale in Lübeck. Es ist eine große Sparkasse und ich bekomme eine eigene Wohnung. Ich werde den Führerschein machen und ein Auto haben. Wir können uns trotzdem treffen, Edvard.«

Edvard sah durch den Spalt in der Bretterwand, dass das Licht im Zimmer seiner Mutter anging. Er sprang auf.

»Ich sehe kurz nach ihr. Sie ist doch immer so verwirrt, wenn sie nachts aufwacht, nicht dass sie die Treppe runterfällt. Geh nicht weg, Elsie, ich komm gleich wieder, dann reden wir.«

Er musste nur ein paar Worte zu seiner Mutter sagen. In seinem ruhigen Ton sicher machen, dass er nicht einfach fortging. Gleich schlief sie wieder ein und er konnte gehen. Keine Viertelstunde war er fortgewesen. Als er zurück in den Schuppen kam, war Elsie nicht mehr da. Nur ein Zettel hatte auf der Matratze gelegen: *Es tut mir leid.*

Edvard trank mit geschlossenen Augen. Der Schnaps roch nach Gras und Erde und getrocknetem Schafsdreck auf dem Deich, wo er gestanden und gewartet hatte. An dem Morgen, an dem er den Bus spielzeugklein fahren sah, auf der Hauptstraße zum Ort hinaus und immer noch gehofft hatte, dass er ohne sie gefahren war. Gleich würde sie erscheinen – auf dem Schotterweg, der zu ihm hoch auf den Damm führte. Jedes Mal war sie gekommen. Er hoffte es so sehr, dass er glaubte, sie müsse plötzlich auftauchen, ihm entgegenkommen, nach jedem Wimpernschlag glaubte er, sie zu sehen. Bis er es aufgab, zum Haus hinunterging und auf ihren Anruf aus Lübeck wartete. Jeden Tag und jede Woche, Monate lang. Soll die Mutter doch vom Klingeln wach werden. Es war ihm egal, wenn sie nur anriefe. In all den Jahren verging kein Tag, an dem er nicht an sie dachte, und er verzweifelte bei dem Gedanken, dass sie sich dann melden würde, wenn er nicht mehr an sie dächte. Aber sie rief nicht an, und Edvard hörte, was man sich über sie erzählte in der Druckerei, in der Streichholzfabrik, in der Apotheke und der Sparkasse. Dass sie geheiratet habe, einen Kollegen aus der Bank, dass sie ein Kind erwarte, dass das Kind ein Junge sei und Elsies Eltern jetzt in ihrer Nähe wohnten und überglücklich seien. Sogar seine Mutter war trotz Automatenkrankheit gesund genug zu sagen: das wäre doch sowieso nichts geworden mit euch beiden und dabei sprach sie ihren Namen aus, als hätte Elsie nie zu ihm gehört, als könnte er sie nicht noch immer spüren, als wäre sie ihm nicht so nah gewesen, wie noch nie ein Mensch zuvor. Und jetzt wussten alle Leute mehr über sie als er. Wie konnte sie ein fremdes Leben führen, wenn er doch alles an ihr kannte? Und sich jedes Ding und jeder Ort an sie erinnerte. Jeder Weg, auf dem sie gegangen war, jede Hauswand, an die sie sich gelehnt, jeder Windhauch, der sich in ihrem Halstuch verfangen hatte, wurde zum Verräter.

Und dann war sie zurückgekommen. Vor einem Vierteljahr hatte sie plötzlich wieder in der Sparkasse gestanden. Vom Mann getrennt, wurde erzählt. Als hätte sie es gespürt, dass Mama sterben würde.

Das Telefon klingelte. Edvard schreckte auf. Fühllos und fahrig wischte er den Apparat beim Greifen vom Tisch. Er fiel auf die Tastatur. Die Verbindung stellte sich her: »Edvard?«, hörte er Elsie sagen, als stünde sie in der Küche. Mutter ist tot, dachte er.

Die Lautsprechertaste war eingedrückt, Edvard konnte sie nicht lösen. Langsam hob er den Apparat auf. So lange hatte sie ihn warten lassen.

»Hallo? Edvard?«

Sie sprach in seine Hand. Er legte ihre Stimme auf die Tischplatte und es gefiel ihm, sie noch lauter zu stellen. Er hatte eine Zigarette angezündet und zog mit der Glut den Namen Elsie in die Dunkelheit.

»Hallo Elsie.«

»Ist was passiert? Die Verbindung war …«

»Nein, alles gut. Das Telefon ist runtergefallen.«

»Hast du getrunken?«

Es ging sie nichts an, ob er getrunken hatte. Keinen ging das etwas an.

Er stand auf und ging zum Spülstein.

»Was ist mit dem Sparbuch? Konntest du was rausfinden?«

»Ich konnte nur die letzten Überweisungen zurückverfolgen. Es ist einfach zu lange her. Ein Glücksfall, dass ich überhaupt noch was gefunden habe.«

»Und? Wo kam das Geld her?«

Er drückte seine Zigarette in das Häufchen gelb durchnässter Kippen, das schon im Ausguss lag.

»Es waren Auslandsüberweisungen. Aus Norwegen. Sie hat jeweils die vollen Beträge auf das Sparbuch eingezahlt.«

Edvard schwankte und klammerte seine Hand an den Beckenrand. Er starrte aus dem schwarzen Fenster. Nur das Schnapsglas auf dem Tisch spiegelte sich darin, als hätte sich in ihm das letzte Licht verfangen.

»Ich muss jetzt Schluss machen.«

»Was ist denn? Edvard?«

Er ging zum Tisch, nahm das Telefon und drückte auf alle Tasten gleichzeitig. Er füllte das Schnapsglas, damit es in der Küche heller würde.

Und er ging nicht mehr ans Telefon, als es wieder klingelte.

LINA

Alva hatte den Wecker gestellt, damit sie Lina noch am Telefon erreichte, bevor sie in die Kita gehen musste. Nur den Summton und die Vibration, um Jo nicht zu wecken. Doch lange vor der Zeit war sie schon wach geworden und aufgestanden, saß mit einer dänisch blauen Tasse Kaffee auf der Terrasse, die Holzplanken noch feucht und kühl von der Nacht. Ihre roten Zehennägel leuchteten, obwohl der Sand die Farbe angeschliffen hatte. Bevor sie auf die Fähre ginge, würde sie die Nägel neu machen, und für einen Moment kam es ihr absurd vor, überhaupt Nägel zu lackieren. Sie nahm einen Taschenspiegel und zupfte sich die Augenbrauen. Für wen mache ich das?, fragte sie sich. Für mich selbst? Für wen benutze ich Lippenstift, wozu trage ich die feine Wäsche, die ich mir gar nicht leisten kann? Weil ich sie schön finde? Weil ich anderen gefallen will? Begehrenswert für all die Jos oder wen?

Linas Vater hatte sie begehrenswert gefunden, da trug sie einen überweiten Wollpullover. Tom hatte es geliebt, wenn sie den Pullover trug. Vielleicht gab ihr der Wollpullover mit den viel zu langen Ärmeln etwas Zerbrechliches oder vermittelte den Wunsch nach Geborgenheit. Wahrscheinlich waren die langen Ärmel auch ein Zeichen für Hilflosigkeit. Man kann ja nicht mehr zupacken, wenn nur noch die Fingerspitzen rausgucken. In amerikanischen Filmen reicht die Kraft dann nur noch dafür, einen Kaffeebecher zu halten. Jo findet meine Nase erotisch. Ich sollte sie rot lackieren, dann wäre das erotische Signal noch deutlicher. Aber es geht ihm ja gar nicht um meine Nase, sondern um seine Originalität. Alle lieben, was sie lieben wollen. Ich selbst spiele überhaupt keine Rolle.

Nur bei Lina fühlte es sich anders an. Und das konnte sie kaum aushalten. Sie müsste einmal eine Weile ganz für sich sein können, abgeschieden, abgeschirmt, hinter unsichtbaren Wänden, unerreichbar. Ganz allein, allein mit ihrer Nase, ohne Wollpullover, in Baumwollschlüpfern und mit Dreck unter den Fingernägeln. Ein magischer Ort, wo sie sich begegnen und sagen könnte: Ach, du bist es.

Sie wollte sich nur vor dem Telefonat drücken. Es war die letzte Gelegenheit, Lina zu sagen, dass sie am Wochenende nicht bei ihr sein würde. Alva legte sich etwas zurecht. Oma holt dich am Nachmittag ab, würde sie sagen, und dann könnt ihr zusammen mit Zwiebelchen und Mareike ins Schwimmbad gehen. Das haben wir doch schon so lange vorgehabt, deinen neuen Badeanzug auszuprobieren, der noch nie nass geworden ist. Weißt du noch wie wir beim Einkaufen gelacht haben? In dem rosafarbenen hast du wie ein Schweinchen ausgesehen. *Modell Grunz* haben wir es genannt.

Ja, das würde sie sagen. Aber es würde Lina nicht trösten oder ablenken. Lina hatte den einzigen schwarzen genommen. Einen schwarzen Badeanzug für eine Fünfjährige! So war sie. Die Oma hatte nur den Kopf geschüttelt.

Alva nahm die Kopfhörer, damit sie Lina besser verstehen könnte. Sie sprach immer zu leise und undeutlich, wie ins Ungefähre, als ob sie keines ihrer Worte wirklich gesagt haben wollte. Das machte Alva traurig und wütend. Ihre Mutter sagte immer wieder, sie müsse mit Lina zum Logopäden gehen, das hätten sie auch in der Kita gemeint, wie solle das denn in der Schule werden. Ein Jahr noch bis zur Schule! Ein Jahr! Da wäre Alva einunddreißig. Wenn sie selbst bis in einem Jahr ihr Leben nicht endlich in den Griff bekommen hätte, dann könnte Lina auch weiterhin unverständlich sprechen. Als Mutter dürfte sie so etwas nicht einmal denken.

Lina wollte nicht ans Telefon kommen.

»Was heißt das: Lina will nicht mit mir sprechen? Was ist denn los?«

Ihre Mutter redete und redete.

»Aber ich wollte es ihr selber sagen, verdammt nochmal!« Alvas Stimme überschlug sich. »Ja, ich habe lange damit gewartet … aber auch wenn sie dich gefragt hat, ich hätte es ihr schon noch gesagt ... ja, sie hätte auch erfahren, dass ich erst in einer Woche komme. Aber von mir sollte sie das hören, ich hab dir doch gesagt: Ich spreche mit ihr. Ich bin ihre Mutter!«

Dann verhalte dich auch so! Wegen mir hättest du kein Kind haben müssen. Ich wollte keine Oma sein, hatte Alvas Mutter gesagt, als sie in Berlin ihre Reise angekündigt und darum gebeten hatte, sich in der Zeit um Lina zu kümmern. Tom alleine könnte die zehn Tage nicht abdecken. Eine Woche in Norwegen würde auch reichen, um deine Arbeit zu machen. Oder gehört die Zeit bei deinem Chef im Ferienhaus auch zu deinem Job? Eine Mutter muss für ihr Kind da sein.

Alva abgewandt rieb sie dabei ein sauberes Weinglas noch sauberer und schenkte sich ein. Nur ein Glas für sich selbst, ohne zu fragen. Alva schrie ihren Rücken an: Das musst gerade du sagen!

Wer schreit hat Unrecht, sagte ihre Mutter und hob tatsächlich den Finger. Ich war immer für dich da. Du warst ein schwieriges Kind, so ganz anders als deine Schwester. Frag deinen Vater. Ich habe mir mit dir Mühe gegeben. Ich habe getan, was in meiner Macht stand. Schroff sei sie als Kind gewesen, eigensinnig und stur, so ganz anders als ihre Schwester. Daran musste es gelegen haben, dass sich die Umarmungen der Mutter seltsam anfühlten, dass da keine Wärme war. Daran musste es gelegen haben, dass die Mutter so komisch mit ihr sprach, so gewählt, als gäbe es nur Schulhefte, während sie mit der kleinen Schwester redete, als wären die Wörter ein Haufen Spielzeug. Sie war doch nur zwei Jahre älter als Emma. Und sie tat doch alles, um die Umarmungen wärmer zu machen. Du willst dich wohl einschmeicheln, sagte ihre Mutter dann. Und Alva wusste nicht warum und alles verkehrte sich ins Gegenteil und sie bekam wieder Kopfschmerzen. So rasende Kopfschmerzen, dass man den ganzen Abend lang nach ihr sehen musste und sie morgens nicht zur Schule gehen konnte. Dann hatte sie Mutti für sich. Doch Mutti war sich nicht sicher, ob Alva vielleicht nur Theater spielte.

»Hol Lina ans Telefon! Sofort!«

»Lina! Deine Mutter will mit dir sprechen, sofort!«, hörte

Alva ihre Mutter rufen, und sie äffte dabei ihren Tonfall nach. Ihre beiden Stimmen waren ohnedies zum Verwechseln ähnlich. Wie konnte eine so viel ältere Stimme wie die eigene klingen? Alva stritt mit sich selbst, wenn sie mit ihrer Mutter stritt.

Am anderen Ende der Leitung war es ganz still. Lina meldete sich nicht. Vielleicht war sie einfach aus dem Haus gelaufen, den kleinen bunten von Oma gekauften Rucksack mit den Kita-Sachen auf dem Rücken, ihr Haar zum Pferdeschwanz gebunden, aus dem Haus auf die Straße. Die Tür stünde offen und Lina liefe in irgendeine Richtung, ihr Kopf leer und einsam, und die Oma wäre schon auf der Suche. Alva hörte einen endlos großen Raum und nur weil sie es nicht mehr aushielt, fragte sie in die Stille hinein:

»Lina?«

Und da hörte Alva ein dünnes Atmen und Linas leise Stimme.

»Ich hab dich nicht mehr lieb. Du sollst wegbleiben. Ich will dich nicht mehr.«

Bevor Alva noch etwas sagen konnte, hatte Lina aufgelegt.

Hätte sie doch geschrien – getobt, geweint. Es wäre vorbeigegangen wie ein Kratzer an der Hand oder der Schmerz um ein kaputtgemachtes Spielzeug. Aber sie hatte es ganz ruhig gesagt und ernst, als hätte sie eine längst fällige Entscheidung getroffen. Bei klarem Kopf und ohne Gefühl.

Jo stand an der Terrassentür und rieb sich die Augen.

»Du bist ja schon wach? Ist alles in Ordnung?«

»Na klar! Ich habe mit Lina telefoniert. Alles bestens. Ich geh jetzt packen.«

Alva rauschte an ihm vorbei.

»Aber die Fähre geht doch erst heute Abend!«

Sie verschwand in ihrem Zimmer, schloss sich ein. Sogar ein eigenes Zimmer hatte Jo ihr im Haus gegeben. Mit einem schönen Schreibtisch vor dem Fenster, an dem Blumen standen, und einem Aquarell-Bild von Jütlands Küste an der Wand. Jo konnte nichts dafür, keiner konnte etwas dafür, dass alles so war, wie es war. Es war allein ihre Schuld.

Sie räumte den Schrank leer, in dem Lavendel-Säckchen lagen. Der Duft schnürte ihr die Kehle zu. Alle Zufriedenheit der Welt und alle Sicherheit waren in diese Säckchen eingenäht. Alva hatte geglaubt, Lina könnte verstehen, dass diese Reise wichtig für sie beide ist. Mit den magischen Orten käme Ordnung in ihr Leben – Ordnung und Geld, und sie würden dann auch gemeinsam Urlaub machen können, wie es alle taten. Das war es doch, was ihre Mutter immer von ihr wollte: dass sie wie alle anderen sei. Alva versuchte, es richtig zu machen, Norwegen sollte zu einer gemeinsamen Sache von ihr und ihrer Tochter werden. Und so las sie Lina Geschichten aus dem Mumintal vor, vom kleinen Troll auf seiner langen Reise voller Abenteuer. Das war zwar Finnland und nicht Norwegen – aber egal. Es kam doch nur darauf an, dass Lina irgendeine Vorstellung davon bekam, wohin Mamas Reise ging. So würden es andere Mütter doch auch machen. Natürlich wollte

Lina dabei sein, aber es war ja Mamas Arbeit, und es war auch nicht schlimm, dass sie zuhause bleiben musste – weil jetzt war Mama noch da und für später gab es den Brief von Schnupferich an Mumin, den Alva aus dem Buch abgeschrieben hatte: *Schlaf gut und sei nicht traurig. Am ersten warmen Frühlingstag bin ich wieder bei dir. Warte mit der Fingersuche bis ich wieder da bin!*

Sie konnte auch zuckersüß sein. So wie die anderen.

Alva stellte die Reisetasche auf das Bett, legte sich daneben, rollte sich ein. Sie spürte Linas Schlafwärme, wenn sie morgens zu ihr ins Bett gekrochen kam und sich mit dem Rücken an ihren Bauch schmiegte. Sie zählte Mamas Finger ab, kam immer nur auf neun. Alva spielte die Erschrockene, Lina jauchzte vor Vergnügen. Dann musste schnell gefrühstückt werden, um nach draußen in den Park zu gehen. Ohne Zähneputzen nach Mamas zehntem Finger suchen, im Gebüsch oder in der Sandkiste. Die Wochenenden gehörten Lina. Keine Kita, keine Oma, kein Papa. Nur Mama, ganz und gar, mit Haut und Haaren. Und jedes Mal nahm sie sich vor durchzuhalten, gemeinsam zu spielen, Knetfinger zu haben, zu backen, sich gegenseitig mit Mehl voll zu prusten, all das, was man in Filmen und der Werbung sieht, wenn es nach Glück aussehen soll. Sie sah sich, in den Schaufenstern gespiegelt, die Straße zum Park gehen, mit wippendem Gang, Lina an der Hand. Sie grüßte die Nachbarsfamilien und erinnerte sich an die Namen derer Kinder. Sie sprach auf dem Spielplatz über Kinderschuhe und Zähne und traf für Lina Verabredungen mit der kleinen Charlotte und Mareike für Montag nach der Kita, weil sie doch immer so schön zusammen spielten. Sie wusste dann nicht mehr, wo ihr Problem lag. Nur der Mann war eben der falsche gewesen oder nein, er war der richtige, ohne ihn gäbe es keine Lina, aber die Liebe hatte nicht gehalten. Wie bei so vielen anderen. Was heißt schon Liebe? Und jetzt gehörte sie eben zu den anderen – zu denen mit dem Sammelbegriff, das war nichts Besonderes. Aber dass sie schon auf dem Nachhauseweg vom Park nicht mehr Linas Hand nehmen wollte, weil sie daran zerrte und sie Lina zwei Schritte hinter sich her trotten ließ; dass sie sich wieder in den Spiegelfenstern sah und sich fragte, wer ist diese Frau; dass Lina am Nachmittag alleine spielte, während sie Musik hörte und vor sich hin starrte, und dass ab Montag nach der Kita die Oma oder Tom zum Abholen kam und von der Verabredung mit Charlotte und Mareike keine Rede mehr war. Das war etwas Besonderes.

Alva hörte Jos Schritte vor der Tür und schreckte auf. Sie sah, wie sich der Türknopf drehte. Wir haben noch den ganzen Tag für uns, hatte er gesagt. Nach Skagen wollte er mit ihr fahren, im wirbelnden Meer stehen, dort, wo Skagerrak und Kattegat aufeinandertreffen; die Galerie besuchen, mit ihr zusammen noch ein Bild aussuchen, in der Art von Jütlands Küste, das ihr doch so gefalle. Für die Wohnung in Berlin, hatte er gesagt und sie geküsst und um die Hüfte gefasst als wollte er mit ihr tanzen. Wie sie und Tom in der leeren Wohnung getanzt hatten, als alles noch gut gewesen war zwischen ihnen. Der schmatzende Farbroller lag tropfend über dem Eimer, und die Musik kam aus dem Lautsprecher unter der Folie. Der Altbau und ihr Leben rochen nach Erstbezug und Alvas Bauch war dick vor lauter Zukunft.

Jo klopfte leise. Alva griff nach ihren Ohrhörern. Die Musik ließ ihn verschwinden. Es war der Soundtrack ihres Lebens. Sie hätte die Musik bei Linas Geburt haben sollen. Sie hätte ganz anders im Kreißsaal gelegen: nicht nur schwitzend und pressend, sondern stolz und einmalig. Und dann die Erlösung – das blutige Bündel Leben auf ihrem Bauch. Mit der richtigen Musik wäre es der Anfang einer großen Geschichte geworden, hätte es für die ganze Zeit danach gereicht. Lina wäre immer in ihrem Film geblieben. Vielleicht. Oder auch nicht. Bei Tom hatte es nicht geklappt. Dabei war sich Alva sicher gewesen, die Musik würde für sie beide reichen, ein ganzes Leben lang. Immer. *Would you really rush out for me?* Und wie die gemeinsame Wohnung plötzlich zum ersten Mal in ihrem Leben wirklich zu dem Ort wurde, der ihr gehörte. Zu einem Trost, weil hier die Musik war, wenn sie nach Hause kam und wieder etwas nicht geklappt hatte, aber dann die Musik hörte und sie sich nach Tom sehnen konnte, weil sie bei ihm aufgehoben war. Wenn du nicht da bist, gibt es mich nicht, hatte sie zu Tom gesagt, in ihrer ersten Nacht, ineinander versunken, aufgehoben und gerettet. Und Tom hatte gelächelt: das ist schön, dass du das so sagst. Aber es war nicht nur so gesagt, sie hatte es gefühlt. Und sie fühlte es auch am nächsten Tag, in der nächsten Nacht, in den Wochen, Monaten. Wenn er sie in die Arme nahm, sie umfing. *Would you really rush out / Would you really rush out / Would you really rush out for me now.* Aber irgendwann fragte er: Wollen wir nicht mal andere Musik hören? Und er sagte: Die Gefühle können nicht immer groß sein, das hält niemand aus, es muss auch Alltag geben. Aber er fand Worte für die Liebe in der Zeit, streichelte alles weg. Und auch dafür gab es die Musik, und dann war wieder alles gut. Bis die Panik kam. Bis der Abend kam, als Lina schrie und schrie. Zwei Jahre alt, aber sie schrie wie ein Baby. Alva setzte die Kopfhörer auf, trug Lina durch die Wohnung, auf und ab, doch sie war viel zu schwer. Sie spürte, wie sich Linas Körper schüttelte, ihr Kopf über ihrer Schulter hing, doch Alva hatte die Musik und machte sie noch lauter. Sie sprach mit Lina, ohne sich selbst zu hören. Vielleicht schrie sie Lina an, sie konnte sich nicht spüren. Dann sah sie Tom in der Tür, den Schlüsselbund in der Hand. Er zog nicht einmal die Jacke aus, zerrte ihr Lina aus dem Arm, riss sein Maul auf, so weit, wie der Fisch im Aquarium, das sie nachmittags mit Lina besucht hatte. Das war doch schön, dass sie mit Lina das Aquarium besucht hatte, so etwas macht doch eine gute Mutter, davon hatte sie Tom erzählen wollen, und dass sie ganz nah mit ihr an die Scheibe gegangen war: Sieh doch mal den Fisch da, Lina, wie der sein Maul aufsperrt, hatte sie gesagt. Aber Lina hatte den Finger in den Mund gesteckt und in Kreisen ihren Speichel auf der Scheibe verteilt. Das hätte sie verdammt nochmal überall tun können, in der S-Bahn oder zuhause in der Wohnung, dafür hätte sie nicht mit ihr für teuer Geld ins Aquarium gehen müssen. Zur Strafe bekam sie kein Eis.

Tom riss ihr den Kopfhörer herunter, aber sprach ganz ruhig. Was denn los sei, so gehe das doch nicht, er bringe Lina jetzt ins Bett. Es regte Alva auf, wenn er so ruhig blieb, es regte sie auf, dass Lina jetzt in seinen Armen sofort ruhig wurde. So wie sie selbst bei ihm immer ruhig geworden war. Und Lina sah sie triumphierend an. Hätte sie richtig sprechen können, dann hätte sie ihrem Vater vom Besuch im Aquarium erzählt, von dem großen tollen Fisch, der sein Maul aufgesperrt hatte, und dass ihr Mama kein Eis spendieren wollte, weil sie wieder komisch gewesen war, wie schon so oft.

Alva ging in die Küche, nahm das Geschirr aus dem Hängeschrank, den Tom gebaut hatte, und warf die Teller, Gläser, Schüsseln auf den Boden. Lina schrie nicht und Tom stand irgendwann in der Tür und sagte, er könne das nicht mehr. Sie brauche professionelle Hilfe.

Wochen später zog Alva aus. Sie überließ Tom die Wohnung und fand ein Zimmer in der Nähe. In einer Wohngemeinschaft, im einzigen Haus der Straße mit grauer Fassade und Graffiti: *Das Herz ist eine Zeitbombe.*

WINTERHART

Nachbar Frielings Hunde schlugen an, rannten bellend am Drahtzaun entlang, hin und her, warfen sich wie irre geworden dagegen, hakten klirrend ihre Zähne in die Maschen, dampften, zitterten. Sie wussten nicht mehr, dass sie den Mann kannten, der jetzt im Hof auf der anderen Seite des Zauns die kreuzweise vernagelte Tür des Schuppens aufbrach. Mit dem Hammer gegen die Latten schlug, immer wieder, sie lockerte und wegstemmte, dass die rostigen Nägel herausstanden. Und schließlich die Tür aufriss, einen Turm ineinander gestellter Stühle aus dem Schuppen zerrte. Alles aus dem Schuppen warf, was ihm im Weg war, Kartons und Kisten auf die Pflastersteine in einen Scherbenhaufen aus Geschirr. Der Mann war doch immer still gewesen, und es war früh am Morgen, auf dem Strom lag das Rot der Sonne, der Maschendraht war feucht vom Tau, die Luft roch noch nach Nacht. Aber jetzt tobte der Mann, hatte die schlafenden Hunde geweckt, wütete sich in den Schuppen hinein. Zog eine Matratze heraus. Doch nur ein Stück, langsam bis vor die Tür, wo er sie liegen ließ und lange ansah. Schwer atmend hob und senkte sich seine Schulter, dann stieg er über die Matratze hinweg und verschwand im Schuppen. Die Hunde wurden ruhiger, gaben kurz noch Laut, liefen sich am Zaun aus, als hätten sie schon vergessen, was überhaupt geschehen war. Und es war schon ganz still geworden und das Gezwitscher der Vögel zu hören, als der Mann wieder aus dem Schuppen trat, ein kleines Kästchen in den Händen hielt. Die Hunde standen am Zaun und spitzten die Ohren. So ein Lärm für so ein kleines Kästchen.

Edvard setzte sich auf die Matratze, öffnete die Zigarrenkiste. Die Hunde sahen sich an und lösten sich in Luft auf. Da war eine Erinnerung, vor ihrer Zeit. Aus dem Maschendraht wurde ein Zaun, blau gestrichen wie der Schuppen. Am Haus wuchs Efeu, in der Spüle lagen keine Kippen und Edvards Vater trat vor die Tür, hielt die Nase in die Luft und nahm Witterung auf. Er musste los, da und dort noch die Höfe ansehen, die unter den Hammer kamen, und die Standuhr finden, die er schon so lange suchte. Und auf dem Heimweg noch einen Abstecher zum nächsten Hof machen, als wären Hunderte von Kilometer nur ein Abstecher, als hätte er eine Bestellung für die Standuhr und nicht genug Arbeit im Schuppen stehen. Schränke abschleifen, wackelige Stühle nageln, zerschlissene Polster flicken, Lampen zum Leuchten bringen. Edvards Mutter trat neben ihn und sagte: »Du bist doch ein Antiquitätenhändler und kein Fernfahrer!« Oder vielleicht sagte sie auch nur »Oskar!« und packte ihn am Arm. »Warum tust du dir das an? Was treibt dich bloß immer fort?«

»Leben heißt kämpfen und wagen«, sagte Edvards Vater und musste wirklich los, weil wenig Zeit blieb. Er war nur ein Trödler, aber immer auf der Suche, ob sich etwas lohnte. Er blieb ihr die Antwort schuldig, duckte sich unter den Fragen weg in den Schuppen, steckte den Kopf zwischen die von alten Büchern und Karteikästen übervollen Regalbretter, und nahm einen kleinen Schlüssel aus der Zigarrenkiste, um damit die Geldkassette aufzuschließen. Er stopfte ein Bündel Scheine in die Hosentasche, wie es die Bauern auf dem Markt taten, klopfte Edvard, der nicht wie jetzt auf der Matratze saß, sondern an der offenen Tür des Transporters stand, auf die Schulter und sagte: »Ich gehe nur fort, um wieder nach Hause zu kommen.«

Und Edvard wünschte sich mit Papa auf Fahrt zu gehen – weit in den Norden, über die Grenze, übers Land, übers Wasser, durch die Städte. Er säße neben ihm und hätte dessen alte abgeschabte Lederjacke auf dem Schoß, die er noch aus der Zeit hatte, als er im Krieg Pilot gewesen war.

Der alte Transporter roch nach Kaffee und Zigaretten. Trinken und Rauchen hielten seinen Vater auf den langen Fahrten wach. Aber die Stoßstange hatte eine Beule, von Erde zerkratzt. Da war er doch einmal eingenickt und in den Graben gefahren. Ganz zu schweigen von dem blauen Kratzer längs der Fahrertür, als er einmal die Fähre um ein Haar verpasst hätte und auf dem Fahrzeugdeck vor Aufregung einen blaulackierten Poller übersah. Mutter sagte, er sei eben nicht mehr der Jüngste. Das wollte er nicht hören. Edvard hätte ihn wach gehalten, hätte schwarzen Kaffee eingeschenkt, holprig aus der Thermoskanne in den Becher, hätte den Zigarettenanzünder gedrückt und im alten Kofferradio nach Sendern gesucht. Bis ans Ende wären sie gefahren, wo die Straße abbrach, wo die Fähre wartete und der Sturm herkam, vor dem sie sich zuhause hinter dem Deich versteckten.

Aber Edvard musste warten. Anstatt auf Fahrt zu sein, stand er im Schuppen und zupfte an Spinnennetzen, sah in blinde Spiegel und wunderte sich, dass sie ihn nicht mehr zeigen konnten. Als wären sie Behälter, randvoll mit den Bildern vergangener Zeiten. In Jahrhunderten gefüllt konnten sie nichts mehr von dem fassen, was man ihnen von dieser Zeit und Welt zeigte.

Edvard hatte nie daran gedacht, dass es auch für ihn einmal das Ende einer Zeit und Welt geben könnte. Immer hatten sich im Schuppen noch mehr Lehnen und Beine verhakt, wuchs zu einem Holzskelett, was früher Tische, Stühle und Bänke gewesen waren, wo Familien beim Mittag saßen, Großväter vor dem Haus in der Abendsonne hockten, während die Kinder ihre Holzpferde vor die kleine Kutsche spannten. Bis sich die Zügel gelockert hatten, die Bande zerrissen, die Haushalte aufgelöst wurden und niemand mehr wusste, wie die Menschen hießen, die sich in den Fotoalben aus schwarzem Papier versammelt hatten, um schließlich auf den Klapptischen der Flohmärkte zu liegen. In Karteikästen nach Motiven geordnet. Männer mit steifen Hüten neben Frauen in bauschigen Röcken und ihre maßstabsgerecht verkleinerten Söhne und Töchter, denen man die Mühe des Stillhaltens ansah. Edvard konnte sich nicht vorstellen, dass es Familien waren, die keiner mehr kannte und niemand die Fotografien vermisste. Für Edvard war der Tod ein Augenblick gewesen, der Schrecken, eine Möwe zu sehen, die mit verdrehtem Hals im Gras auf dem Deich gelegen hatte.

Bis der Vater eines Tages von einer Fahrt nicht mehr zurückkehrte, der Transporter nicht mehr auf dem Hof stand, die Motorhaube warm, die Windschutzscheibe mit einem

Fliegenfilm verklebt. Am Abend nicht, nicht am nächsten Tag und auch nicht in einer Woche.

Aber weil es nicht sein konnte, dass der Tod so lange brauchte, war sich Edvard sicher, sein Vater würde wieder zurückkommen. Alles würde sich im Nachhinein als eine Verkettung von Zufällen und Missgeschicken erklären. Nicht zu fassen, wie das Leben manchmal spielt, würde Mama sagen. Kein Wunder, dass die Polizei bei ihren Ermittlungen keine Spuren von ihm fand, die Suche nach dem Transporter, die Befragung möglicher Zeugen ohne Ergebnis blieb. Er lebte ja noch. Für seine Mutter aber war es mit jedem Tag, jeder Woche, jedem Monat ohne Lebenszeichen unwahrscheinlicher geworden, dass er zurückkehrte. Ich habe nur noch dich, sagte sie zu Edvard, als Eis die Rohre sprengte und die Heizung ausfiel, im ersten Winter ohne den Vater. Für sie begann eine neue Zeitrechnung, ohne dass die Zeit verstrich. Die Silvesternacht blieb dunkel. Da war keiner, der aus leeren Flaschen Raketen in die Zukunft zündete, keine Böller, um böse Geister zu vertreiben. Im Haus hing der Kalender von 1967 und sie dachten nicht daran, ihn abzunehmen.

Es kam der erste Frühling ohne ihn, der erste Sommer ohne ihn, der erste Herbst ohne ihn. Das erste Jahr ohne ihn verstrich. Bis er schließlich wirklich tot war. Für den ganzen Ort und auch für sie.

Edvards Mutter hatte keine Angst vor den Herbststürmen, die am Dach zerrten und die Buche entwurzeln könnten, oder vor den Fluten, die den Fluss über die Ufer treten ließen. Sie machte sich keine Sorgen wegen der feuchten

Stelle an der Decke oder um ihre Gesundheit. Nur vor den Nächten fürchtete sie sich, vor dem dunklen Raum, der sich auftat, und den sie in Gedanken nicht abmessen konnte. Manchmal bat sie Edvard, bei ihr im Bett zu schlafen.

Die Frau ohne Mann und der Junge ohne Vater wurden zur verschworenen Gemeinschaft. Edvard wuchs buchstäblich über sich hinaus, erhob sich über die anderen Kinder im Ort und in der Schule. Wer von ihnen sorgte schon für die Mutter? Er kochte, wusch ab, putzte, hütete das Haus, während sie *Welt-Hölzer* in alle Welt verschickte, jeden Tag, damit sie etwas zu essen hatten. Überall setzten sich morgens die Kleinen an den gedeckten Frühstückstisch, wurden von Mütterhänden Pausenbrote geschmiert und in die Ranzen gesteckt, die richtigen Schuhe fürs Wetter geholt und der Ordnung wegen an Jacken herumgezupft. Edvard dagegen wachte morgens auf, ohne ermahnt werden zu müssen, hörte seine Mutter schon aus dem Haus gehen, wenn er selbst noch in der Unterhose, die immer frisch war, im Badezimmer stand. Er kochte allein Kakao und hörte Radio in der Küche und vergaß nicht, den Herd auszuschalten und die Fenster zu schließen, wenn er das Haus verließ, um zum Schulbus zu gehen, nie ohne sich noch einmal umzudrehen, um zu prüfen, ob alles seine Richtigkeit hatte und ruhig war. Und er war es, der am Mittag ihre Welt wieder in Bewegung setzte. Mit Topfgeklapper in der Küche und nach feuchter Erde riechendem Kartoffeldampf, immer für Mutter einen Teller bereit, wenn sie hungrig von der Arbeit kam. Er hatte ihre Welt zusammengehalten.

Edvard nahm das Familienfoto aus dem Rahmen und faltete es in die Zigarrenkiste aus dem Schuppen. Im Zimmer seiner Mutter breitete er in Häufchen auf der Matratze aus, was er dachte mitnehmen zu müssen. Wo immer seine Mutter jetzt auch wäre, im Himmel oder in der Hölle, sie sollte sehen können, dass ihn nichts mehr hielt. Er würde das Hemd anziehen, das er zu ihrer Beerdigung getragen hatte. Er würde in den Zug steigen und über die Brücke fahren.

In der Nacht noch hatte er im Internet Filme über Norwegen gesucht und angesehen. Reisebilder von hellen Nächten und dem blauen Licht der Fjorde. Menschen standen am Felsrand vor dem Abgrund und reckten die Arme in die Höhe als feierten sie einen Triumph über den Tod. Eine Aussicht spektakulärer als die andere, als Verheißung und Beweis, dass es den Ort, wohin seine Reise gehen sollte, wirklich gab. Er konnte es nicht glauben. Da war doch immer nur der Deich, wenn er aus dem Fenster blickte. Bis in die Morgenstunden sah er die Filme und wählte die Zug- und Fährverbindung noch für den gleichen Tag. Keinen Tag länger durfte er warten. Bliebe ihm mehr Zeit zum Überlegen, verlöre er den Mut dazu. Er würde es immer wieder aufschieben, immer wieder neue Gründe finden, hierbleiben zu müssen: er hatte Pfarrer Hinrichs bei der Beerdigung versprochen, endlich einmal beim Kirchenkonzert zu spielen, und er konnte doch nicht einfach seine Klavierschüler im Stich lassen und das Dach wollte er auch noch vorher machen. Nein, er musste heute, sofort aufbrechen, solange er die Wut spürte.

Edvard hatte keinen Koffer, hatte nie einen gehabt. Er hatte keinen Kulturbeutel und auch sonst keine Ahnung, was er für die Reise bräuchte. Ein dicker Pullover könnte dort nicht schaden – in den Filmen hatten sie Pullover getragen, sogar im Juni. Und den Dreier-Pack neuer feiner Socken, den er im Angebot gekauft hatte, würde er auch einpacken. Er musste nehmen, was noch frisch war. Zum Waschen blieb ihm keine Zeit. Er rief Elsie an und dachte nicht daran, dass es womöglich noch zu früh am Morgen war. Allein, dass ihm nur noch ein paar Stunden blieben, hatte er im Sinn. Dann wäre er unterwegs. Er bat sie, ihm einen Koffer auszuleihen, sie hätte doch bestimmt einen, und ob sie ihm die Adressen der norwegischen Banken geben könnte.

»Was hast du denn vor? Ich verstehe das alles nicht.«

»Ich komme nachher in der Sparkasse vorbei.«

Er sagte seinen Klavierschülern telefonisch ab, und als er gefragt wurde, wann er denn zurück sei und die nächste Stunde wäre, fuhr es ihm in den Kopf, dass er keine Ahnung hatte. Pfarrer Hinrichs musste er sagen, dass er beim Konzert am Sonntag nicht auf der Orgel spielen würde. Edvard schrieb ihm eine Mail, er hätte die Enttäuschung in seiner Stimme nicht ertragen können. Hinrichs hatte so viel für ihn getan, womöglich hätte er ihn umgestimmt.

Edvard stellte einen Müllsack unter den offenen Kühlschrank und leerte mit einem Handstreich die Fächer, weil er Schimmel hasste. Nur den Käse und die halbe Gurke brauchte er für belegte Brote auf. Er kochte das letzte Ei und packte alles in eine Tüte. Die würde er mitnehmen.

Den Rest Milch goss er in einen Becher. Er sammelte die Kippen aus dem Ausguss, wusch das Geschirr ab. Wie gut, dass er an so viel denken musste.

»Ich wollte schon längst einmal verreisen«, sagte er in der Andreas-Apotheke und kaufte drei Packungen Aspirin.

»Wie schön«, sagte der Apotheker, »dass Sie sich jetzt noch diesen Wunsch erfüllen. Reisen erweitert den Horizont, kann ich Ihnen sagen. Ich habe schon die halbe Welt bereist.«

Und dann erzählte er von Wein und Meeresfrüchten.

»Es ist Norwegen«, sagte Edvard. »Ein Glas kostet zehn Euro.«

»Auch gut«, sagte der Apotheker. »Entscheidend ist, dass Sie sich auf den Weg machen. Dafür ist es nie zu spät. Und Ihr Alter ist ja noch kein Alter, nicht wahr?«

Nein, dachte Edvard, als er auf die Straße trat, mein Alter ist noch kein Alter. Es fühlt sich nur so an. Ein Leben, in dem nichts passiert, macht alt, dachte er und sah sich um, als würde er im Moment aus einem endlosen vergifteten Schlaf erwachen.

Schon von der Tür der Sparkasse aus sah er, dass neben dem Schalter ein türkisfarbener Koffer stand. Es war noch kein Kunde in der Bank. Elsie blickte ihn an, aber da war kein Strahlen in ihrem Gesicht.

»Was soll das denn? Wofür brauchst du den Koffer?«, flüsterte sie durch die Glasscheibe, als er vor dem Schalter stand.

»Ich wollte schon längst einmal verreisen. Hast du die Adressen?«

»Was willst du denn in Norwegen?«

»Reisen erweitert den Horizont.«

Spielchen zu spielen kannte er auch nicht von sich. Sie wollten doch immer ehrlich zueinander sein. Elsie hätte einmal der Mensch in seinem Leben sein sollen, bei dem keine Frage offen, dem er keine Antwort schuldig blieb. Sie hatte ihn aufgespürt und aus seinem Bau geholt, doch als er ungeschützt gewesen war, hatte sie ihn alleine gelassen und war fortgegangen. Und jetzt spielte er Verstecken.

Elsie schüttelte den Kopf, schob Edvard ein Papier unter der Glasscheibe durch, so kleingefaltet, dass es von ihrer Hand verdeckt blieb. Er nahm es mit den Fingern, ohne ihre Hand zu berühren. »Danke. Ich weiß, du dürftest das gar nicht – du hast keinen Erbschein.«

Während er einen Auszahlungsbeleg für sein Sparbuch ausfüllte, sagte sie: »Meinem Jungen geht es übrigens gut. Er studiert und wohnt noch bei seinem Vater.«

Edvard blickte auf. Sie sahen sich durch die Scheibe an. Ich sitze schon im Zug und sehe aus dem Fenster, dachte Edvard, ich darf nicht mehr da sein, sonst komme ich nicht weg.

»Wir könnten reden, Edvard.«

»Ich fahre heute noch und ich brauche Geld. Viel Geld. Norwegen ist teuer, habe ich gehört.«

»Wie lange bleibst du denn fort? Hast du keine Kreditkarte?«

»Hab ich nie gebraucht.«

Elsie redete gegen die Uhr an. Er könne doch eine beantragen, dann bliebe auch Zeit, alles noch einmal zu überlegen, und was er sich denn von der Reise bloß verspräche. Doch Edvard sah sich zu, wie er den türkisfarbenen Koffer nahm, und Elsie schwieg und blätterte das Geld hin. Schein für Schein. Der Rest könne dann auf sein Konto.

»Wirf das Sparbuch weg.«

»Passt denn keiner auf das Haus auf, solange du weg bist?«, fragte Elsie. »Es muss doch mal gelüftet werden! Ich könnte ab und zu …«

»Es gibt's nichts aufzupassen. Und eine Katze habe ich ja nicht.«

»Kümmert sich denn jemand um das Grab?«

Edvard steckte das Geld im Umschlag schnell in seine Jackentasche als würde er es stehlen. Er blieb stehen und wartete. Elsie lehnte sich zurück, sah ihn an und zupfte an ihrem Halstuch.

Edvard kehrte ihr den Rücken und ging.

»Wann kommst du denn zurück?«, rief sie ihm noch hinterher. Da war er schon draußen.

Er räumte das Zeug vom Hof wieder in den Schuppen, kochte zweimal Kaffee, wusch zweimal seine Tasse ab, spielte Klavier, wenn auch im Stehen. Und als er sich mit dem Koffer in der Hand, der Tüte Proviant und einem Stoffbeutel voll mit alten Brotkanten auf den Weg zum Bahnhof machte, nahm er die Strecke auf der Deichkrone. Er stapfte die Böschung hoch, weil ihn der Deichschutz nichts mehr anging, und stellte sich oben breitbeinig in den Wind. Er brach und zerbröselte das Brot, so gut es ging, warf davon Wolken in die Luft und ließ die Möwen um seinen Kopf flattern, so nah, dass er die Flügelschläge auf den Ohren spürte. Er schrie gegen sie an, breitete die Arme aus. Die Schafe drehten die Köpfe zu ihm und wenn sie verwundert aussehen könnten, dann hätten sie das in diesem Moment getan.

Er blickte zum Haus, wo er sein Leben verbracht hatte, auf das grün verwitterte Dach, um das er sich schon längst hätte kümmern müssen, und sah den blauen Schuppen seines Vaters. Die Brust wurde ihm eng. Vielleicht hätte er Elsie doch bitten sollen, hin und wieder mal zu lüften. Doch sein Hausschlüssel lag auf dem Küchentisch; er hatte die Tür nur zugezogen. Soll's doch verrotten, dachte er. Aber eine Katze hätte ihm gefallen. Etwas Lebendiges, um das man sich kümmern müsste, ohne dabei an Tod zu denken, eine Pflege fürs Leben. Er hätte ihr jeden Morgen den Napf gefüllt und beim Fressen zugesehen. Die Katze hätte Appetit gehabt und gut gerochen und im Sommer wäre sie Nachmittage lang herum gestreift, um dann in der Abendsonne im Hof auf dem ausgebleichten Korbsessel zu sitzen, wie es seine Mutter früher getan hatte, aber ohne etwas erlebt zu haben. Irgendwann einmal, nach vielen Jahren, wäre die Katze dann einfach nicht mehr aufgestanden, und Edvard hätte behutsam seine Handflächen unter ihren Körper geschoben, sie in die Arme genommen, dabei einen Augenblick lang verwundert an ein Stofftier gedacht, bevor ihr kleiner Kopf unnatürlich zur Seite kippte, eine Pfote schlaff wie abgetrennt herunterhing und ihm

Tränen in die Augen schossen. Er hätte die Katze an sein Gesicht gedrückt, in ihr sonnenwarmes Fell geweint und alles wäre gut gewesen. Traurig, aber gut. So gerne hätte er einmal weinen wollen. Nur der Wind trieb ihm Tränen in die Augen.

Er ballte die Faust um das Taschentuch in seiner Jacke, die Schulter wurde hart. Er ging, sah nicht zurück, holte weit mit seinen Schritten aus – gegen den Strom, gegen den Wind und die Gedanken, gegen das schmale graue Straßenband, das sich dort weit unter ihm ins Dorf zog, zu den Dächern, die hielten, zur Sparkasse, zur Apotheke, zum Supermarkt, zur Kirche am Friedhof, wo er den Schotterweg nach unten nahm. Am Zaun entlang, durch das viel zu große schmiedeeiserne Tor, auf dem Kiesweg an den verwitterten steinernen Tafeln vorbei. Zum Grab seiner Mutter, auf dem nur ein Kreuz stand, neu, in frischem hellem Braun, davor Immergrün und Heide in krümeliger Erde. Winterhart, kam ihm in den Sinn, nein, es kam nicht in den Sinn, es schoss ihm durch den Kopf. Mit einer Wut, dass er nicht still stehen konnte am Grab, mit gefalteten Händen, so wie man an Gräbern steht, sondern auf und ab ging, als wäre nichts entschieden. Winterhart. Er sah ihr Gesicht, ihre Lippen, die in den Jahren so dünn geworden waren und ganz ohne Farbe, als hätten sie sich zurückgezogen, kapituliert vor all dem Ungesagten, bis sie sich einen Mund gemalt hatte unter die Nase auf die Haut. Und mit fettem Stift Brauen auf die Stirn, als Orientierung für sich und die anderen, dass es da noch Augen gab, auf diesem glatten Gesicht, auf dem nichts mehr stimmte. Dabei hatte er sich nie gefragt, warum man ihr das Alter nicht ansah, die Zeit bei ihr keine Spuren hinterließ. Keine Falte bis zu ihrem Tod. Jetzt wusste er: Die Lüge hatte alles glattgezogen. Edvard trat gegen das Kreuz. Einmal, zweimal, bis es sich neigte. Schief ließ er es stehen. Die Glocke schlug. In zehn Minuten fuhr die Bahn, der Koffer zog ihn fort, auf den Kiesweg durch das Tor in Richtung Brücke. Die Sonne glänzte einen Bogen auf die Stahlträger, flirrte auf dem Fluss und obwohl die Luft roch wie noch nie zuvor und Edvard glaubte, den Takt des Zuges schon zu spüren, blieb er noch einmal stehen und sah zurück. Kerzengerade stand der Kirchturm. In den Reihen aufrechter Grabsteine lugte das schiefe Kreuz hervor. Edvard ließ den Koffer und die Tüte fallen und rannte los. Die Kiesel spritzen unter seinen Schuhen. Er packte das Kreuz mit seinen Händen, richtete es wieder auf, trat die Erde glatt. Schon hörte er den Zug über die Brücke rattern, als er den Koffer, gebückt im Laufen, wieder aufnahm, schnell, schneller, das schaukelnde Gewicht zerrte an seinem Arm, ihm wollte der Kopf platzen. Entfernt hörte er ein letztes Mal die Glocke schlagen. Da saß er im Zug und fuhr.

Elsie stand nicht am Bahnsteig.

WAHRHEIT

Der Wind fegte graue Wollmäuse über den Himmel, über die aufgeräumten Straßen, zur Küste hin, wo Unordnung war.

»Da braut sich was zusammen«, sagte Jo, »für Skagen hätte es sowieso nicht mehr gereicht, und so war es natürlich viel schöner. Du wirst mir fehlen.«

Er nahm eine Hand vom Steuer und legte sie auf Alvas Bein. Seine Augen glänzten noch vom Sex.

»Du wirst mir auch fehlen. Natürlich.«

Alva hatte zum Abschied von Jo für gute Stimmung gesorgt. Sex war besser, als reden zu müssen, besser, als alleine in Klamotten auf dem Bett zu liegen und die Decke anzustarren wie der Insasse einer Klinik. Sie wollte sich spüren, und Jo ließ sie in Ruhe, wenn sie miteinander schliefen. Er lenkte in den Kreisverkehr. Alva legte die Hand aufs Lenkrad:

»Nochmal!«

Jo drehte eine Runde mehr.

»Schneller!«

Und noch eine.

Und noch eine … Alva drehte die Musik auf. Sie fuhren Karussell. Jo lachte.

»Das liebe ich an dir!«, rief er als säße sie nicht neben ihm. Alva lehnte sich in die Kurve, hielt den Kopf aus dem offenen Fenster. Sie sah im Rückspiegel, wie ihr der Fahrtwind die Tränen in die Augen presste.

Ich sollte es ihm sagen, dachte Alva. Jetzt wäre die Zeit dafür.

Vor einem halben Jahr habe ich dich betrogen, würde sie sagen, mit einem wildfremden Mann, und Jo müsste, während sie spricht, immer weiterfahren – um diesen aufgeräumten Kreisel mit seinen dummtreuen Blumenrabatten herum. Es passierte bei dem Italiener in Charlottenburg, würde sie sagen, beim Treffen mit den Kollegen vom Sender, zu dem du mich geschickt hast. Keine Freelancer wie ich, sondern feste Mitarbeiter der Redaktion, die ich einmal kennenlernen sollte, ohne dich. Es sei nützlich, hast du gesagt und mir Geld angeboten, weil der Italiener sehr gut sei. Ich wollte dein Geld nicht, nahm stattdessen keine Vorspeise.

Wir saßen am Fenster – und schräg gegenüber war da dieser Mann, im tischdeckenweißen Hemd und mit sorgfältig ungepflegten Bartstoppeln. Den ganzen Abend lang warf er mir Blicke zu. Er war in Begleitung einer Frau. Sie saß mir mit dem Rücken zugewandt, trug einen engen schwarzen Rolli, unter dem sich ihre Schulterblätter abzeichneten, aber kein BH Verschluss. Ihr blondes halblanges Haar glänzte mit dem Besteck und den Gläsern um die Wette. Ich konnte ihr Gesicht nicht sehen, aber ich schätzte sie im Alter des Mannes, Anfang vierzig, und alles an ihr wirkte vornehm und elegant. Ich glaubte, mich chic gemacht zu haben, aber im Vergleich zu ihr kam ich mir mit meinem kurzärmeligen Top und dem Rock in billigem Rot schäbig vor. Ich hätte die tolle Frau gerne als Freundin gehabt. Mit ihr hätte man andere Gespräche führen können als mit den Kollegen an meinem Tisch. Du kennst die Leute ja. Sie waren vorsichtig und überfreundlich, sie wissen, dass wir beide ein Verhältnis haben und sicherlich dachten sie, alles worüber wir an dem Abend sprechen, wirst auch du erfahren. Und ich wusste, was von mir erwartet wurde und erfüllte es. Anteilnahme und Gefühle, Vertrauen schaffen. Ich kann alles geben und behalte doch alles für mich. Klar, dass man mich mag. Mich kennt ja keiner wirklich. Der Frau dort am Tisch hätte ich nichts vormachen können. Der Mann prostete ihr zu, aber er sah mich über den Rand des Glases an. Die Frau schien nichts zu bemerken. Hätte sie von mir Notiz genommen, vielleicht wär dann alles anders gekommen. So nickte ich dem Mann zu, stand auf und ging durch das Restaurant zu den Toiletten, so nah an ihrem Tisch vorbei, dass ich fast die Handtasche der Frau berührte, die über ihrer Stuhllehne hing. Aus den Augenwinkeln konnte ich ihr Gesicht sehen. Sie war wunderschön. Obwohl sie eine ganz normale Nase hatte. Dein Geschmack wäre sie also nicht gewesen. Ich ging in den Gang zu den Toiletten, öffnete die Tür, horchte. Im Marmor rauschte eine Wasserspülung, nur eine Kabine war besetzt. Ich wartete im Gang bis eine alte Frau aus der Toilette kam. Ein Hauch vom Seifenspender zog an mir vorbei. Der Mann würde kommen, ich war mir sicher. Und er kam. Seine Hand strich kurz über meinen nackten Arm. Wir sprachen kein Wort. Ich wies mit den Augen zu der Tür, ging voran. Der Mann sah sich noch einmal um und folgte mir. Ich ging in die Kabine, er verriegelte die Tür. Er hatte keinen Duft, in der Luft lag nur der süße Geruch von Toilettenseife und eine Spur bitterer Urin. Er griff mit spitzen Fingern nach dem Reißverschluss seiner Hose, aber ich öffnete den Gürtel, knöpfte die Hose auf und streifte sie hinunter. Ich wollte den feinen Zwirn auf den Fliesen liegen sehen, seinen Schwanz, der sich mir zwischen den Hemdzipfeln entgegenstreckte, während die tolle Frau am Tisch die Dessertkarte studierte. Ich drehte mich um und beugte mich nach vorne, stützte mich mit den Händen an der Wand ab. Er raffte meinen Rock nach oben, damit ich die Beine spreizen konnte. Er zog meinen Slip zur Seite und wir machten es. Ohne einen Laut. Es dauerte keine zehn Minuten und dass er ein Kondom benutzt hatte, merkte ich erst als er es abstreifte. Ich konnte es nicht fassen, dass ich daran nicht gedacht hatte und war ihm dankbar. Ich nehme ja die Pille und habe auch keine Angst vor Ansteckungen, aber ich hätte von ihm nichts mitnehmen wollen.

Ich ging zuerst aus der Kabine und winkte ihn nach draußen.

»Die Frau an deinem Tisch – sie ist sehr schön«, sagte ich, als wir im Gang standen.

»Ja, sie ist meine Frau.«

»Du bist ein Scheißkerl«, sagte ich. Er zuckte mit den Achseln und ging zu seinem Tisch.

Tom hat sie nie betrogen, nie belogen. Sie hat geschwiegen, aber nie überspielt, wenn es ihr schlecht ging. Vielleicht war das der Grund, warum ihre Partnerschaft zerbrach. Wie sie das Wort hasste – Toms Lieblingswort – Partnerschaft. Wir sind doch ein tolles Team, sagte er immer und meinte den Einkaufszettel und das Ordnung-Halten, das Wäschewaschen und die Putzerei. Er liebte es, Staub zu wischen, weil er all die kleinen Dinge in den Regalen, sogar die Bücher, immer wieder gerne in die Hände nahm. Ihr machte es nichts aus, das Bad zu putzen und die Toiletten, weil sie glaubte, ein Ergebnis zu sehen. Sie organisierten gemeinsam den Alltag, und eine Weile lang war auch sie stolz darauf. Sie war von sich selber überrascht, dass sie es konnte. Das macht die Liebe, dachte Alva, und die kommt nach dem Verliebt-Sein. Sie ist viel tiefer und erwachsener. Die Liebe riecht nach Scheuerpulver, aber Tom hatte Recht: auf Dauer kann man nicht verliebt sein. Das mache der Körper nicht mit, nach fünf Jahren wäre man tot, hatte er irgendwo gelesen. Es wären die besten fünf Jahre ihres Lebens, da könnte es dann ruhig vorbei sein, dachte sie. Wie oft hatte sie in Toms Armen gedacht, jetzt möchte ich sterben. Sie wollte ihn sogar heiraten, eine kirchliche Hochzeit, ganz altmodisch, dann wären sie ein Paar gewesen statt Partner. Sie wollte einen Ort, wo keine Zeit verging. An den sie immer wieder zurückkehren könnte. In der Kirche, dachte sie, fände sie dann alles wieder, was im Alltag verloren geht. Tom glaubte, zu heiraten sei unnötig.

Sie haben nicht darüber gestritten, aber das Wort »unnötig« tat ihr weh. Sie stillte gerade Lina, saß geradezu biblisch mit dem Kind an der Brust auf dem Sofa, das Sonnenlicht fiel ins Zimmer ihrer gemeinsamen Wohnung, und sie sagte, ich will dir das Ja-Wort geben, ich will sagen können: »Ja, mit Gottes Hilfe«. Tom räumte herum, sah sie nicht einmal an und sagte: Deine Mutter sagte zwei Mal »Ja, mit Gottes Hilfe« und er hat nicht geholfen.

Sie legte die schlafende Lina in ihr Bettchen und verließ die Wohnung. Mit leerem Kopf ging sie durch den Volkspark, über den Spielplatz, gab fremden Kindern auf den Schaukeln Anschwung, bis die Väter von ihren Bänken aufstanden. Es war die Park-Zeit der jungen Väter in Prenzlauer Berg. Sie hockten im Sand, sie hoben die Kinder auf die Schultern, sie holten Brotdosen aus den Rucksäcken und verteilten Apfelschnitze. Einer holte ein Eis, einer stand vor dem Fahrradladen, schob und zog einen Kinderwagen vor und zurück, die Speichen-Räder quietschten, als wollte er in ein Rennen gehen. Sie hätte ihren Vater zur Hochzeit eingeladen, hätte ihn gebeten, bei der Feier Gitarre zu spielen – seine Musik. Die Beatles oder die Beach Boys. *God only knows what I'd be without you* hätte er gesungen, was er immer singt, wenn sie bei ihm ist, als gäbe es keine andere Musik, als würde sie in seinem Leben wirklich eine Rolle spielen. »Er ist ein Loser«, hatte ihre Schwester über ihn gesagt, am Abend nach ihrer standesamtlichen Trauung. Ihr Mann, der halb hinter der Schwester stand, legte seine fleischige Hand mit dem eingeschnürten Fingerring auf ihren flachen Bauch, als wäre sie schwanger. Er nickte, ihr Bauch war leer. Sie wollten keine Kinder. Die beiden passen gut zusammen. Sie hatten von Anfang an einen Plan gehabt, einen Plan für ihr gemeinsames Leben. Kinder passen da nicht rein. Sorgenfrei wollen sie leben, sich was leisten können.

Ihr Vater trank an Emmas Hochzeitsfeier zu viel, schon beim Sektempfang hätte er genug gehabt. Er zeigte Alva die Rede, die er vorbereitet hatte. Er konnte sie nicht mehr halten, und als Emma mit ihrem Stiefvater auf die Tanzfläche ging, um – wie sie sagte – »den Reigen zu eröffnen«, war der Vater verschwunden. Alva suchte ihn überall, es hätte ihm ähnlichgesehen einfach abzuhauen, aber sie fand ihn schließlich, draußen, auf dem Parkplatz vor dem Hotel. Er saß in seinem Auto, eine Flasche Wein zwischen die Beine geklemmt. »Du kannst nicht mehr fahren«, sagte Alva und setzte sich neben ihn. Er meinte, sie sei die einzige, die sich Sorgen um ihn machte. Sie sei ein gutes Mädchen, er habe das immer gewusst. Als Alva noch klein war, vielleicht zehn Jahre alt, hatte er ihr einmal einen Goldhamster geschenkt. Er stand einfach eines Tages vor ihr, den Käfig in der Hand, und ihre Mutter sagte, wenn sie ihn haben wollte, müsste sie sich auch um ihn kümmern, ihm Futter und Wasser geben und regelmäßig das Streu erneuern, sie würden ihr nicht dabei helfen. Alva wusste nicht, wessen Idee es gewesen war, sie hatte sich den Hamster nicht gewünscht, sie hatte ja Wiesel. Immer noch. Aber der Hamster stammte von einem Arbeitskollegen, der plötzlich allergisch geworden war, und es sollte wohl eine Art pädagogische Maßnahme sein. Alva sollte lernen, Verantwortung zu übernehmen oder der Hamster sollte sie weicher machen, so weich wie sein Fell – egal, sie freute sich. Emma war sauer: wofür ihre Schwester denn belohnt werde? fragte sie und wollte auch einen. Die Mutter sagte, der Hamster sei keine Belohnung, sondern eine

Aufgabe. Alva erlaubte Emma aber, ihn zu streicheln. Sie fühlte sich stolz und groß.

Alva sah dem Hamster zu, wie er im Laufrad wirbelte und seine Backentaschen von den Karottenstücken eckig wurden. Sie setzte ihn auf die Sessellehne und den Schreibtisch und er rannte jedes Mal wie aufgezogen los. Der Käfig stand bei ihr im Zimmer und manchmal stand sie abends nochmal auf und holte den Hamster zu sich ins Bett. Sein Herz klopfte in ihrer Hand, und sie hatte Angst, den kleinen Körper zu zerdrücken, aber sie war vorsichtig. Sie mochte ihn sehr, auch als er langweilig wurde. Sie nahm es ihm nicht übel. Manchmal vergaß sie, ihn zu füttern, aber nicht weil sie ihn satt hatte. Sie dachte einfach nicht daran. Das Rad drehte sich und quietschte und so lange war ja alles gut. Ihr Vater gab dem Hamster dann das Futter und das Wasser und sagte, Mutti dürfe es nicht wissen, weil sie ja selbst daran denken müsste. Alles ging gut, bis die wichtige Geschäftsreise ihres Vaters kam. Er war eine Woche lang weg und in der Schule waren auch noch Theater-Tage. Sie lernte ihre Rolle, nachmittags hatten sie Proben. Sie spielte die Zirkusdirektorin, eine Hauptrolle. Sie wollte bei der Aufführung richtig gut sein. Sie vergaß den Hamster.

Es war nach der Generalprobe gewesen – Alva kam nach Hause und alles war still. Vatis Koffer stand im Flur, und sie freute sich, dass er wieder da war, rechtzeitig zur Premiere am nächsten Tag. Sie rief nach ihm, ging durch die Wohnung. Er saß bei ihr im Zimmer mit der Mutter und Emma. Sie verstand nicht. Sie sahen Alva an. Emma weinte, sie drückte die Tränen förmlich aus ihren Augen, mit aller Kraft. Emma hatte den Hamster regungslos im Streu gefunden und es gleich der Mutter gesagt. Ihr Vater sagte kein Wort. Das war das schlimmste, dass er kein Wort sagte. Aber vielleicht sagte er auch nichts, weil seine wichtige Geschäftsreise nichts gebracht hatte. Weil er auch einen Hamster hatte verhungern lassen. Aber das konnte Alva damals nicht verstehen.

Die Mutter nahm ihr Wiesel weg. Es sollte keine Strafe sein, sie wollte ihr vielmehr Gefühle beibringen. Sie sollte spüren, wie traurig es ist, etwas zu verlieren, was man liebt. In Alva war nur Zorn. Der Vater versprach ihr, dass sie Wiesel zurückbekäme. Tags darauf stand Alva auf der Bühne in der Schulaula und war die Zirkusdirektorin. Sie hatte nur für ihren Vater gespielt, und sie war richtig gut, sagte die Lehrerin. Wiesel bekam sie nicht zurück. Trotzig versteckte sich Alva im Fahrradkeller, den ganzen Nachmittag lang. Ihr Vater hätte sicherlich Angst um sie, würde nach ihr suchen. Wenn er sie fände, würde er ihr Wiesel zurückgeben – erleichtert, sein Mädchen wieder in die Arme zu schließen. Aber als der Abend kam, kauerte sie noch immer in dem kalten Gewölbe, wo es nach Regen und Gummi roch. Keiner kam. Alva spürte sich nicht mehr, hatte das Gefühl, sich einfach aufgelöst zu haben. Als sie schließlich nach oben in die Wohnung ging, wollte sie nichts mehr. Nicht einmal Wiesel.

Er habe sie und ihre Schwester im Stich gelassen, sagte ihr Vater im Auto auf dem Parkplatz, während drinnen getanzt wurde. »Ach, Emma kommt klar«, sagte Alva. Und es war ja die Mutter gewesen, die ihn verlassen hatte, weil es einfach nicht mehr gegangen war. Und dann irgendwann hatte sie Alva und Emma ihren neuen Freund vorgestellt, mit dem es ging und der ihr zweiter Vater werden sollte. Emma fand ihn von Anfang an toll, obwohl er nicht Gitarre spielen konnte. Aber er hatte einen Plan – wie sie, und Emma war einfach zu jung, ihr fehlten ein paar Jahre, wenn es um den richtigen Vater ging. Womöglich wollte Alva nur wegen ihm die kirchliche Hochzeit, wollte an seinem Arm zum Altar geführt werden. Aber Tom fand das ja alles überflüssig.

Vielleicht hätte sie Tom die Hamster-Geschichte erzählen müssen, hätte ihm erzählen müssen, wie sie mit ihrem Vater auf dem Parkplatz im Auto gesessen hatte. Hätte Jo erzählen müssen, wie sie ihn betrogen hatte beim Italiener auf dem Klo. Ein einziges Mal richtig sprechen. Und wenn man sich dann noch in die Augen sehen kann, wenn dann noch von Liebe die Rede ist, dann würde alles gut werden. Vielleicht.

GEDANKENGRAB

Drei halbe Regenbögen standen am Himmel, als der Zug über die Brücke ins Land fuhr. Auf den Wiesen glänzten Pfützen groß wie Seen, und der Himmel spiegelte sich darin. Unter den Kühen zogen die Wolken vorbei. Edvard sah aus dem Fenster, reckte den Hals. Hinter ihm kippte der Deich in den Fluss, Haus und Höfe der Nachbarn glitten ins Wasser, als liefen sie vom Stapel einer Werft, wie eine Flotte Geisterschiffe. Bis zur Kurve konnte er noch die Spitze des Kirchturms erkennen. Sie ragte empor, und er stellte sich vor, dass sie wohl als letzte Markierung stehen bliebe und dort noch stünde, mitten im Wasser, wenn schon längst alles andere vom Elbstrom mitgenommen worden war. Er sah die Bretter des Schuppens im Wasser vorbeitreiben, den roten Giebel eines Häuserdaches, auf dem eine Katze saß. Das waren Bilder eines alten Kinderbuches, an dessen Titel er sich nicht mehr erinnerte.

Edvard packte die Brote aus. Am Morgen hatte er nur die letzte schon braune Banane gegessen, damit er sie nicht wegwerfen musste. »Iss nicht alles auf einmal auf, wir sind noch den ganzen Tag unterwegs!«, hörte er seine Mutter sagen. Er schlug die Hände vor die Augen. Aber er sah sie an der Tür zum Abteil stehen, wie sie ihren regennassen Schirm ausschüttelte. Sie setzte sich ihm gegenüber, schlug die Beine übereinander. Und als wären sie nicht alleine im Abteil, zog sie den hochgerutschten Rock über ihre Knie und tastete kurz nach dem obersten Knopf ihrer Bluse, der braunen Bluse aus dem Schrank, die sie schon lange nicht mehr getragen hatte.

»Ich muss zum Friseur«, hatte sie gesagt. »Unter Leute kommen, sonst drehe ich durch.«

Er war fünfzehn Jahre alt gewesen. Seit Vaters Tod waren sie nicht mehr nach Hamburg gefahren. Die Haare hatte sie sich zuhause von der Bombek aus dem Nachbarort frisieren lassen, die mit ihrem Köfferchen wie eine Ärztin Hausbesuche machte. Bei den Alten und Gebrechlichen. Aber das Köfferchen, das sich auf dem Badezimmerschränkchen in sechs Etagen aufklappte, war voll von Kämmen, Scheren und Lockenwicklern. Die Schere klackerte und Strähnen fielen auf den Boden, während die Bombek von den Toten sprach und über die Jungen schimpfte, die es hier hinterm Deich nicht mehr aushielten. »Ich werde immer bei Mama bleiben«, sagte Edvard und schämte sich ein wenig über die Wäsche, die zum Trocknen auf dem Ständer in der Badewanne hing, weil es Nylonstrümpfe und Hüfthalter waren, wie sie auch die Frauen auf den glänzenden Katalogseiten trugen, die er abends im Bett ansah, eine Hand unter der Decke.

»Du bist schließlich der Mann im Haus«, sagte die Bombek und lachte. Und seine Mutter nickte ihrem Spiegelbild zu: »Er ist wirklich ein Großer. Er kümmert sich um alles. Ich wüsste nicht, wie ich ohne ihn zurechtkommen sollte. Er hat den Schuppen vernagelt. Ganz allein, ohne Hilfe.«

Die Bombek steckte der Mutter Metallklammern ins

Haar und die freigelegten Streifen weißer Kopfhaut auf ihrem sonst hochroten Kopf ließen sie krank und verrückt aussehen. »Das ist gut«, sagte die Bombek, »man muss mit dem Vergangenen abschließen. Das Leben geht weiter.« Im nächsten Augenblick würde sie Kabel an die Klammern anschließen, um Strom in Mamas Kopf zu jagen, rot und schwarz ummantelte Leitungen, wie die Starterkabel aus dem Schuppen, die niemand mehr brauchte. Aber statt den Kabeln nahm sie die Lockenwickler, rollte das dünne Haar auf und schmierte eine milchige Flüssigkeit darauf. Das Badezimmer wurde zum Chemielabor und nach mehr als zwei Stunden hatte sich Edvards Mutter genau in die lockige Frau aus der Fernsehzeitschrift verwandelt, in der sie während der Prozedur geblättert hatte.

An jenem Tag aber musste seine Mutter in die Stadt fahren, um eine andere zu werden. Weil sie es nicht mehr aushielt in ihrer Haut. Da half auch all das Cremen nicht, das Baden und Ölen, das Schönmachen für niemanden. Sie schüttelte nur den Kopf und fragte, warum kann man sich nicht selbst spüren, richtig spüren. Edvard verstand nicht, was sie meinte. Er hatte mit dem Hammer daneben geschlagen, als er den Schuppen vernagelte. Und ob er sich da spürte.

Er rieb immer noch seinen Daumen, als sie in Hamburg aus der Bahnhofshalle auf den Vorplatz traten. Sie öffnete den Knopf an ihrer Bluse. Tauben flatterten auf und flogen knapp über Edvards Kopf hinweg zur Haltestelle der Straßenbahn, als gäbe es über der verdrahteten Stadt keinen Himmel. Doch die Sonne brach durch die Wolken und schnitt Straßenzüge in die Reihen flammend roter Klinkerhäuser.

»Wir können zu Fuß zum Friseur gehen«, sagte seine Mutter. Eine Sekunde lang wollte er ihre Hand nehmen, aber er wusste nicht, wer wen führen sollte. Am Kantstein klebte ein nasses Flugblatt: Neueröffnung. Bunte Werbetafeln und gelbe Telefonhäuschen standen wie Signale. Vor den Läden war der Gehweg mit Schütten voller Waren zugestellt. Kinder zerrten an ihren Eltern, griffen nach glänzenden Orangen, wollten an den Seifen der Drogerie riechen und sie mit nach Hause nehmen. Nach oben in ihre Wohnungen. An der Ampel hielten die Autos, während die Straßenbahn einfach weiterfuhr – zur Ecke am Friseurladen.

»Geh doch solange in den Laden dort, da findest du bestimmt ein Geburtstagsgeschenk für dich! Beim Friseur wird dir nur langweilig.«

Das Schaufenster leuchtete Edvard entgegen. Kleine und große Flugzeuge kreisten im Licht, Raketenrümpfe mit Stummelflügeln zogen ihre Bahnen über der Auslage, den Starfighter-Modellbaukästen, und erst als er herangetreten war, sich die Nase an der Scheibe plattdrückte, erkannte er die Nylonfäden an einer sich drehenden Scheibe.

Den F-104 gab es in allen Größen – er war der spektakulärste Kampfjet seiner Zeit, kein anderes Flugzeug war so schnell und stieg so hoch wie der Starfighter; kein anderes stürzte so oft ab. In der Schule machte der Witz die Runde: Wie bekommt man seinen eigenen Starfighter? Du kaufst ein Haus mit Garten und wartest.

Im Schaufenster stapelten sich die Baukästen. Darunter schwierige Modelle mit vielen Kleinteilen. Aber für ihn wären sie kein Problem. Er kannte sich damit aus. Sein Lieblingsgeruch bestand aus Lösungsmittel und Lack, er trug eine zweite Haut aus Klebstoff an den Fingerkuppen und sein Zimmer war ein Hangar voll mit Focke Wullfs und Messerschmitts. Auf der Heizung trocknete die FW 200, Churchills *Geißel des Atlantiks,* während im Wasserbad schon die Kartenschnipsel der Bf-110-Aufkleber lagen. Bis sich die Folien darin gelöst hatten und Edvard das aufgesperrte rote Maul mit den weißen Sägezähnen und die Wehrmachtskreuze und Staffelnummern mit der Pinzette aus dem Wasser fischen und sie sachte auf Bug und Heck legen konnte. Früher hatte er es kaum erwarten können, das Werk seinem Vater zu zeigen. Damit der die zerbrechlichen Flieger fachmännisch beurteilte, zwischen Daumen und Zeigefinger, den Kopf schräg gelegt, ein Auge zugekniffen. Erst nach seinem Nicken waren sie wirklich fertig gewesen.

Wie hypnotisiert stand Edvard vor dem Schaufenster, folgte den kreisenden Flugzeugen. Fünf Minuten, eine halbe Stunde, eine ganze? Er träumte. Papa hatte ihm einmal versprochen, mit ihm zusammen ein richtiges Flugzeug zu bauen. Ein Modell, das steil und knatternd über den Deich flöge, übers Wasser jagte und die Möwen scheuchte.

Hätte die Verkäuferin nicht nach einem der Baukästen in der Auslage gegriffen, Edvard hätte den Mann an der Kasse gar nicht bemerkt. Doch so folgte er, aus seinem Traum gerissen, ihrer Hand, die in sein Blickfeld kam, sah der Verkäuferin nach, wie sie sich an den Kunden wandte, der bereits an der Kasse auf sie wartete und das Portemonnaie aus seiner Jackentasche holte, aus der Tasche einer alten abgeschabten Lederjacke.

Edvard starrte ihn an, und als hätte der Mann im Laden den Blick bemerkt, hob er seinen Kopf. Sie sahen sich an. Es gab keinen Zweifel.

Edvard spürte seine Hände nicht mehr. Die tauben Fäuste ballten sich von selbst, sein Herz begann zu rasen, er schüttelte den Kopf, konnte nicht mehr damit aufhören. Er hörte seine eigene Stimme, aber sie gehörte nicht zu ihm. Es war ein Tierlaut, ein Winseln, das ihn zittern ließ. Ein Passant drehte sich um. Edvard wollte in den Laden stürmen, wollte den Mann stellen, ihn Vater rufen, vor allen Leuten, ihn schlagen, streicheln, von ihm hochgehoben werden, in die Arme, ihn festhalten, sich an seine Beine klammern. Stattdessen rannte Edvard einfach los. Voller Angst über die Straße, zum Friseur, riss schreiend die Mutter aus dem Stuhl vor dem großen Spiegel, in dem das Bild des Schaufensters gegenüberstand und zerrte sie mit nassen Haaren aus dem Geschäft auf die Straße, zwischen hupenden Autos hindurch, an der kreischenden Straßenbahn vorbei, in den Laden hinein.

Doch sein Vater war verschwunden. Da war nur ein Mann, an den sich die Verkäuferin erinnerte, ein freundlicher Herr, der einen Starfighter gekauft und den Laden schnell verlassen habe. Eine Lederjacke? Ja, vielleicht. In welche Richtung? Nein, das könne sie nicht sagen.

Edvard rannte aus dem Laden, blieb zitternd an der Straße stehen, sah sich um. Es hatte angefangen zu regnen. Es goss in Strömen. Passanten flüchteten in die Straßenbahn, versperrten einander mit ihren aufgeklappten Schirmen den Weg. Vater war nirgendwo zu sehen. Nur einen Moment lang hatte Edvard dem Laden den Rücken gekehrt, hatte ihn doch im Frisierspiegel sofort wieder im Blick gehabt. Nicht einmal eine Minute mochte es für seinen Vater gewesen sein, ungesehen aus dem Laden zu treten. Nicht einmal eine Minute für eine Entscheidung. Zu kurz, um in der Seitenstraße oder der Pizzeria zwei Häuser weiter zu verschwinden. Aber Zeit genug, um in die Straßenbahn zu steigen, schoss es Edvard durch den Kopf. Mit einem Satz sprang Edvard in die Bahn und bevor sich hinter ihm die Tür schloss, hörte er noch seine Mutter schreien: »Er ist tot! Er ist tot!«

Am Hauptbahnhof stieg Edvard um, ohne eine einzige Taube zu sehen. Der dänische Zug sah aus wie ein riesiges Tablettenröhrchen Aspirin. Müdigkeit klopfte in Edvards Kopf, und obwohl er sich vorgenommen hatte, alles sehen zu wollen, was sein Vater auf seinen Fahrten gesehen hatte, jeden Augenblick auf dem Weg zur Fähre festzuhalten, verwischten sich bald Himmel und Felder, zogen die fremdem Städte und Orte ohne Zeit und Gefühl an ihm vorbei. Die Stunden verloren sich im Takt des ratternden Zuges. Er ist tot! Er ist tot, hörte er im Geräusch der rollenden Räder. Das Wort mit den beiden Kreuzen, den Kreuzen, die entlang der Bahnlinie standen, am Rande der Felder und der Wege, die zu den Höfen führten, den Kreuzen, die sich im Wind drehten.

Er aß das letzte belegte Brot, die Gurkenscheiben, das hartgekochte Ei und zwei Müsliriegel und warf die leere Tüte in den Abfalleimer. Jetzt gibt es kein Zurück, jetzt habe ich nur noch Elsies Koffer, dachte er, und der Zug fuhr in die blaue Weite, dorthin, wo das Land endete.

HEXENSCHUSS

Das Schiff war zu groß, um etwas zurückzulassen. Angerichtet auf einer dunkelblauen Decke lag es leuchtend weiß im Hafen. Wie ein Geschenk. Und als würde eine große rote Stumpenkerze darauf brennen, stieg ein Rauchfaden dünn in den unruhigen Himmel. Die Passagiere kamen zusammen, weil es der letzte und erste Abend war. Etwas Neues begann, hier auf dem Schiff. Die Eltern nahmen ihre Kinder an die Hand und wussten den Weg. Nichts und niemand sollte zurückbleiben. Die Autos fuhren über die Rampe, verschwanden mit Kleidung für Wochen, nach Listen gepackt, für Regen und Sonne, hielten neben Lastwagen, Container voll von Waren, teurem Wein und Aquavit aus Alborg, hinter Wohnmobilen mit Küchen und Geschirr und Betten. Manche standen schon an Deck, blickten hinauf, hinaus übers Wasser. Die Dünung verriet den Sturm, der in der Polarregion aufgezogen war, die atlantische Arktikfront aus der Wetter-App.

Alva stand an der Reling unterhalb der Brücke und versuchte, Lina zu erreichen. Immer wieder wählte sie. Niemand meldete sich. Sie sah übers Meer, das weit draußen seltsam schwarz schien, als hätte dort schon eine Nacht begonnen. Sie konnte doch nicht hinausfahren, ohne ihre Liebe. Eine Fahne schlug gegen den Mast. Vor vielen hundert Jahren, das hatte Alva gelesen, schickten die Hexen im Hohen Norden Norwegens mit den Winden ihren Fluch über die Länder. Einen mächtigen Schadenszauber, diabolicus grandus oder auch Hexenschuss genannt, der die Ernten vernichtete und Seelen verwirrte. Allen Ortes wurden dann Schwärme dunkelblauer Fliegen gesehen und Mäuse mit Köpfen an der Vorder- und Hinterseite. Die Menschen fürchteten das gottlose Volk, das am Ende der Welt lebte und von dem gesagt wurde, dass es in die Zukunft sehen und von Geschehnissen berichten konnte, die sich weit entfernt ereigneten. Es war bei Strafe verboten, sich von ihnen weißsagen zu lassen und sich ihrer magischen Kräfte zu bedienen, und apokalyptische Zeichnungen zeugten von den verheerenden Taten des samischen Zaubers. Die düsteren Bilder hätten von Lina stammen können – die in Haufen am Boden liegenden schwarzen Männchen, die Lina immer zeichnete. Alva hängte die Blätter verkehrt herum an den Kühlschrank, damit die Männchen standen und freundlicher aussahen.

Aber vor ihrer Abreise hatte ihr Lina ein buntes Bild gemalt, ein buntes Bild von der Welt. Allein für den Kreis habe sie fünf Blätter gebraucht, sagte sie. Immer nahm sie neue Bögen, statt auch die Rückseiten zu benutzen. Dabei sollte sie doch Papier sparen, wollte die Erzieherin. Aber es sei doch die Welt! Mit Charlottes Wachsmalstiften hatte sie den Kreis ausgemalt. Sie hatte einfach die Stifte genommen – den blauen und den braunen, den gelben und den grünen. Und sie fing nochmal auf drei neuen Blättern ganz von vorne an, weil sie an ein paar Stellen über die Linie gefahren war. Lieber füllte sie den Kreis nicht ganz aus, dann blieb er an den Rändern weiß. Auf der Welt gäbe es ja auch Eis. Und dick die braune Erde und den gelben

Sand, das grüne Gras und das blaue Meer, das glänzte wie die Wachsmalkreide, von der sie selber einen Kasten hat, den sie aber nicht mehr gefunden hatte. Doch suchen und warten konnte sie nicht. Und sie nahm ja ihren eigenen Bleistift, um die Linien in das Bild zu kratzen, längs und quer, ein Gitternetz über die Welt gespannt, die Schnittpunkte so dick gemacht, dass vom Druck die Spitze abbrach. »Was bedeuten die Punkte?«, fragte Alva. »Da kann man aussteigen«, antwortete Lina. »Und wo kommt man da hin?« »Wohin du willst«, hatte Lina gesagt. »Ich bin ja nur ein paar Tage weg«, sagte Alva.

»Es gibt da ein paar Dinge bei Lina, über die wir reden müssen«, hatte die Erzieherin gesagt und Alva beiseite genommen. Doch sie wollte mit ihr nicht darüber sprechen, dass Lina zum ersten Mal ein buntes Bild der Welt gemalt hatte – statt der schwarzen Männchen, die tot auf dem Papier lagen, ein Grün, auf dem Blumen wachsen konnten. Da war es doch gleichgültig, dass sie dafür einfach den Farbstift einer Freundin genommen hatte. Charlotte habe sich beschwert. Das sind meine Stifte und Lina ist nicht meine Freundin, hatte sie gesagt. »Lina hat sich viel Mühe gegeben, aber sie kann sich natürlich nicht einfach aus Charlottes Mäppchen bedienen – ohne zu fragen.« Die Erzieherin bat Alva um ein Elterngespräch: Da gäbe es noch einiges mehr, was zu klären sei. Der Termin wäre kommende Woche. Alva hatte nicht gesagt, dass sie an diesem Tag tausende von Kilometern entfernt sein würde.

Nach ihrem Reiseplan wäre bis dahin Norwegen bis zum Nordkap durchquert und sie stünde vor dem Felsenportal

Kirkeporten. Dem Eingang zur Unterwelt, wo die Sami ihren Toten Opfer brachten.

Schwarz zog sich der Horizont zusammen. Gewitterlichter blitzten auf. Ein Grollen von weit her. Alva zog die Kapuze ihres Shirts über den Kopf, vergrub die Hände und das Smartphone in den Taschen. Ihre Mutter würde anrufen, wenn irgendetwas wäre. Sie ist bestimmt mit Lina zusammen eingeschlafen.

»Bestimmt geht es Lina gut«, sagte sie für sich und bemerkte nicht, dass ein älterer Mann neben ihr erstaunt den Kopf zu ihr drehte.

ZWEI

HERZ

Der Stahl stampfte in die Dunkelheit hinaus. Die tonnenschweren Dieselmotoren drehten mannshohe Schrauben ins schaumige Meer, trieben die Fähre in die Nacht, aber alles, was Edvard davon bemerkte, war ein Vibrieren und Schaukeln unter seinen nackten Füßen. Sein Herz dagegen, diese kleine Maschine, die ihn seit mehr als sechzig Jahren antrieb, ließ ihn nicht schlafen. Hätte er es in den Händen halten können, er hätte das Gewicht kaum gespürt, aber es war schwer und sein Hämmern hielt ihn wach. Als er an Bord gekommen war, hatte ihn der vergilbte Lautsprecher neben der Lüftung noch willkommen geheißen, dreisprachig – doch längst lag außer dem Hafen auch noch Deutsch und Englisch hinter ihm. Die letzte Ansage war auf Dänisch gewesen und er konnte nur ahnen, dass es um den nächtlichen Zeitvertreib an Bord gegangen war: *Bar* und *Disco,* glaubte er herausgehört zu haben. Jetzt war es schon lange still.

In der Kabine staute sich gelbes Licht, das sich nicht löschen ließ. Aber Edvard suchte auch nicht nach einem Schalter. Es war seine Panikbeleuchtung. Vierhundertfünfzig Fahrzeuge standen auf dem Deck über ihm. Das Bullauge war nur eine Lampe und täuschte Freiheit vor. Edvard duschte unter dem Meeresspiegel.

Irgendwann würde er jemanden brauchen, der ihm half, die klobigen Schuhe auszuziehen, die sich nicht mehr abnutzten. Der seine Hose und das Hemd faltete und bereitlegte – bis zum nächsten Morgen und immer wieder, für all die stillen Tage und Wochen, für die verbleibende Zeit. Aber sein Alter sei ja noch kein Alter, hatte der Apotheker gesagt. Edvard konnte noch aus der Haut fahren: das Anziehzeug einfach auf den Boden werfen: Socken, Hose, Unterwäsche lagen kreuz und quer. Nur das weiße Hemd hing über einem Bügel. Er ließ sich den Duschstrahl in den Mund laufen, schmeckte rostig weiches Wasser, das er in Fäden durch die Zähne zog und im Bogen wieder ausspuckte. Das hatte er noch nie zuvor gemacht, in seinem ganzen Leben nicht. Er hielt sich an der Duschstange fest, streckte sein tropfendes Bein aus der engen Dusche, drehte sich seitlich heraus, um das Handtuch vom Haken zu fischen, und bevor der Wasserdampf den Spiegel an der Tür blind machte, begegnete ihm sein grauer Kopf. Er sah im lehmigen Licht die knochige Brust mit den weißen Haarkräuseln und die angespannten Sehnen seines Armes. Edvard dachte an Röntgenbilder, und dass es nicht sein sollte, etwas zu sehen, was nicht dafür bestimmt war.

Einen unsicheren Schritt zum Waschbecken. Am Kulturbeutel klebte noch das Preisschild. Eine Hand am Waschbecken rieb er sich *fusswohl* zwischen seine Zehen und auf die Sohlen. Der Geruch von Menthol und Kampfer stach ihm in die Nase. So riecht das Alter, dachte er. Aber er hat noch keine Probleme, sich zu bücken. Mit der Nagelschere schnitt er vorsichtig die Fadenschlaufe des neuen Sockenpaares auf. Schwarze, elegante, die schnell löchrig würden, wenn man die Nägel nicht kurz hielt. Am Morgen, in ein paar Stunden, würde er in Oslo sein, und er trüge die neuen Socken und das feine Hemd, das man zu einer Hochzeit trägt oder mit schwarzer Krawatte zur Bestattung.

Aus dem Koffer nahm er nur die Adressen und den Umschlag, prall von norwegischem Geld, das er auf der Fähre gewechselt hatte. Er legte alles auf die Ablage am Bett, ein paar Scheine stopfte er in die Hosentasche. Für einen Augenblick sehnte er sich in sein Haus zurück, an seinen alten Holztisch, der immer still stand, wünschte sich eine grün schimmernde dicke Schmeißfliege, die er klatschen könnte, wenn sie sich auf die Brotkrumen setzte. Scharf zog er die Luft ein – vielleicht war da noch in irgendeiner Windung seiner Nase ein Restgeruch von Schafkötteln und Gras, der im Sommer durchs Fenster in die Küche zieht.

Es war zwei Uhr nachts als Edvard aus der Kabine in den Flur trat. Alkohol half ihm nicht gegen Schlaflosigkeit, verkürzte aber die wachen Stunden. Auf dem ausgehängten Decksplan suchte er seinen Fluchtweg in die Bar. Dann ging er breitbeinig einfach los, an den Reihen stiller Kabinentüren vorbei, mit gedämpften Schritten. Die Auslegware war mit dem Reedereizeichen gemustert. Edvard erinnerte sich an die Quittungen mit den gekreuzten Flaggen und dem doppelten D, die zwischen Tankbelegen und zerknüllten Zigarettenschachteln immer auf dem Beifahrersitz im Transporter seines Vaters gelegen hatten. Der Flur hob und senkte sich ein wenig. Edvards Magen blieb ruhig. Das machte ihm Mut.

Das Schiff stampfte über ein Meer aus Zeit. Fingerdick plackten die Schichten weißer Farbe auf den Leitungssträngen. Aber der Rost warf Blasen in die Ritzen der Nieten, fraß sich in die schweren Schotten unter Deck, in die Schweißnähte des Treppengeländers.

Zwei Decks höher fing die polierte Holzverkleidung an, und am Eingang zum dunklen Restaurant leuchtete ein Dutzend blinkender Automaten, die mit sich selber spielten: Orangen, Kirschen, Äpfel, Sterne, Hufeisen standen auf den Walzen und wischten im nächsten Moment wieder weg, der Jackpot hatte seine eigene Melodie.

Nur ein Spieler saß schief am vorletzten Gerät in der Reihe, ein Mann im Kapuzenshirt. Reglos, die Kapuze tief in die Stirn gezogen, lebte er nur in seinen Händen. Die linke warf unablässig Münzen in den einarmigen Banditen, während die andere den Hebel bediente und lustlos irgendwelche Tasten drückte. Sicher der Stammplatz des Mannes, dachte Edvard, warum sonst sollte er dort sitzen, ausgerechnet neben der Toilettentür. Ein Fernfahrer wohl, einer der bei jeder Überfahrt an dieser Maschine spielt. Zu Hause in der Küche hatte Edvard immer auf demselben Stuhl am Tisch gesessen, seit Jahrzehnten, und er hätte nicht einmal sagen können, warum. Für Gewohnheiten braucht man keine Gründe, und vielleicht ist gerade das Heimat, nicht mehr wählen zu müssen, ohne sich überhaupt je entschieden zu haben.

Der Kapuzenmann hatte etwas Beruhigendes. Edvard würde sich einfach an die Bar setzen und ein Bier trinken. Bier schafft Sicherheit. Es bleibt immer ein Bier, ob in der Küche oder auf einer Fähre, die in die Dunkelheit fuhr. Und er würde nur Gedanken denken, die er schon kannte. An der Toilettentür vorbei stieg ihm ein saurer Geruch in die Nase. Edvard atmete durch den Mund und ging zur Bar.

Er ruckelte am festgeschraubten Hocker. Ob sein Vater wohl einen Stammplatz an der Bar hatte? Am Tresen entlang, knapp über dem Boden, lief eine Messingstange. Edvard nahm sie als Stufe zu dem sinnlos hohen Sitz, rutschte mit einer Hinterbacke auf das wie aufgepumpte Polster, bis die Füße, auf der Stange abgesetzt, für Halt sorgten. An die gepolsterte Kunstlederkante gelehnt, bestellte er auf Deutsch bei einem blonden jungen Mann ein Bier. Er war der einzige Gast.

Der Barkeeper wischte mit einem feuchten Tuch über den Tresen, bevor er Edvards Bier auf eine rutschfeste Matte stellte. Die Schaumkrone zitterte.

»Willkommen auf der Kong Haakon!«

Er heiße Sven und komme aus Schweden.

»Darf es sonst noch etwas sein?«

»Ein Schnaps wäre gut«, antwortete Edvard, aber keinen Helbing, verkniff er sich zu sagen. Oder einen dieser Flachmänner, nach denen er im Supermarkt – vorausgesetzt die Frielings standen gerade nicht an der Kasse – immer kurz vor dem Bezahlen noch gegriffen hatte. Für den Abend, wenn die Mutter versorgt gewesen war und schlief und er draußen stehen konnte vor dem Haus, allein. Wer allein trinkt, trinkt immer heimlich.

»Etwas typisch Skandinavisches.«

Da wäre ein Aquavit, oder besser ein Mintu, das Richtige, meinte Sven, Pfefferminzschnaps, da habe man immer frisch geputzte Zähne. Er sprach perfekt Deutsch, lächelte wie ein Sanitäter in der Notaufnahme und hielt schon die vereiste Flasche und ein Gläschen in den Händen.

»Ja, warum nicht«, sagte Edvard, nahm das bereits gefüllte Glas, spürte die Kälte an den Fingerspitzen, setzte es an die Lippen. Der Schnaps brannte sich süß und ölig in seinen Magen. Edvard spülte mit Bier nach, leerte das Glas in einem Zug und bestellte wieder. Seit Stunden hatte er nichts gegessen. Seine Zunge war schon dick und langsam. Sein Kopf wurde weit, als sei er hier im wahren Leben angekommen.

Er trinke wie ein Norweger, lachte Sven, schloss den Zapfhahn, und vor Edvard stand das nächste Bier, das wie das erste aussah. Wieder wischte Sven über den Tresen, sprach von den Passagieren, die nur zum Trinken auf die Fähre kamen. Noch einen Mintu, sagte Edvard und hörte Sven erzählen, dass der Ansturm nun ja schon vorbei sei, sie aber auch früh angefangen hätten, manche zögen nicht einmal die Jacken aus und stellten ihr Gepäck einfach an die Bar.

»Manchen hilft der Alkohol auch gegen Seekrankheit. Den meisten aber nicht.«

Er blickte über Edvards Schulter und flüsterte: »Die war auch schon da.« Und noch bevor Edvard das Poltern hinter seinem Rücken hörte, drehte er sich um und sah eine Frau aus dem Halbdunkel des Restaurants wanken. Den Kopf erhoben riss sie einen Stuhl um und stieß sich fluchend an einer Tischkante. Aus ihren Ohren hingen Kabel. In der Hand am ausgestreckten Arm hielt sie ihr Smartphone, zog damit Kreise in die Luft, starrte auf das Display: »Ich fass es nicht. Ich fass es einfach nicht!«

Die Frau trug ein Kapuzenshirt wie der Mann am Automaten, ihre weite Jogginghose schlackerte um ihre Beine. Taumelnd rettete sie sich zum Bartresen, knallte ihr Telefon auf die Theke und krallte sich mit ihren rot lackierten Fingernägeln in den gepolsterten Wulst, als wollte sie ihn aufschlitzen. Halb auf dem hohen Hocker sitzend versuchte sie, die Stange mit ausgestreckten Füßen zu erreichen. Wie ein Kind auf einer viel zu hohen Wippe.

»Kein Empfang hier, das ist doch nicht normal!«

Sven zuckte mit den Achseln. Edvard erinnerte sich – die Frau, die mit sich selber sprach, er war ihr oben auf dem Schiff begegnet. Sie kam ihm schon wie eine alte Bekannte vor.

»Wir sind auf dem Meer«, murmelte er, ohne sie anzusehen, seine Stimme klang als hätte es ein anderer gesagt. Er musste sich vor Unterhaltungen in Acht nehmen. Er konnte sich nicht daran erinnern, wann und mit wem er das letzte Mal eine richtige Unterhaltung geführt hatte. Schon gar nicht mit einer jungen Frau.

»Aber nicht auf einem Segelschiff aus dem vorletzten Jahrhundert! Wir haben das Jahr 2019, oder?«

Edvard spürte, dass sie ihn von der Seite ansah, ihn musterte. Er starrte in sein Bier. Ihn wehte ein Duft an, von Seife und Creme und bequemen Klamotten, von rotbraunen welligen Haaren, aber da war er sich nicht sicher, ob sie wirklich rotbraun und in Wellen waren. Sie hatte geduscht, wie er. Aber er hatte sich das weiße Hemd und die neuen Socken angezogen, sie dagegen eine Jogginghose und ein Shirt. Er ging aus, sie machte es sich bequem. Auf einem fremden Schiff. Hastig leerte er sein Bierglas, kippte den Schnaps. Falsche Reihenfolge. Er war durcheinander, wollte sofort bezahlen und dann schnell gehen.

»Sie könnten einer meiner Väter sein!«

»Ausgerechnet«, sagte Edvard sofort, ohne nachgedacht zu haben. Alles ging von ganz alleine, machte sich selbstständig. Er sollte jetzt sofort aufstehen, eine gute Nacht wünschen und verschwinden. Noch hatte er nicht zu viel getrunken. Seine Nase fühlte sich taub an, und er spürte die Ohren nicht mehr, aber er hatte noch nicht zu viel getrunken.

Edvard bemerkte ihren Blick. Er müsste sich erklären. Warum *ausgerechnet*? Was hatte er damit gemeint? Er müsste jetzt von sich erzählen. Das hatte er in Filmen gesehen, an all seinen Abenden, die ohne Anfang nicht enden wollten, dass wildfremde Menschen in der Nacht in einer Bar aufeinandertrafen und sich ihr Leben erzählten, über Dinge sprachen, über die sie mit niemandem zuvor gesprochen hatten. Jeder legte ein Geheimnis auf den Tresen, packte es aus, zeigte es dem anderen und ließ es einfach liegen. Sie gingen auseinander und Sven wischte am Ende mit einem feuchten Tuch darüber, als wäre da nie etwas gewesen. Er wagte einen kurzen Blick. Es stimmte, ihr Haar war rotbraun, aber eher struppig als wellig. Und war da nicht schon ein leichter grauer Ansatz? Sie hatte wohl kein Geld oder keine Zeit, es dauernd nachzufärben. Das Problem kannte er von seiner Mutter, bis ihr das Aussehen gleichgültig geworden war. Wie alt mochte die Frau wohl sein? Ende Zwanzig? Mitte Dreißig? Oder jünger? Er selbst hatte schon mit vierzig weißes Haar bekommen. So oder so lagen Jahrzehnte und Welten zwischen ihnen: der Geruch von Menthol und Kampfer, die Katze, die er niemals hatte, der Tod und eine Tüte mit belegten Broten. Wo mag sie herkommen? Warum war sie hier? Da war der Küchentisch in seinem Haus dazwischen, Elsie von der Sparkasse und der Überlandbus, mit dem er in den nächsten Ort gefahren war, wenn er es nicht mehr ausgehalten hatte. Wie oft hatte er sich gewünscht, dass ihm jemand ansah, wie er sich fühlte.

»Sven, gib mir und meinem Vater was zu trinken!« Die Frau klopfte auf den Tresen.

Sven grinste, doch er drehte sich nicht zum Zapfhahn. Er sah Edvard an, als hätte der jetzt zu entscheiden: Sie hat schon eine Menge, darf sie noch? Als gehörte sie zu ihm, als wäre er für sie verantwortlich, als könnte er sagen: Das ist schon in Ordnung, ich weiß, sie kann das ab, und ich bin ja auch noch da, ich kümmere mich um sie.

Edvard nickte und Sven zapfte Biere, füllte die Schnapsgläser. Das wird nicht gut enden, dachte Edvard aufgeregt. Es fühlte sich wie Freude an.

»Wie viele Väter haben Sie?«, fragte Edvard in einem Ton, den er von sich nicht kannte.

»Zwei. Der eine hat mich gezeugt und fing kurz darauf zu trinken an, und der andere tapeziert meine Wohnung und überweist Geld.«

»Ihr leiblicher Vater sorgt sich nicht um Sie?«

»Doch, aber dann weint er nur.«

»Ich denke, es ist ein gutes Zeichen, wenn ein Vater um

sein Kind weint. Mein Vater …« Er unterbrach sich, konnte sich gerade noch beherrschen. Bei »gutes Zeichen« waren das *s* und *z* für die Aussprache zu dicht beisammen. Das hatte ihn gewarnt. Er musste aufpassen, was er sagte. Er stürzte das nächste Glas in sich hinein und wusste nicht mehr, wie viele Schnäpse zwischen den letzten Bieren waren. Jetzt hatte er endgültig zu viel.

»Schuldgefühle hat er! Sonst nichts! Und Schuld ist ja wohl das letzte, was Nähe schafft.«

Jetzt sieht er sie wirklich an. Ihre Augen, unnahbar schön. Ein Blau, das er noch nie zuvor gesehen hatte. Für wen diese Augen weinen oder lachen, der kann glücklich sein, dachte er.

Vor einer Ewigkeit hatte er solch einen Satz in sein Notenheft geschrieben, für Elsie. Er saß zu Hause an dem alten Klavier auf dem viel zu hohen Hocker, so wie jetzt an dieser Bar, und übte ein Stück für sie, ihren Lieblingssong zu ihrem gemeinsamen Jahrestag. Edvard konnte nicht mehr rechnen, aber es muss ihr vierter gewesen sein. Sie waren achtzehn oder neunzehn.

Sie küsste ihn am Ende des Weges zum Deich, wo der Wind anfing. Ihr Halstuch flatterte und während sie sich küssten, sah er zum Himmel, wo die Schwärme zogen. Wie Notenpunkte auf den Linien, ihr Zug ist eine Partitur, dachte er. Er spürte ihre Lippen, roch ihr Parfüm und wünschte sich, sie wäre nicht mehr da. Dabei liebte er sie doch. Er nahm ihre Hand und zog sie von seinen Gedanken fort, den Weg hinunter, zur Kirche. Dort würde er ihr das Stück vorspielen.

Edvard hatte sie nie zu sich nach Hause eingeladen, obwohl sie schon so lange ein Paar waren. Er hatte Angst davor, die Tür zu öffnen, sie hereinzubitten und ihr etwas anzubieten. Kaffee oder Saft? Er hatte Angst davor, dass sie ihm in die Küche folgen, den Mund verziehen würde, beim Anblick der von Fliegen übervollen Leimfallen, die wie reife Trauben von der Decke hingen. Er hatte Angst davor, dass sie riechen könnte, was er längst nicht mehr roch: den mülligen Geruch von Einsamkeit. Er hatte Angst davor, dass sie so täte als bemerkte sie das alles nicht, dass sie statt Liebe Mitleid fühlte, weil sie ja wusste, wie schwer er es hier hatte, schon so lange allein mit seiner Mutter. Die Geschichte kannten alle, aber Elsie wusste mehr als alle anderen. Er würde ihr Lied in der Kirche spielen. Auf dem einsamen Klavier, wo ihm Pfarrer Hinrichs das Spielen beigebracht hatte, in der Ecke unter der mächtigen Orgel, die sonntags dröhnte und pfiff, für die er einmal die Finger spreizen sollte, wie es sich der Pfarrer wünschte. Er rutschte auf der Klavierbank an die Seite, machte für Elsie Platz, und als er ihr Bein neben dem seinen spürte, spannte seine Hose. Aber er schämte sich nicht dafür. Er hätte hier mit ihr auf der Stelle geschlafen, so unfassbar viel Segen lag auf ihrer Liebe. Nur vom Spielen lenkte es ihn ein wenig ab. Er schloss die Augen und dachte wieder an den Gänseschwarm, stellte sich vor, dass er in die Kirche flöge, im Kirchenschiff um den Windjammer kreiste, der an Ketten von der Decke hing. Und die Flügelschläge hatten genau sein Tempo. *Songbird.* Er spielte das Stück wundervoll und er hatte auch noch nie so gut gesungen, und mit dem letzten Akkord flogen die Gänse einfach durch das bunte Kirchenfenster, ohne es kaputt zu machen und ihre Rufe hallten nach. Edvard öffnete die Augen, lächelnd sah er Elsie an. Sie weinte. Dabei hieß es doch im Text: *For you, there'll be no more crying.* Er musste etwas falsch gemacht haben.

»Hallo! Sind Sie noch da?« Eine Hand wedelte vor seinen Augen. »Wenn wir hier schon sitzen, dann können wir uns auch duzen.« Sie streckte ihm die Hand entgegen: »Alva.«

Und noch bevor er ihr die seine reichte, glaubte er sie zu spüren, wie von der Sonne warmes Holz. Er spürte seinen Kopf rot und wachsweich werden.

»Edvard. Mit *v*, mein Vater war oft in Skandinavien.«

»Mein Vater war nie in Skandinavien, aber ich mag den Namen und er hat auch ein *v*.«

Sie lachten, und Edvard erschrak, wie laut sein Lachen klang. Und doch konnte es ihm gar nicht laut genug sein. Sven stellte neue Schnäpse auf die Theke, vom Automaten des Kapuzenmannes erklang die Jackpot-Melodie, und während die Münzen in den Schacht klimperten, stießen Alva und Edvard auf ihre Väter an. Sven am Zapfhahn fing an mitzutrinken, das mache er sonst nie: »Auf die Reise und die Nacht!«.

Die Schrauben des Schiffes drehten an der Zeit und wirbelten ihre Leben durcheinander. Alles schunkelte betrunken, die Flaschen klirrten, und Sven wurde zu Edvards Sohn und Alvas Bruder, den man lange nicht gesehen hatte und lange nicht mehr sehen würde. Und Alva fand in Sven und Edvard für diese Nacht eine Familie und erzählte ihnen, dass sie ein Kind habe, eine Tochter, Lina, schon fünf

Jahre alt, aber die sei die meiste Zeit bei ihrer Oma und bei ihrem Vater, weil sich Alva nicht als Mutter fühle, nie gefühlt habe. Schuld schafft keine Nähe, sagte Alva noch einmal lachend und dann weinte sie. Und Edvard nahm Alva in den Arm. Er hatte keine Kraft mehr zu denken, was er da tat, alles fühlte sich gut und richtig an, und Alva vergrub ihr Gesicht an seiner Schulter. Edvard spürte auf der Haut, wie ihre Tränen sein dünnes Hemd durchnässten, an einer Stelle ganz nah an seinem Herzen, sein dünnes weißes Hemd, das man nur zur Hochzeit trug oder mit schwarzer Krawatte zur Bestattung. Er legte seine Wange in ihr Haar, dachte, hier geschieht ein Wunder. Aber seine Augen blieben trocken. Ganz leise hörte er Alvas Stimme: »Ein ganz normales Leben, warum kann ich kein ganz normales Leben haben, jeder Trottel kann das.« Edvard spürte ihren Atemhauch an seiner Brust. »Ich wollte Lina doch, ich hab sie mir gewünscht. Ich muss sie anrufen.«

»Es ist mitten in der Nacht, sie schläft – und das Telefon funktioniert doch nicht«, hörte sich Edvard flüstern, und er sah seine Finger über ihr Haar streichen. Er müsste Sven sagen, dass sie nichts mehr zu trinken bekommt. Er war doch für sie verantwortlich.

»Draußen!« Alva riss sich los, griff nach ihrem Telefon. »Draußen wird es gehen!«

Sie fiel vom Hocker, zog sich an der Theke wieder hoch. Sven griff über den Tresen, versuchte noch, ihre Hand zu fassen. Edvard verstand nicht, starrte zu Alva, die torkelnd aus der Bar hinausstürzte. Der Kapuzenmann ist weg, dachte er ganz langsam und erstaunt, wie lange hatten sie denn hier gesessen, und er hörte Sven Alva nachrufen: »Nicht an Deck! Du bist total betrunken!«.

Dann mit einem Mal sah Edvard klar. Er sprang auf. Sven fragte: »Wer bezahlt?« Edvard warf ein paar Scheine auf den Tresen, rannte Alva hinterher. Der Automat dudelte und zog Schlieren, aber Edvard war plötzlich nüchtern, und das Herz schlug ihm im Hals. Er sah ihren Rücken, schwankend, schief, zur Tür laufen, sah ihre mit dem Telefon erhobene Hand und wie sie mit der anderen die Flügel aufstieß. Er war da, und wie in einem Traum sah er sich und Alva rennen. Die Tür zur Treppe war noch nicht ganz geschlossen, da drückte er sie schon wieder auf. Er hörte ihre Schritte über sich, sie ging ganz nach oben.

»Alva!«

Er spürte auf der Treppe schon den Windzug, kalt an der nassen Stelle seines Hemdes, dann schlug eine schwere Tür zu. Alva war draußen. Edvard fiel die Stufen hoch, drückte den Türflügel gegen den Wind.

Ein Rauschen schlug auf seine Ohren, in Fahnen stieg ihm der Geruch von Diesel in die Nase. Edvard stand in seinem Atemhauch zähneklappernd in der Nacht. Nur die Brücke leuchtete, das Radar drehte sich. Alva war verschwunden. Edvard zog die Schultern hoch, presste die Arme an den Körper. Der Wind zerrte an ihm, und er hatte nichts, was er ihm entgegensetzen konnte. Er spürte den Raum, die dunkle Weite, wo Tonnen von Stahl nichts mehr wogen. Wenn er als Kind den Fluss bei Nacht gesehen hatte, fand er keine Ruhe. Manchmal hatten noch verschwommene Lichter vom anderen Ufer in dünnen Streifen auf der schwarzen Fläche geglänzt. Aber Edvard hatte gewusst, dass auch sie erlöschen würden. Dann würde ihm auch das Haus, sein eigenes Zimmer, keinen Schutz mehr bieten. Kein Licht, kein Vorhang half. Hinter dem Deich begann das Nichts, und seine Leere sah schwarz durch alle Fenster, zog an Edvard, drang in ihn ein. Und er war von dieser uferlosen finsteren Einsamkeit erfüllt, die vor aller Zeit war, älter als der Fluss und tiefer als das Meer.

Edvard machte vorsichtig ein paar Schritte bis zur Reling, hielt sie fest umklammert, sah hinunter. Das dicke Schwarz bewegte sich, Wellenkämme glänzten dunkel. Dort unten im Schiff standen leere Autos, in den Gängen war es still, die schweren Türen fielen automatisch zu. Er war allein, da war niemand außer ihm. Er ließ die Reling los, er hielt es hier nicht aus, er brauchte Licht. Er musste wieder hinein. Aber nein, er war nicht ganz allein. Irgendwo war Alva.

Schlotternd ging er weiter in Richtung Bug, tastete sich an den stählernen Wänden der Aufbauten entlang. Das Brausen wurde lauter.

»Alva!«

Sein Ruf verwehte. Er wich den Kapseln mit den Rettungsinseln aus. Auf den Bänken saßen graue Wolkenschatten, die nicht froren. Da sah er entfernt, weit über der Reling schwebend, den Schimmer eines grünen Lichts. Edvard kniff die Augen zusammen und erkannte eine Gestalt. Bleischwer ging er weiter, kalt wie Eis war es unter seinen Füßen. Das grüne Licht erlosch. Er lief los, rutschte, fing sich. Dann, mit einem Mal, sah er sie ganz deutlich. Die

Jogginghose und das Kapuzenshirt, ihr gekrümmter Körper hing über der Reling. Im Wind hörte er ihr Stöhnen.

»Alva!«

Alva kotzte. Kotzte sich die Seele aus dem Leib. Schlaff hing ihre Hand mit dem Telefon über der Reling. Das Display leuchtete plötzlich auf, eine Melodie zerriss die Stille, Alvas überraschter Blick, dann krampfte ihr Körper wieder. Sie würgte, wollte den Anruf trotzdem annehmen, doch das Telefon rutschte ihr aus der Hand. Alva schrie auf, beugte sich weiter über die Reling, um danach zu greifen. Edvard sah, wie das Telefon leuchtend schnurgerade in die Tiefe fiel. Alvas Füße lösten sich vom Boden. Edvard packte sie an der Schulter, hielt. Er glaubte, das grüne Schimmern noch auf der Wasseroberfläche zu sehen, bis sich das Schwarz darüber schloss.

Er zog Alva zurück an Deck, sie sank in sich zusammen, schlotternd vor Kälte und Erschöpfung, mit vollgekotztem Shirt und vollgekotzter Hose. Edvard half ihr hoch, nahm sie in die Arme und spürte ihr Zittern. Er schloss die Augen. Die Dunkelheit war warm und zog ihn sanft, nahm ihn ganz zu sich. Es sollte immer dunkel bleiben.

»Das war Lina. Sie wollte mich anrufen. Ich könnte genauso gut tot sein. Tot wäre ich eine bessere Mutter.«

»Sag doch so was nicht!«

Er hielt Alvas Kopf in seinen Händen, zwang sie, ihn anzusehen. Er wollte ihr den Gedanken nehmen, aber er bekam ihn nicht zu fassen. Schwarze Streifen schmierten über ihre Wangen. Edvard nahm mit der Kuppe eines Fingers eine schwarze Träne von ihr auf, als wäre es ein kleiner Käfer. Wie er es damals bei Elsie getan hatte, an dem Abend, als er mit ihr auf den Deich gegangen war, um den Sturm zu spüren. Rasend schnell floss der braune Strom, führte armdicke Äste im schaumigen Wasser, und Nester aus Zweigen drehten sich darin. Ihnen war schwindlig geworden und sie stemmten sich gegen den Wind, der Elsie in dunklen Rinnsalen Tränen aus den Augen trieb. Und obwohl er einen Arm fest um sie gelegt hatte, war ihm so gewesen, als sähe er ihr Gesicht aus der Ferne, als stünde sie weitab in der Dämmerung und würde darauf warten, dass er ihr folgt. Als gäbe es etwas zu entscheiden.

»Komm, Alva, komm, wir gehen rein.«

Die Bar war geschlossen. Sie standen vor einer dunklen Glasfront, die jetzt das Restaurant und den Barbereich verschloss. Sven hatte auf seine Schwester und den Vater nicht gewartet. Nur die Automaten spielten noch immer für sich selbst. In der Wärme spürte Edvard plötzlich seine Müdigkeit, und er wusste nicht mehr, ob er träumte, vielleicht schon längst in seiner Kabine war und schlief. Aber er sah Alvas dunkles Spiegelbild im Glas, an ihn gelehnt, die Knie eingeknickt, ihren hängenden Kopf mit dem struppigen Haar.

»Du musst schlafen. Morgen sieht alles anders aus. Welche Kabine hast du?«

Sie sagte kein Wort, und er sah nichts in ihren Augen. Keine Vergangenheit und keine Zukunft, nicht einmal den Augenblick. Edvard hielt sie mit der einen Hand, schlüpfte vorsichtig mit der anderen in die Tasche ihrer Jogginghose. Irgendwo musste doch die Karte für ihre Tür sein. Im weichen Stoff spürte er nichts als ihre Wärme, für Sekunden ertastete er ihr Bein. Er zog schnell die Hand zurück. Da fiel ihm ein, dass sie die Karte auf den Bartresen gelegt hatte.

Sicher gab es auf dem Schiff eine Station für solche Fälle, einen Notarzt, ein Bett für eine Nacht. Aber er war für sie verantwortlich, er konnte sie doch nicht einfach abgeben. Sven hatte gehen können, ohne zu wissen, was aus ihr würde. Ein Vater konnte das nicht.

Er sagte immer ihren Namen. »Alva«, wenn er sie beim Gehen unter der Achsel stützte und sie unsicher einen Fuß vor den anderen setzte. »Alva«, während sie gemeinsam die Treppenstufen nahmen, vorsichtig, um nicht zu fallen; »Alva«, den weichen Gang zur Kabine entlang; »Alva«, als er die Tür zu seiner Kabine öffnete. Und jedes »Alva« war ein Atemzug, ein sanftes Ziehen, das behutsam einen Knoten löste und einen neuen band. Würde sie doch nur auch einmal seinen Namen sagen. Wie soll man wissen können, wer man ist, wenn man nie den eigenen Namen hört.

»Hier riecht's nach Krankenhaus.«

Vom Geruch von Menthol und Kampfer wieder bei Sinnen blickte sie an sich herunter.

»Ich wasch deine Sachen. Hier ist ein Schlafanzug für dich.«

Noch bevor sie ihr Shirt über den Kopf zog, drehte er sich weg und kramte in seiner Reisetasche, länger als nötig. Er schämte sich für das Zeug. Dieses Alt-Männer-Braun, dachte er und hatte keine Ahnung, was er damit meinte oder wie er überhaupt auf solch einen Gedanken kommen konnte. Er roch daran, der Schlafanzug war frisch gewaschen. Sie würde ihn auf ihrer Haut tragen. Besser er hätte einen Schlafanzug statt neue Socken gekauft. Was ihr wohl gefallen hätte? Er hörte, wie Alva aufstand, um auch die Hose auszuziehen. Wie sollte er ihr das Schlafzeug geben, ohne sie dabei anzusehen? Er warf ihn aufs Bett, ohne sich umzudrehen.

»Schlaf gut.«

Er ging mit der Hose und dem Shirt ins Badezimmer, schloss schnell die Tür und ließ das Waschbecken voll laufen. Das Wasser rauschte in seinem Kopf. Er drückte die Wäsche in das viel zu kleine Becken, machte mit seinem Duschbad eine Lauge, knetete, stampfte, bis sich die Wäsche vollsaugte. Das Erbrochene löste sich, schwamm oben, er ließ das Wasser ab. Der Dreck gurgelte nach unten. Er füllte neues Wasser nach. Immer wieder. Noch mehr Seife. Er drückte die Wäsche mit den Fäusten. Sie schmatzte und gluckerte. Er schlug und streichelte sie. Hätte er gewusst, wie es geht, er hätte geweint. Er fasste sich an die Brust, hielt sein Herz in der Hand und fühlte es schlagen. Und in einem Augenblick der Stille, als er wieder Atem holte, glaubte er, Alvas Stimme durch die Tür zu hören.

»Edvard.«

Aber Alva schlief. Zusammengerollt in seinem Bett, in seinem Schlafanzug. Er zog die Bettdecke über ihre Schulter, als könnte ihr kalt werden. Dabei war es warm und stickig in der Kabine. Wenn sie aufwacht, wird sie Durst haben. Im Gepäck war noch eine kleine Flasche Mineralwasser. Für seine Mutter hatte er Abend für Abend ein Glas

Wasser auf das Nachttischchen gestellt. Am Morgen schien es noch immer voll zu sein, nur ein weißer Rand zeigte, dass sie lebte und in der Nacht einen Schluck getrunken haben musste. Wie kann Wasser einen Rand machen, hatte er sich gefragt.

Er wollte nicht schlafen, musste doch über Alva wachen. Wenn sie sich im Schlaf noch einmal übergeben würde, dann könnte sie daran ersticken. Er ging ins Bad, holte einen Waschlappen aus seinem Kulturbeutel. Feucht hielt er ihn an seine Wange, prüfte, ob die Temperatur stimmte. Er wischte die verschmierte Schminke aus Alvas Augen und tupfte ihren Mund ab. Dann drehte er langsam ihren Kopf zur Seite. Er setzte sich auf den Boden neben sie, eingeklemmt zwischen Bett und Ablage, und öffnete noch einmal den Umschlag mit dem Geld und Elsies Notizen, als müsste er sich in Erinnerung rufen, warum er unterwegs war. Sie hatte alle Einzahlungen der Mutter auf das Sparbuch noch einmal chronologisch gelistet. Die erste im Juni 1968, ein Jahr nach dem Verschwinden des Vaters: tausend Mark. Weiterhin jährlich, in unregelmäßigen Abständen mehrere kleinere und größere Beträge, fast vierzig Jahre lang, bis 2007. Von diesem Jahr hatte Elsie noch die Kontobelege der Mutter einsehen und die Banken der ursprünglichen Überweisungen ermitteln können: Filialen der Spare Bank in Narvik, Tromsø, Bergen. Und so weiter und so fort. Die allerletzte Einzahlung stammte vom Juni 2007. Elsie hatte die Adresse unterstrichen: Spare Bank, Oslo, Toftes Gate 3. Ganz in der Nähe des Birkelunden-Flohmarkts hatte Edvard recherchiert und mit einem Rotstift fett dazugeschrieben. Seine Mutter hatte auch diese Überweisung noch am selben Tag auf das Sparbuch eingezahlt. Dabei wäre es ihr Geld gewesen, dachte Edvard. Er war doch längst kein Kind mehr, 2007 war er schon fünfzig Jahre alt gewesen, für seinen Unterhalt hatte der Vater nicht mehr aufkommen müssen. Nein, das Geld war für die Mutter bestimmt gewesen, für die Frau, die er verlassen hatte.

»Er ist tot, er ist tot«, hämmerte es in Edvards Kopf.

Nur einmal kurz die Augen schließen, nur für einen Moment.

Er hörte Alva in der Dunkelheit atmen. Wie leise es ist, am Leben zu sein, dachte er. Dann schlief er ein.

Edvard schreckte mit steifem Nacken hoch. Auf dem Flur ein Poltern, Stimmen drangen in die Kabine. Der Lautsprecher plärrte offenbar von Kaffee und Frühstück im Bordrestaurant.

Alva lag da, als wäre keine Zeit vergangen, doch für Edvards nüchternes und schweres Hirn war sie wieder eine Fremde, und es konnte nicht wahr sein, dass ihr Kopf da auf seinem Kissen lag und es ihr Haar war, das er gestern noch gestreichelt hatte. Sie musste eine andere gewesen sein und er ein anderer. Er schämte sich und wusste nicht wofür. Er hatte nur noch die eine Sorge, dass sie nichts zum Anziehen hatte, wenn sie aufwachte. Die Hose und das Shirt musste er trocken kriegen. Das allein war wichtig, dass die Wäsche trocknete.

Auf einen Zettel seines Kalenders, in dem auf keiner Seite Termine standen, schrieb er: *Hänge die Wäsche auf!* und überlegte, wo sie ihn wohl auf jeden Fall sehen würde. Schon an den Spiegel im Bad geheftet fügte er noch hinzu: *Dann sehen wir weiter.*

Edvard hatte keine Ahnung, was er damit meinte, er schrieb es für sich selbst. Er holte die nassen Sachen aus dem Bad, trat aus der Kabine wie vor Stunden, aber er war nicht mehr allein. Jetzt gab es jemanden, der auf ihn wartete. Und als ob er mit einem Mal dazugehörte, öffneten sich andere Türen zum Flur, stürmten Kinder hinaus, wurden schnell an die Hand genommen, lachten sich Paare an, rollten Koffer über das doppelte *D* des Fußbodens. Edvard nahm den gleichen Weg nach oben wie in der vergangenen Nacht, an der jetzt voll besetzten Reihe Spielautomaten vorbei, mit einem Blick zur Bar, wo eine junge Frau bereits die ersten Biere servierte. Er wünschte sich, Sven stünde dort hinter dem Tresen, um zu bezeugen, dass er diese Nacht wirklich erlebt hatte.

Licht stach ihm in die Augen. Das Deck war von Sonne überglänzt, doch die kühle Morgenbrise machte Edvard Gänsehaut unter seinem feinen weißen Hemd. Er trug es immer noch, fleckig, mit krustig gelben Rändern. Er hatte Alva gehalten, umarmt, an sich gedrückt. Er hat ihre Sachen ausgewaschen, aber nicht seine. Als könnte er danach derselbe sein wie vorher, als würde sie keine Spuren hinterlassen. Er hat sich nicht geduscht, nicht gekämmt, keinen Blick in den Spiegel geworfen. Mit den Händen fuhr er sich durchs Gesicht und Haar. Er musste furchtbar aussehen.

Tief atmete er ein. Die Luft roch nach Morgen und Ankommen. Unglaublich, dass die Nacht vorübergegangen war. Dass mit dem Morgen Hunderte von Menschen das Schiff bevölkerten, mit dem Sonnenaufgang erschienen, als wäre die Nacht eine Dunkelkammer gewesen und sie hätten sich in einem Säurebad entwickelt, im roten Licht Gestalt angenommen. Und als wären mit ihnen das Schiff und die ganze Welt aufgetaucht, wie von unsichtbarer Hand aus dem Wasser gezogen und unter den Himmel gelegt. Die Felsenküste des Fjords aus grauem Stein, mit weißen Quarzadern durchzogen, die vielfarbigen Flechten,

Matten, auf denen die Häuser hin gewürfelt und übereinander gefallen vor den dunklen Bändern aus Bäumen als Stadt liegen bleiben. Jeden Tag aufs Neue, ein Spielplatz für Riesen, bis die Dunkelheit kommt.

Edvard drängte sich zwischen die Passagiere, die an der Reling standen und die vorbeiziehende Küste mit ihren Kameras festhielten. Wie konnten die Menschen glauben, sie könnten das festhalten? Sie machten es nur kleiner, damit sie es fassen konnten.

Edvard hängte Alvas Hose und Shirt über die Stangen in die ersten Sonnenstrahlen. Ein kleiner Junge sah ihm zu und leckte an seinem Eis am Stiel. »Bist du ein Opa?«, fragte er mit kalter Zunge. Nein, und ich bin auch nicht Alvas Vater – fängt das schon wieder an, dachte Edvard, sagte aber nichts, schüttelte nur den Kopf. »Du bist ein Opa!«, bestimmte der Junge und suchte nach der Hand seiner Mutter. Die Mutter des Jungen lächelte Edvard entschuldigend an. Überall standen Opas, Omas, Mütter, Väter, Kinder. Sie waren in großen weißen Wohnmobilen, die wie Tiefkühltruhen aussahen, in den Bauch des Schiffes gefahren. Deutsche Kennzeichen. Früher hatte es Wohnwagen gegeben und Zelte, und Edvard hatte beobachtet, wie die Kinder auf dem Campingplatz am Deich auf Klapphockern saßen, während die Mutter in einem Topf Ravioli rührte und der Vater noch schnell irgendetwas festzurrte, was im Wind flatterte.

Edvard begann vor Kälte zu schlottern, als kehrte er plötzlich in seinen Körper zurück. Und mit seinem Körper kam die Gewissheit, diese fremde Stadt auf seiner eiskalten Haut zu spüren, dort anzukommen und alleine zu sein. Er ließ die Wäsche hängen – wer klaut schon nasse Wäsche – und ging den Passagieren entgegen, die mit Pappbechern in Händen an Deck traten. Weit in der Ferne war schon der Hafen von Oslo zu spüren.

Dann sehen wir weiter! Alva nahm den Notizzettel vom Badezimmerspiegel. In ihrem Kopf setzten sich langsam die Bruchstücke der Nacht zusammen, hämmerten gegen die Stirn. Die Bar, der Sturm an Deck, ihr ausgestreckter Arm und dass eine Hand sie gehalten hatte, während das leuchtende Display in der Dunkelheit verschwand.

Sie sah sich im Spiegel, in einem scheußlich braunen Schlafanzug. Sie wusste nicht mehr, dass sie ihn angezogen hatte, aber sie war auch nicht überrascht. Sie erinnerte sich, im Bett gelegen zu haben, während er ihre Sachen wusch. Da war sonst nichts gewesen zwischen ihnen. Edvard war sein Name, ja.

Die viel zu dicke Zunge klebte in ihrem ausgetrockneten Mund mit dem Geschmack von Galle und Hefe. Sie steckte den Kopf ins Waschbecken, drehte den Hahn auf, schaufelte sich mit der Hand das Wasser in den Mund. Sie fragte sich noch, ob es Trinkwasser war, oder nicht, und soff wie ein Tier. Sie hätte auch aus einer Pfütze getrunken. Aus Edvards Zahnpasta-Tube drückte sie einen Streifen auf den Zeigefinger und rieb ihre Zähne. Die Minze machte ihren Kopf klarer. Mit nassen Haaren ging sie aus der Zelle, tropfte zum Bett zurück, setzte sich und ordnete ihre Gedanken. Sie hatte die Codekarte für ihre Kabine in der Bar liegenlassen, hatte nichts anzuziehen, aber vor allem: sie hatte kein Telefon. Sie musste für Lina doch erreichbar sein. Für ein neues Smartphone reichte ihr Geld nicht. Man würde ihr das Konto sperren. Sie müsste die Reise abbrechen. Diese Reise, die so viel verändern sollte.

Dann sah sie den unverschlossenen prall gefüllten Umschlag neben dem Bett auf der Ablage liegen. Ein Schein stand schräg heraus, ein Schein von Dutzenden, aus einem Bündel Tausendkronen Noten. Alva schoss das Blut in den Kopf. Ihre Schläfen pochten. Sie zog ihre Strümpfe und Schuhe an, horchte an der Kabinentür, öffnete sie einen spaltbreit und sah hinaus. Ein Passagier kam breitbeinig den Gang entlang, als wäre noch immer schwere See. Er sah sich suchend um. Falsches Deck, murmelte er, schüttelte den Kopf und kehrte zur Treppe um. Das Schiff lag völlig ruhig, von Edvard war nichts zu sehen. Sie schloss die Tür. Viel Zeit würde ihr nicht bleiben, sie wusste nicht, wie lange er schon weg, wann sie aufgewacht war. Aber sie musste Edvards Namen und seine Adresse herausfinden. Sobald sie ihre Arbeit beendet und die Festanstellung bekommen hätte, bekäme er das Geld zurück. Sie würde es ihm, zusammen mit diesem fürchterlichen Schlafanzug, in einem Päckchen schicken. Er war so gut zu ihr gewesen. Hier irgendwo müssten doch seine Papiere sein. Alva klopfte seine Jacke ab, die an einem Haken der kleinen Garderobe hing, klappte seinen Koffer auf, öffnete Reißverschlüsse. Sie fand eine Zigarrenkiste, dunkle Tabakkrümel und Fotografien darin. Die vergilbte Farbfotografie eines Paares mit Kind lag obenauf. Der kleine Junge lächelte angestrengt in die Kamera, als hätte er mit seinem Lächeln eine schwere Aufgabe übernommen. Alva musste an die Fotos aus den Alben ihrer Mutter denken, an ihre gute Miene zum bösen Spiel, wenn sie mit den Eltern, die sich nichts mehr zu sagen wussten, einen Ausflug gemacht hatte. Als hätte sie sich damals schon gefragt, wozu Erinnerungsfotos gut sein sollen, wenn man später nicht mehr erinnert werden will. Sie musste sich beeilen, aber die Fotos ließen sie nicht los. Unter dem Familienfoto lagen alte Schwarzweiß-Aufnahmen, matt geworden von der Zeit, abgegriffen, mit Wellenschnitt an den Rändern. Ein gestrandetes Propeller-Flugzeug, die Spitze im Wasser, Männer davor, Rücken in langen Mänteln, die Schöße geöffnet, schwarz vor dem hellen Himmel wie Vögel. Auf einem anderen Bild: ein Soldat, die Uniform zugeknöpft bis zum Hals mit hochgestelltem Kragen. An die Wand einer Baracke gelehnt blickte er ernst in die Kamera. Und dann – an derselben Wand, unter den gleichen fernen Wolken vor einer weiten Wasserfläche: das Bild einer Frau. Einer schönen Frau, dachte Alva – eine zierliche Gestalt im übergroßen Mantel, die Hände tief in den Taschen vergraben. Warum hatte er diese Fotos dabei? Was war das für eine Reise, die der Mann da angetreten hatte? Alva tat einen Schritt zur Tür und blickte noch einmal auf den Gang. Niemand zu sehen. Irgendwo musste seine Adresse doch zu finden sein. Sie ging zur Ablage, griff nach dem Umschlag. Da war zwischen den Geldscheinen noch ein gefaltetes Blatt Papier. Mit spitzen Fingern zog sie es heraus: eine Liste norwegischer Banken, in roter Schrift Notizen dabei.

Aber sie fand keine Ausweispapiere, keinen Hinweis auf seinen Namen oder Wohnort.

Eine Lautsprecher-Durchsage ließ sie zusammenzucken. Schnell zählte sie zehn Scheine aus dem Umschlag, das würde reichen. Sie ballte sie in ihre Faust und legte den Umschlag auf seinen Platz zurück. Dann ging sie aus der Kabine.

Vor dem Bistro stellte sich Edvard in die Schlange. Wo Alva herkommt – er glaubte, sie müsste aus so einer Großstadt wie Oslo kommen – wo Alva herkommt und wie Alva ist, trinkt sie bestimmt dauernd Kaffee aus Pappbechern. Sie geht morgens aus dem Haus und, obwohl sie schon sofort nach dem Aufstehen einen Becher getrunken hätte, holte sie sich auf der Straße gleich noch einen, um richtig wach zu werden. Immer in demselben Kiosk. Und mit dem Besitzer spräche sie wie mit einem guten Freund, und vielleicht würde sie tatsächlich keiner so gut kennen wie er, weil er sie jeden Morgen sähe, in Jogginghose und Kapuzenshirt, mit struppigem Haar und den verschlafenen schönen Augen. Und jeden Morgen hätten sie sich Neues zu erzählen, vom vergangenen Tag und von der Nacht, als wären sie auf einer Reise gewesen. Das sei ein bisschen wie Urlaub, hatte Elsie immer gesagt, wenn sie in der Mittagspause am Stehtischchen der Bäckerei einen Kaffee trank. Edvard schloss die Hände um die beiden Kaffee-Becher und spürte ihre Wärme. Es war schön, dass jemand in der Kabine auf ihn wartete. Dann sehen wir weiter!, dachte er und ihm fiel ein, dass er in der Bar nach Alvas liegengebliebener Karte fragen könnte. Er jonglierte die Kaffeebecher zum Tresen. Dass er nicht schon früher auf den Gedanken gekommen war! Dass sich sein Kopf immer mit Erinnerungen aufhielt – als gehöre seine Zeit zum Trödelkram im Schuppen seines Vaters.

Im Restaurant klapperte das Frühstücksbüffet. Edvard stellte seine Becher auf den Tresen zwischen die Biere einer deutschen Anglergruppe. Die Nacht sei ja schrecklich gewesen, aber jetzt gehe es schon wieder, sagte einer grinsend und wischte sich den Schaum vom Mund. Ein anderer prostete ihm zu: »Auf die Wanderdorsche vom vergangenen Jahr!« Die junge Frau an der Bar begrüßte Edvard mit einem Sven-Lächeln. Ja, da sei eine Karte gewesen – die sei aber schon abgeholt worden, a few minutes ago. Die Angler lachten auf … »die Dame kam gerade von einer Pyjama-Party!«

Edvard ließ die Kaffeebecher stehen.

Sein Kalenderzettel lag auf dem Kopfkissen. Nicht einmal eine Nachricht hatte sie ihm hinterlassen. So eilig hatte sie es gehabt. Irgendetwas musste passiert sein, etwas Dringendes, Wichtiges – eine Nachricht von ihrer Tochter. Aber sie hatte ja kein Telefon und niemand konnte wissen, dass sie bei ihm in der Kabine war. Mit wirrem Kopf packte Edvard seinen Koffer, steckte den Umschlag mit dem Geld und der Adressenliste in die Jackentasche. Vielleicht würde er Alva an Deck finden. Nur die Mulde im Bett war geblieben.

Wie er schließlich in Oslo an Land gekommen war, hätte er nicht sagen können. Aber er hatte nichts vergessen, auch ihre Jogginghose und das Kapuzenshirt hatte er noch geholt. Er erledigte alles automatisch – wie sich auch die riesige Heckklappe des Schiffes öffnete, ohne, dass es einen wunderte.

Edvard stand verloren am Anleger des Fährhafens. Aus dem Bauch des Schiffes rollten die Wohnmobile. Unter dem weiten blauen Himmel stand er da, blickte über die Asphaltfläche von Zufahrtswegen und Parkplätzen. Sie waren doch beide unter demselben Himmel. Alva konnte doch nicht einfach weg sein, er hatte doch immer noch ihre Sachen. Er suchte immer noch nach ihr. Durch blauspiegelnde Windschutzscheiben, es war die Farbe ihrer Augen, aber ihr Gesicht fand er nicht. Immer wieder glaubte er, im Strom der Passagiere ihr struppiges Haar zwischen all den frisierten Köpfen zu entdecken, und als eine junge Frau im Shirt, die Kapuze über den Kopf gezogen und den Blick auf ihr Handy gerichtet in einiger Entfernung an ihm vorüberging, wollte er sie ansprechen. Er sah ihr nach. Auf dem Rücken ihres Shirts stand in großen Buchstaben NORGE.

Er musste sich jetzt darauf konzentrieren, warum er hierhergekommen war. Nur das sollte noch wichtig sein.

Alva ging hinter einem parkenden Reisebus in Deckung, den Rücken gegen das Fahrzeug gepresst atmete sie tief aus, um ruhig zu werden. Gerade, als sie telefonieren wollte, hatte sie ihn gesehen. Er stand da, verloren auf dem Platz, im Strom der Menschen. Er suchte sie, natürlich suchte er sie, das Herz schlug ihr im Hals. Er hatte sie angesehen. Aber mit der Kapuze auf dem Kopf und der großen

Sonnenbrille konnte er sie nicht erkennen. Sie war einfach weitergegangen, ganz ruhig, das hatte sie gut gemacht. Jetzt zitterten ihre Hände. Vorsichtig lugte sie um das Heck des Busses. Er hatte aufgegeben. Sie beobachtete, wie er seinen Koffer quer über die breiten Pfeile und Markierungen des Platzes in Richtung Taxistand schleppte. Der Koffer hat doch Rollen, dachte sie, er verreist wohl zum ersten Mal. Besser, er wäre in einer Reisegruppe. Die würde alles für ihn regeln und auf ihn aufpassen. So viel Geld bei sich zu haben. Was für ein Leichtsinn. Hier wird doch alles mit Karte bezahlt. Auf der Fähre hatte sie der Verkäufer im Shop erstaunt angesehen, als sie die achttausend Kronen für das Smartphone und das prepaid-Guthaben aus ihrer Tasche holte. Das Norge-Shirt und die Zigaretten bezahlte sie mit ihrer Scheckkarte. Es machte doch einen Unterschied, wofür sie das gestohlene Geld verwendete!

Sie hatte noch nie zuvor gestohlen. Nicht richtig. In der Schulzeit war es für sie eine Mutprobe gewesen, im Drogerie-Markt Lippenstift oder Nagellack in der Jackentasche verschwinden zu lassen. Manchmal auch eine Musikkassette. Sie ging in den Laden, während ihre beste Freundin draußen durch das Schaufenster beobachtete, wie sie scheinbar unschlüssig am Regal stand und dann zur Kasse ging. Sie wartete bis die Kassiererin beschäftigt war, am besten mit einer langen Schlange von Kunden, um dann an ihr vorbei und nach draußen zu gehen. Leider nichts gefunden, Frau Meinrad, rief sie ihr dabei noch zu. So erweckte sie den Eindruck, der Frau bekannt zu sein. Und Frau Meinrad lächelte sie noch freundlich an. Die Kassiererin trug ihren Namen auf einem kleinen Firmenschild am Reverse ihres weißen Kittels angesteckt. Draußen zeigte Alva dann lachend ihre Beute: Na, dann bis zum nächsten Mal, habe die Kassiererin noch gesagt! Mensch, sie sei richtig raffiniert, sagte die Freundin. Aber sie sah Alva dabei komisch an, als ob es zwar in Ordnung wäre, zu stehlen, man aber nicht raffiniert sein dürfte.

Ich hätte ihm wenigstens eine Nachricht schreiben sollen, dachte sie, als Edvard in ein Taxi stieg und losfuhr. Sie hätte ihm wenigstens sagen sollen, dass ihr wirklicher Name Bianca ist. Gerade, weil sie den Namen hasst. Er glaubte es wirklich, dass sie Alva hieß. Dieser Sven, erinnerte sie sich, hatte mit den Augen gerollt, als sie es sagte. Welche Deutsche heißt schon Alva? Ein Barkeeper kennt sowas wahrscheinlich – Menschen denken sich für einen Abend eine Geschichte aus, haben für ein paar Stunden ein anderes Leben. Aber sie hatte von ihrem wirklichen Leben erzählt, sie hatte geweint, wäre beinahe über die Reling gestürzt und ums Leben gekommen. Unter falschem Namen. Edvard hätte später erfahren, dass die Tote Bianca hieß, dass er sie eigentlich gar nicht kannte. Und jetzt sah es so aus, als wäre sie von Anfang an eine raffinierte Verbrecherin gewesen, die einen falschen Namen trägt, damit sie stehlen und betrügen kann. Nur eine einzige Lüge macht alles unwahr. Wenn sie an der Bar gesagt hätte: »Ich heiße Bianca, aber ich nenne mich Alva«, dann wäre alles richtig gewesen. Vielleicht hätte sie dann Edvard sogar darum bitten können, ihr das Geld zu leihen. Sie wollte doch nur für Lina erreichbar sein. Sie wollte doch nur mit ihr sprechen können.

Alva ließ es lange klingeln. Sicher war ihre Mutter mit Lina unterwegs und bis sie das Handy aus der Tasche gekramt hatte …

»Hallo, Mutti … Nein, ich konnte nicht telefonieren … ich erkläre es dir später … Kann ich Lina? … Ja, ich warte … Nein, ich bin dann nicht wieder einfach weg!«

Alva schloss die Kopfhörer an. Im Hintergrund hörte sie ihre Mutter nach Lina rufen, sie hörte Kindergeschrei im Wind und immer näher das Quietschen einer Schaukel. Ihre Mutter war mit Lina in den Volkspark gegangen.

»Hallo, mein Schatz, wie geht es dir? Hast du im Park meinen Finger gefunden? … Nein, ich bin nicht in Berlin – du weißt doch …Was meinst du? … Ja, ich weiß, es ist Samstag, aber es ist sehr wichtige Arbeit …Wo gehst du mit Oma hin? … Ich bin bald zurück, hörst du? … In Oslo … Nein, nicht morgen. Ich sammle Mumin-Geschichten für dich, die erzähle ich dir … ach, Lina … Lina? …Verdammt nochmal!«

Lina hatte die Verbindung abgebrochen.

Vielleicht hat es Lina gespürt, dass sie, während sie mit ihr sprach, zum Taxistand gegangen war, die Reisetasche im Kofferraum verstaut und dem Fahrer die Adresse des Hostels gesagt hatte. Lina hörte besser als sie sprechen konnte. Vielleicht hätte sie ihr sagen sollen: Lina, ich habe für dich gestohlen, damit ich mit dir sprechen kann. Das ist der Beweis, ich bin eine gute Mutter. Da hat es nichts zu bedeuten, dass ich nicht richtig aufmerksam bin.

Das Taxi fuhr los. Eigentlich hätte sie den Bus nehmen müssen oder die Straßenbahn. Die Fahrt im Taxi überstieg ihr Budget. Sie würde mit Edvards Geld bezahlen. Dass sie ihn bestohlen hatte, war nicht mehr rückgängig zu machen und schließlich hatte sie ja für das Shirt und die Zigaretten ihr eigenes Geld genommen.

Alva öffnete das Fenster. Sie fuhr durch eine gleißende Spiegelwelt. In gemauerten Bögen Fenster voller Himmel und Wasser. Schiffsmasten gegen die Sonne und der Klang eines Glockenspiels in der Luft. »Town hall«, sagte der Taxifahrer – ein Pakistani, glaubte Alva – und hielt vor einem Zebrastreifen, am Platz eines mächtigen Gebäudes, das ihr wie eine Festung erschien. »Very big!« Passanten gingen durch Wind und Wolkenschatten über den Platz, legten den Kopf in den Nacken und blickten zu den beiden Türmen des Rathauses empor. Eine Frau, die Brille als Spange ins Haar gesteckt, schob einen leeren Buggy, am Griff baumelte ein kleiner roter Rucksack. Sie sah sich suchend um, aber ohne Sorge. Das kleine Mädchen saß auf der Schulter eines Mannes und winkte mit weit ausholender Bewegung. Die Frau gab lachend ein Zeichen, ging den beiden schnellen Schrittes entgegen und mitten auf dem Platz trafen sie sich und der Mann hob das Mädchen von der Schulter hoch in den Klang des Glockenspiels und hinunter, um es in den Buggy zu setzen. Die Frau strich dem Mädchen übers Haar, der Mann öffnete den Rucksack, nahm etwas heraus, was er dem Mädchen in die Hand gab. Er küsste die Frau und das Taxi fuhr weiter. Alva reckte den Hals, weil sie die kleine Familie noch ein wenig länger sehen und wissen wollte, wie lange sich das Paar wohl küsste und welche Art von Kuss es war.

Sie schloss das Fenster, der Taxifahrer sah sie kurz von der Seite an und lächelte. Sie zog die Kapuze über den Kopf und lächelte zurück. Sie war zu alt für solche Attitüden, das wusste sie. Aber mit Kapuze sah sie viel besser aus, jünger und aktiver.

»Welcome«, sagte die Frau mit dem Kaffeebecher in der Hand. Sie schob Edvard am Empfang von Cochs Pensjonat das Anmeldeformular und einen Kugelschreiber über den Tresen. Und als Edvard ansetzte, seinen Namen und die Adresse zu schreiben, die Adresse des Hauses mit den leeren Räumen, mit dem Zimmer, in das der Bettgalgen ragte und wo der sinnlose Kalender hing, in das die ausgetretene Treppe führte, vom Flur, von dem die Küche abging, die nach Zigaretten roch und das Bad mit den stockfleckigen Ecken. Als ihm beim Schreiben der Hausnummer das Schild vor Augen kam, das vorne am Schotterweg stand, wo man auf den Hof trat, zum blauen Schuppen kam, da erschien ihm das alles fremd, und er konnte sich nicht vorstellen, je wieder dorthin zurückzukehren.

Edvard breitete einen Faltplan von Oslo auf dem Tresen aus. Die Rezeptionistin markierte mit einem Kreuz: Toftesgate. «The bank can be found here. Nearby is the Birkelunden Market – it's very nice. This weekend it's also open on Saturday. That's an exception! Tram number 5. You might want to take an umbrella, it's raining again.«

Der Anhänger des Zimmerschlüssels lag schwer in seiner Hand. Sein Koffer fuhr mit dem Aufzug, er selbst wollte die Treppe nehmen, ging den breiten, hohen Aufgang, der für bauschige Röcke und Hüte gemacht war, auf den ausgetretenen Holzstufen, die Hand am schmiedeeisernen

Geländer, das schwarz und verschlungen von Stockwerk zu Stockwerk führte, hoch zu seinem Zimmer, der Nummer 222 auf einem runden Messingschild. Dort wartete ein kaltes glattweiß bezogenes Bett wie für einen Toten. Doch das Fenster stand weit offen und der Vorhang wehte mit dem Kreischen der Straßenbahn ins Zimmer, als wollte das Leben der Stadt zu ihm hereinkommen. Edvard beugte sich hinaus, legte den Kopf schief. Am Gebäude direkt gegenüber stand *Litteraturhuset* auf einem senkrechten Banner und im Fenster neben dem Eingang las er neben der Aufschrift *Kafe Oslo* auf einem Plakat: *Hamsun i dag*. Eine himmelblaue Bahn fuhr um die Kurve, Linie 5. Es war Samstag. Natürlich hatten die Banken geschlossen.

Er setzte sich an das kleine Tischchen vor dem Fenster und schrieb in seinen Terminkalender: Heute: Besuch Birkelunden Flohmarkt, Montag: Oslo Bank – das hätte er sich auch merken können, doch ab jetzt wollte er die Reise genau planen. Dann nahm er das Geld, die Fotos und die Liste aus dem Umschlag, breitete alles aus, weil er jetzt hier wohnte und legte einen Bogen Briefpapier bereit. Später würde er Elsie schreiben, sich noch einmal für ihre Hilfe bedanken und berichten, was ihm auf dem Schiff passiert war. Das war er ihr schuldig. So viele Jahre ereignislos und dann sowas gleich bei der Überfahrt. Er hatte Elsie nie etwas erzählen können. So oft hatte sie gefragt: ob sie ihm helfen könne, wie er sich fühle. Was hätte er sagen sollen? Wie oft hatte er selbst seine Mutter gefragt, wie es ihr gehe, ohne es überhaupt wissen zu wollen. Wann immer es ging, wann immer ihn seine Mutter losließ, hatte er sich mit Elsie getroffen. Mit ihr zusammen standen alle Fenster offen. Und wenn er auch nicht mit ihr abends tanzen oder in der Stadt ins Kino gehen konnte, weil seine Mutter die Automatenkrankheit hatte und ihn doch brauchte, so machten ihn schon allein ihre Fragen glücklich. Er spürte, dass zu lieben bedeutete, Fragen zu stellen. Dass es darum ging, einander aufzuspüren, aus dem Versteck zu holen und dass in jeder nicht gestellten Frage ein unentdeckter Rest des anderen blieb, der noch mehr Fragen aufwarf und Angst machte. Edvard wollte keine Angst mehr haben. Er hatte es sich damals versprochen: Elsie sollte der Mensch in seinem Leben sein, bei dem keine Frage offenbleiben sollte, dem er keine Antwort schuldig bleiben wollte. Aber ihm war nicht die Zeit gegeben worden, dieses Versprechen einzulösen.

Edvard packte seinen Koffer auf dem Bett aus, stapelte die gefalteten Hemden, Pullover und Hosen in die mit buntem Wachspapier bezogenen Fächer des Schranks. Im Bad stellte er seine Zahnbürste in das Glas und nahm Alvas immer noch klammen Sachen aus der Plastiktüte, um sie noch einmal aufzuhängen. Sie war zwar einfach weggegangen, und er würde sie wahrscheinlich nie wiedersehen, aber ihre Sachen sollten trocken sein. Edvard nahm sich einen der Tausendkronen-Scheine. Er würde ihn für die Straßenbahn unten an der Rezeption wechseln müssen, dachte er noch, und weil er alles besser planen wollte, glaubte er, das Geld zählen zu müssen, um es für die kommende Zeit einzuteilen. Er zählte es einmal, zweimal, dreimal, überlegte, wie viel Geld er wohl an der Bar ausgegeben hatte, griff in seine Hosentasche, in die Jacke. Er suchte auf dem Fußboden, vielleicht waren einige Scheine durch einen Luftzug aus dem geöffneten Fenster bis unter das Bett geweht worden. Er krabbelte auf den Knien, aber er fand nichts. Mit hartem Herzen stopfte er Alvas Sachen wieder in die Plastiktüte. Er nahm den Aufzug, wortlos ging er an der Frau hinter der Rezeption vorbei, die ihm einen Schirm anbot – »It's raining again, for sure« – und auf der Straße vor Cochs Pensjonat an der Haltestelle der Linie 5 warf er die Tüte mit Alvas Sachen in den Mülleimer. Sie hatte ihn betrogen. Wie hatte sie das tun können? Er hatte sie doch im Sturm gehalten. Hatte an ihrem Bett gewacht, ihre Sachen gewaschen. Sie hatte ihn doch in der Nacht gerufen.

Du kannst den Menschen nicht vertrauen!, hörte er seine Mutter sagen, man glaubt jemanden zu kennen, dabei ist es ein Fremder. Edvard sprang in die Straßenbahn, so eilig hatte er es, von seinen Gedanken fortzukommen. Er stolperte. Hinter ihm faltete sich die Tür zusammen. Seine Gedanken hörten einfach nicht auf. Wie hatte er sich nur so täuschen können?

Die Bahn fuhr los, er verlor das Gleichgewicht und um ein Haar wäre er gefallen, hätte sich flach hingelegt. Gebückt stand er da, die Bahn zerrte ihn weiter. Köpfe drehten sich zu ihm. Eine Frau stand auf, wollte ihm helfen.

»Du hast dir das nur eingebildet«, sagte seine Mutter, ging vor ihm auf die Knie und strich ihm über die Wange, das Gesicht ganz dicht vor seinem, ihr frisch aufgetürmtes Haar roch nach Frisur. »So ist das manchmal: wenn man sich etwas zu sehr wünscht, dann denkt man, es trifft wirklich ein.«

»Ich gehe nur fort, um wieder nach Hause zu kommen.« Sein Vater hatte es versprochen, jedes Mal, wenn er auf Fahrt gegangen war. Er würde zurückkommen. Und er war zurückgekommen. Edvard hatte es sich nicht eingebildet. Er war nicht tot. Er hatte für ihn ein Starfighter-Modell gekauft, aber ihn damals im Spielwarenladen nicht erkannt, das war die Erklärung. Deshalb war er einfach in die nächste Straßenbahn gestiegen. Von Haltestange zu Haltestange hatte sich Edvard durch den Wagen der ruckelnden Straßenbahn gehangelt. Von Rücken zu Rücken nach der Lederjacke gesucht. Und als die Bahn an der nächsten Haltestelle hielt, sah er ganz vorne im Wagen einen Mann aussteigen, einen Mann, der ein Päckchen unter den Arm geklemmt hielt, in Geschenkpapier eingeschlagen. Der Baukasten, die Form stimmte, auch wenn dieser Mann einen grauen Mantel trug statt der Lederjacke. Die Schulterpartie war vom Regen durchnässt und dunkel gefärbt, der Kragen hochgestellt, wie es sein Vater immer getan hatte. Der Mann ging mit eingezogenem Kopf eilig davon. Edvard blieb ihm auf den Fersen. Im Gedränge an den Fußgängern vorbei, den Mantelrücken und das schaukelnde Päckchen immer im Blick. Bis der Mann plötzlich zwischen den Läden in einen Hauseingang trat, nach einem Moment des Überlegens das Päckchen zwischen die Beine klemmte, um mit den Händen Hosen- und Manteltaschen abzuklopfen. Er zog einen Schlüssel hervor, öffnete mit weitem Schwung die Glastür und verschwand im Haus. Edvard hielt die Tür fest, noch bevor sie ins Schloss fallen konnte, schlüpfte er ins Treppenhaus.

Der Mann war nicht mehr zu sehen, seine Schritte hallten schwer die Stufen hinauf, bis sie verstummten und Edvard das Klacken und Klickern des Türschlosses hörte. Zweimal drehte der Mann den Schlüssel, öffnete, wischte beim Hineingehen über die Fußmatte und schloss mit klimperndem Schlüssel wieder zweimal hinter sich ab. Dann war es still, und das Treppenhaus begann zu riechen. Für Sekunden hatte Edvard den Geruch der Wohnung in der Nase, als hätte die sonst eingesperrte Wohnung des Mannes nur auf die Gelegenheit gewartet zu fliehen und ihn zu verraten. Doch der Geruch verflog so schnell, wie der Mann verschwunden war, und Edvard war erleichtert, weil es nicht gut gerochen hatte, nicht wie ein Nachhause-Kommen. Edvard rührte sich nicht, dachte: Er hat sich eingeschlossen, er muss Angst haben, und er fragte sich, ob es wohl in allen Wohnungen so roch, ob hinter allen Türen etwas verborgen war, was es wegzuschließen galt, und für einen Moment wurde Edvard ganz wehmütig, weil er und seine Mutter nie die Tür verschlossen, wenn sie zu Hause waren, und weil ihm ihr Haus plötzlich unendlich weit entfernt und unerreichbar schien.

Edvard hatte die Orientierung verloren. Wie viele Stationen war er gefahren? Hatte er Birkelunden schon verpasst? Eine Straße glich der anderen, vierstöckige steinerne Bürgerhäuser mit leeren Fenstern reihten sich aneinander, ohne Hausnummern. Ein Wolkenbrett hatte sich über die Stadt geschoben, Regen strömte in dunklen Schlieren an den Fassaden hinunter. Edvard hatte das Angebot an der

Rezeption abgelehnt. Die anderen öffneten ihre Schirme nach draußen, bevor sie aus der Bahn traten und den Schritt auf die regennasse Straße taten, auf der sich die blaue Leuchtschrift der Spare Bank spiegelte.

Mit einem Satz sprang er aus der Bahn, spritzte in eine knöcheltiefe Pfütze, rettete sich über den Gehweg zum überdachten Eingang. Er blickte durch die Scheibe. Im hellerleuchteten Schalterraum standen Automaten. Hier arbeiteten keine Menschen mehr, niemand nahm hier Einzahlungen entgegen. Edvard war, als würde er aus einem Traum erwachen. Wie hatte er glauben können, hier eine Spur zu seinem Vater zu finden? Ein junger Mann trat aus der Filiale, hielt ihm die Tür auf. Edvard schüttelte den Kopf. Was hatte er sich nur dabei gedacht, hierher zu kommen? Einen Tag und eine Nacht war er unterwegs gewesen, nur um jetzt zu wissen, dass sein Plan von Anfang an absurd gewesen war. Selbst wenn es noch eine Bank wie Elsies Sparkasse gewesen wäre, eine Bank, in der Mitarbeiter ihre Kunden kannten – wer hätte sich an einen Mann erinnern sollen, der vor so vielen Jahren auf ein deutsches Konto Geld eingezahlt hatte. Wer hätte seinen Vater kennen sollen?

Edvard ging ziellos umher, spürte nicht den Regen, aber es war die Toftes Gate – vielleicht hatte sein Vater in dieser Straße gewohnt. Vielleicht wohnte er noch immer hier. Er blickte an den Hauswänden empor, in die fallenden Tropfen hinein, hoch zu den Fenstern. Wenn ich etwas zu verbergen hätte, etwas, das nicht nur in meinem Kopf wäre, kam ihm in den Sinn, würde ich in so einem Haus wohnen, in der Stadt. Ich versteckte mich bei Tag im Gedränge auf den Straßen und abends hinter einer dieser Türen. Und niemand draußen würde mich hinter dem Fenster meiner Wohnung vermuten, weil es unzählige Fenster gab, nebeneinander, übereinander, überall. Edvard sah, wie ein Mann das Fenster zu einer Küche öffnete, am Herd hantierte. Er ging an der Häuserzeile entlang, die Passanten streiften im Regenschleier wie Schatten an ihm vorüber. Er las die Namenschilder an den Klingeln. Er dachte wie damals, an der nächsten Tür würde er den Namen seines Vaters finden, zwischen Hansen, Eriksen, Haugen, Lunde ganz selbstverständlich Mellmann. Es würde ihn nur erstaunen, dass es sein eigener Name wäre. Sein Vater stünde vielleicht gerade in diesem Moment an einem Fenster, und wie damals, als er sich in den Lichtkreis einer Straßenlaterne gestellt hatte, damit ihn der Vater entdecken konnte, dachte Edvard, er müsse seinen Vater gar nicht suchen, er müsse sich nur von ihm finden lassen.

Damals war er sich sicher gewesen, irgendwo da oben stand sein Vater, hatte das Starfighter-Päckchen, das er ihm zum Geburtstag schenken wollte, schnell beiseitegelegt, stand am Fenster, beobachtete die Straße, weil es ihm so vorgekommen war, als sei ihm sein Sohn begegnet. Edvard, den er schon so lange nicht mehr gesehen und kaum erkannte hatte, weil er ja so groß geworden war mit seinen fünfzehn Jahren. Er hatte zu spät reagiert. Und jetzt blieb seinem Vater nur noch die Hoffnung, ihn vom Fenster aus dort unten irgendwo auf der Straße zu entdecken. Ganz stolz auf seinen Einfall hatte Edvard im Lichtkreis der Laterne gewartet, überzeugt, dass jetzt irgendetwas geschehen müsste. Da stürzte seine Mutter auf ihn zu, vornübergebeugt, als würde sie fallen, weil sie schneller bei ihm sein wollte, als ihre Beine es zuließen, schlang ihre Arme um ihn, hielt ihn in einer Klammer, in der er sich nicht mehr rühren konnte, und er presste seinen Kopf an ihre Brust, vergrub seine Nase, und er spürte, wie ihr ganzer Körper geschüttelt wurde von ihrem Schluchzen. »Das darfst du nie wieder tun! Hörst Du! Du darfst nie wieder einfach weglaufen!« Edvard hätte so gerne mit ihr weinen wollen, und er strengte sich an, drückte die Augen fest zusammen, immer wieder, um wenigstens eine Träne herauszupressen. Doch seine Augen blieben trocken. »Er ist tot, er ist tot. Du hast dir das nur eingebildet«, sagte seine Mutter und ging vor Edvard auf die Knie, strich ihm über die Wange, das Gesicht ganz dicht vor seinem, ihr frisch aufgetürmtes Haar roch nach Frisur. »So ist das manchmal: wenn man sich etwas sehr wünscht, dann denkt man, es trifft wirklich ein.« Vor Edvard hatte sich an diesem Tag eine unberechenbare Welt aufgetan; eine Welt, in der er nicht mehr sicher war.

Breite schwarze Samttücher und weiße Brokatdecken verbargen die einfachen Klapptische und ließen die Auslagen alter Dosen für Tabak und Grammophonnadeln aus den zwanziger Jahren und Blechspielzeug der Fünfziger besonders und einmalig erscheinen. Reihen an funkelnden Likörgläschen neben angelaufenen Messern mit Perlmuttgriffen und schäbigen Porzellantellern in Aufstellern.

Dazwischengeworfen aber auch billiges Haushaltszeug, Armbanduhren, Werbegeschenke, matte Handys, Computerspiele und stumpfe Scheren.

Alva griff nach einer abgegriffenen knubbeligen Figur, ein Troll als Spardose. Für Lina, dachte sie und bezahlte mit den eigenen Kronen. Was von dem gestohlenen Geld übriggeblieben war, hielt sie für Edvard in einem Umschlag bereit. Es hatte sie so viel Kraft gekostet nach Birkelunden zu kommen, um sich Edvard zu stellen, und insgeheim hoffte sie, er wäre nicht da. Oder sie würde ihn nicht finden. Oder einfach verfehlen. Sie wusste nicht einmal, ob er überhaupt vorhatte, den Flohmarkt zu besuchen. Der einzige Anhaltspunkt war die Notiz neben der Bank Adresse in der Toftes Gate gewesen, die sie in der Kabine auf seiner Liste in dem Geldumschlag gelesen und sich gemerkt hatte. Und die Begegnung – wenn sie zustande käme – ergab eigentlich auch keinen Sinn. Sie konnte das Geld ja nicht zurückgeben, konnte sich nur entschuldigen und erklären. Aber ihr Gewissen hatte ihr keine Ruhe gelassen. Ich bin doch kein schlechter Mensch, dachte sie und wurde wütend, dass sie sich das beweisen musste. Es war krank, sich beweisen zu müssen, kein schlechter Mensch zu sein, wirklich krank.

Was sollte sie Edvard denn sagen? Ich bin kein schlechter Mensch, auch wenn es so aussieht? Das kann man nicht über sich selbst sagen. Das können nur die anderen. In ihren Gedanken stand sie vor Gericht und hörte das Urteil: Nach Abwägung aller Fakten und Aussagen der vorgeladenen Zeugen fällt folgender Spruch: Bianca, die sich selbst

Alva nennt, ist kein schlechter Mensch, auch wenn es den Anschein hat. Sie liebt ihr Kind, obwohl sie ihm oft überdrüssig ist. Sie ist keine schlechte Mutter, obgleich sie der in der Sprachentwicklung gestörten Tochter keine logopädische Behandlung zuteilwerden lässt und Biancas hier vorgeladene Mutter, welche nicht von ihrem Recht Gebrauch machte, die Aussage zu verweigern, dies als ein Zeichen der Vernachlässigung wertet. Das Gericht sieht es aber als erwiesen an, dass Bianca bei dem von ihr begangenen Diebstahl nicht aus niederen Motiven handelte. Vielmehr war es die Verzweiflungstat einer sich sorgenden Mutter, das verlorengegangene mobile Telefon ersetzen zu müssen, um mit dem Kind in Kontakt bleiben zu können. Dabei soll außer Betracht bleiben, dass auch ein preiswerteres Modell diesen Zweck erfüllt hätte, für Bianca bei der Wahl des Gerätes aber auch die Möglichkeit entscheidend war, eigene Daten und Musik herunterladen, sowie hochwertige Fotografien zur Ausübung ihrer beruflichen Tätigkeit erstellen zu können. So blieb sie auf freiem Fuß, aber es war ein lausiger Freispruch. Ihr ganzes Leben bestand aus lausigen Freisprüchen, und sie hatte das Gefühl, dass nur ihr allein fortdauernd der Prozess gemacht wurde, dass sonst keiner vor Gericht stand. Bei allen galt die moralische Unschuldsvermutung, allen musste die Schuld bewiesen werden, nur sie musste unentwegt ihre Unschuld beweisen. Alle waren im Grunde gut, nur sie war *nicht schlecht.*

Alva stand unter dem aufgespannten Schirm des Händlers. Der Plastik-Troll ist total überteuert, dachte sie und blickte über den mit Birken umstandenen Platz. Sie sah auf die Uhr. Noch zwanzig Minuten gab sie sich, Edvard zu begegnen.

Die Menschen wollen manchmal betrogen werden, es geht ihnen dann besser, hatte sein Vater oft gesagt und von den Tricks der Händler erzählt: dass es immer so aussehen müsste, als sei man nur ein einfacher Trödler, einer, der auf dem Flohmarkt die Gelegenheit nützt, den alten Kram vom Speicher zu verkaufen. Edvard hatte noch vor Augen, wie er vor den Fahrten in die Stadt seinen »Plunderkoffer« packte, um den Stand zu füllen. Er ließ die Kunden glauben, er hätte keine Ahnung, ließ sie in den Dole-Bananenkartons wühlen und zwischen alten Schals und Reihen billiger Taschenbücher eine Erstausgabe finden. Was für ein Fang! Der Käufer musste immer denken, der Sachverstand des Händlers reichte eben doch nicht aus, den Wert der Dinge richtig einzuschätzen. Die Likörgläschen wurden überteuert, bei den Armbanduhren blieb er unter dem Preis, um zu zeigen, dass er dafür keinen Blick hatte, sich ja nicht auf jedem Gebiet auskennen konnte. Das gab den Leuten das gute Flohmarkt-Gefühl. Aber das sei doch Betrug, hatte Edvard gesagt, aber er wusste ja: die Menschen wollten manchmal betrogen werden – für ein gutes Gefühl.

In Birkelunden wäre sein Vater unter seinesgleichen gewesen. Der Flohmarkt hier fand schon seit Jahrzehnten statt, hatte er im Internet auf der Oslo-Seite gelesen, und die Ware seines Vaters hatte nicht nur aus aufgelösten Haushalten und Nachlässen gestammt, sondern auch von solchen Märkten, um sie dann in Deutschland weiterzuverkaufen. Es war kein Zufall, dass die Bank in der Nähe des Marktes lag. Es musste das Viertel seines Vaters sein, es musste hier jemanden geben, der etwas über ihn wusste.

»Mellmann, Oskar Mellmann, a German«, sagte Edvard.

Der hemdsärmelige Verkäufer mit dem roten Gesicht und dem Ohrring schüttelte den Kopf und gab ihm die Fotografie zurück. Edvard kaufte ein frisches weißes Hemd mit Bügel und ging weiter, von Stand zu Stand, zeigte den Händlern das Familienfoto, tippte auf seinen Vater und kam sich schließlich albern vor. Wie hätten sie ihn auch wiedererkennen können? Das Foto war fünfzig Jahre alt. Käme er Edvard auf dem Markt entgegen – sogar der eigene Sohn würde an ihm vorbeigehen. Und auch von damals konnte ihn keiner der Männer und Frauen hier kennen. Sie waren alle zu jung. Er wäre jetzt über Neunzig, älter als die verstorbene Mutter. Aber Edvard war sich sicher, dass er noch lebte. Deshalb war er doch von zuhause abgehauen. Um zu leben.

Edvard stellte sich vor, wie sein Vater damals hier angekommen war. Während seine Mutter und er darauf gewartet hatten, dass sein Transporter in den Hof gefahren kam, parkte er hier an der Straße am Pavillon – an der Stelle, wo Edvard gerade stand. Er war ausgestiegen, hatte auf die Uhr gesehen und gedacht, jetzt müsste er nie mehr die Fähre erreichen. Ihm stünde nie mehr eine Fahrt durch Schweden und Dänemark bevor. Es gäbe kein Zuhause mehr. Er säße nie mehr auf dem Hof im Abendlicht, in seinem alten Korbsessel, würde nie mehr nach seinem Buch greifen, das auf dem Baumstumpf der alten Birke lag, mit dem stockfleckigen braunen Pappeinband und den von der Feuchtigkeit gedunsenen und aufgefächerten Seiten. Wie ein Pilz an der Borke wuchs es da, dachte Edvard und wenn sein Vater in den Seiten geblättert hatte, sah es aus, als griff er in seine Lamellen, als würde er aus dem Pilz ein Orakel lesen, und als ob es zu einer Prophezeiung gehörte, schichtete sein Vater, wenn es dunkelte, kleine Zweige und Weidenstöcke zu einem Feuer. In einen mit Steinen umgrenzten Kreis. Und obwohl Edvard ohne seinen Vater nie mehr die Feuerstelle benutzt hatte, war der Kreis über die Jahrzehnte als schwarzgerußter Fleck auf dem Pflaster immer sichtbar geblieben. Die ganze Zeit – als wäre da mitten auf dem Hof ein Loch.

Edvard wusste nicht weiter. Er kaufte für Elsie am Pavillon eine Kunstkarte: *Nicolai Astrups Mittsommerfeuer* – »Damit du nie kalte Füße bekommst«, würde er darauf schreiben. Und er überlegte noch, ob sie das vielleicht falsch verstehen könnte, als er aufblickte und am Stand gegenüber Alva sah.

Alva dachte nicht daran, zu flüchten. Sie rührte sich nicht, stand wie angewurzelt, sah Edvard zu, wie er sich mit großen Schritten näherte, die Hand nach ihr ausstreckte und sie am Arm packte, so fest, dass es ihr weh tat. Edvard fühlte in seinem Griff den Moment auf der Fähre, als er sie wieder an Deck gezogen hatte. Als hätte er sie ins Leben zurückgeholt, war es ihm in der Nacht vorgekommen. Und jetzt hielt er sie fest, als wollte er sie in sein Leben zurückholen, die Diebin, die sich daraus weggestohlen hatte.

Edvard fand keine Worte. Er stand da, hielt ihren Arm geklammert, sah sich hilflos um.

»Willst du die Polizei rufen?«

»Ja, das sollte ich. Ich hab mich um dich gekümmert und dann als Dank klaust du mein Geld!«

»Ich hätte das ganze Geld nehmen können. Schon mal daran gedacht? Ich hab nur so viel genommen, wie ich brauchte.«

Weil Edvard sie immer noch festhielt, konnte sie nur umständlich mit der linken Hand das Telefon aus der Tasche ihrer Regenjacke ziehen. Sie hielt es ihm vor die Augen.

»Dafür! Und wenn du mich loslässt, bekommst du den Rest von den Scheißkronen. Ich hab nicht alles ausgegeben.«

Edvard zögerte. Eine Diebin musste man doch festhalten.

»Ich hau nicht ab. Es ist doch kein Zufall, dass ich hier bin. Ich wollte dich treffen.«

Er verstand nichts mehr, ließ sie los. Sie gab ihm den Umschlag.

»Woher wusstest du, dass ich hier …?«

»Komm, wir gehen einen Kaffee trinken. Ich lad dich ein.«

»Von meinem Geld«, murmelte Edvard.

Sie saßen sich im Grand Café schweigend gegenüber. Jo hatte den Ort empfohlen, das müsse sie unbedingt gesehen haben, es sei eine Attraktion in Oslo. Doch jetzt wäre sie lieber woanders gewesen. In einem kleinen Kaffeehaus, in dem man das Gefühl hatte, zusammenzurücken, die Ellbogen auf den Tisch legen konnte, um dem anderen näher zu sein, das Zischen der Espressomaschine hörte und ein Gemurmel von Gästen, das das eigene Sprechen leichter machte. Hier in diesem Saal fühlte sie sich verloren. Sie versank in dem Ledersessel, musste den Arm ausstrecken, um die Kaffeetasse auf dem niedrigen, viel zu weit entfernten Glastischchen zu erreichen. Alva starrte auf das riesige Wandgemälde mit den großen norwegischen Künstlern: Ibsen, Munch, Grieg, alle waren hier ein und ausgegangen, und das Gemälde war mehr von Leben erfüllt als Edvard, der unerträglich langsam seinen Apfelkuchen aß. In kleinsten Stücken kaute und malmte er die Portionen und nippte gelegentlich an seinem Kaffee, der längst kalt sein musste, ohne sie auch nur einmal anzusehen. Alvas Hände krallten sich in die Armlehnen des Sessels. Es war eine Folter. Er bestrafte sie. Es war eine Schnapsidee gewesen, Edvard zu treffen.

Sie stand auf, der Sessel rutschte auf dem polierten Holzfußboden hinter ihr weg, sie tat einen Schritt nach vorne, um das Gleichgewicht zu halten und stieß mit dem Bein scheppernd gegen das Glastischchen. Aus Edvards Tasse schwappte Kaffee. Edvard vergaß das Kauen und sah erschrocken auf die Pfütze in seinem Unterteller.

»Der ist sowieso kalt«, sagte Alva und schlüpfte in ihre Regenjacke. Sie legte ein paar Kronen auf den Tisch.

»Für die Rechnung. Wenn du mir deine Kontoverbindung aufschreibst, überweise ich dir dein Geld. Schnellstmöglich.«

»Wie viel ist es?«

»Neuntausend.«

Er machte keine Anstalten. Seine Nachricht in der Kabine hatte auf einem Kalenderblatt gestanden, wahrscheinlich fehlte ihm Papier. Alva kramte ihre Arbeitskladde aus dem Rucksack und legte sie geöffnet vor Edvard auf den Tisch. Sie zückte einen Kugelschreiber, aber anstatt nach ihm zu greifen, blätterte Edvard in den Seiten ihrer Notizen.

»He, was machst du da?«

»Was sind das für Notizen?«

Alva zog Edvard das Buch unter der Hand weg.

»Ich glaube nicht, dass dich das was angeht.«

Jetzt sah Edvard sie an. Alva konnte seinen Blick nicht aushalten. Ja, es stimmte, sie hatte seine Fotos angesehen und die Liste mit den Banken gelesen. Sonst säßen sie jetzt nicht hier. Aber ihr war es nur um seine Adresse gegangen – sie hatte gute Absichten gehabt. Wieder müsste sie sich erklären.

»Das ist meine Arbeit. Eine Reportage. Ich bin Journalistin.«

Es klang nie selbstverständlich, wenn sie das sagte. Wie willst du andere überzeugen, wenn du selbst nicht überzeugt bist? Auch so ein Spruch von Jo.

»Du verdienst nicht viel damit, oder?«

»Manchmal gibt es Engpässe.«

Einmal war Jo eingesprungen. Sie hatte sich geweigert, wieder Geld von ihrer Mutter und dem Stiefvater zu nehmen, worauf sie stolz gewesen war. In ihrem Alter! Andere waren mit zwanzig oder noch früher von den Eltern unabhängig. Sofort war ihr Stolz gekippt und sie hatte sich klein gefühlt.

»Und um was geht es in dieser Reportage?«

Die ganze Zeit hatte Edvard kein Wort gesprochen und jetzt plötzlich diese Fragerei. Warum interessierte ihn das alles? Alva zog ihre Regenjacke wieder aus und setzte sich. Immerhin konnte sie ihm jetzt zeigen, dass sie doch etwas draufhatte. »Es war meine Idee – eine Doku-Serie fürs Fernsehen. Es geht um magische Orte. Sowas wollen die Leute sehen. Überall auf der Welt gibt es Orte, wo seltsame Dinge geschehen oder geschahen. Unerklärliche, übernatürliche Ereignisse, von denen erzählt wird. Das *Bermuda Dreieck* ist das spektakulärste Phänomen. Aber das ist abgefrühstückt. Ich will unbekannte Orte zeigen – wie hier in Norwegen. Norwegen ist magisch.«

»Du bist also beschäftigt?«

Er könnte wenigstens sagen, dass er die Idee gut findet, dachte Alva. Edvard nahm den Rest Apfelkuchen in einem großen Stück auf die Gabel und schob ihn in den Mund. Er winkte nach der Bedienung, er musste jetzt dringend etwas trinken, etwas Richtiges.

Noch bevor der junge Mann mit dem gegeltem Haar und dem schwarzen Anzug ganz an den Tisch gekommen war, rief ihm Edvard »Cognac!« zu. Alva rollte mit den Augen.

»Hör mal, das ist hier keine Kneipe. Was willst du? Warum willst du das alles von mir wissen?«

»Du schuldest mir was, und ich meine damit nicht das Geld.« Edvard behielt den Kellner im Auge, der am viel zu weit entfernten Büffet den Cognac einschenkte. »Du hättest mich fragen können, ich hätte dir das Geld gegeben. Es ist wirklich ein Scheißgeld. Aber du hast es dir einfach genommen. Du nimmst dir immer, was du brauchst. So bist du. Oder?«

Alva reichte es. Sie stand auf und zog ihre Regenjacke wieder an. Jetzt würde sie wirklich gehen.

»Du hast keine Ahnung, wie oder wer ich bin. Wenn du mir deine Kontonummer nicht geben willst, dann geh ich jetzt.«

»Du bist eine Diebin. Du hast gesagt, dass du tot eine bessere Mutter wärst. Und du hast geweint. Ich weiß also eine Menge über dich.«

Sie sahen sich an. Edvard kannte ihre Augen. Er kannte sie so gut.

Jetzt konnte er nicht länger sitzenbleiben. Edvard ließ Alva einfach stehen. Verdutzt sah sie ihm hinterher. Er durchquerte den Saal, nahm dem gegelten Anzug das Cognacglas aus der Hand und leerte es mit einem Schluck. Er bezahlte, öffnete weit die Flügeltür, drehte sich zu ihr, wartete. Alva steckte schnell die Kronen für die Rechnung wieder ein und konnte es nicht fassen, dass sie sich tatsächlich beeilte, zu ihm zu kommen.

»Hör mal, was soll denn das? Was schulde ich dir? Was soll ich tun?«

Edvard gab ihr mit einem Wink den Vortritt, und sie standen schon vor dem Café, als er sagte: »Ich will dir etwas zeigen. Du sollst mir helfen, meinen Vater zu finden.«

»Die Fotos fand ich in seinem Schuppen. Das ist alles, was ich von ihm habe. Die Spare Bank bringt mich auch nicht weiter. Es ist alles schon viel zu lange her, viel zu lange her.«

Edvard schenkte sich vom Aquavit nach, den er für viel Geld an der Rezeption bekommen hatte. Ein gelber Fleck breitete sich auf der weißen Tischdecke aus, wo sein Glas stand war sie nass und wellig. Er musste etwas verschüttet haben.

Der Frühstücksraum in Cochs Pensjonat war dunkel. Alva hielt die Fotos unter eine kleine Lampe, die am Fenster stand. Es waren die Soldatenfotos, die sie in seiner Kabine auf der Fähre schon gesehen hatte. Nur das Foto der Frau fehlte. Alva sah die vom Himmel graue Straßenbahn durch einen Perlenvorhang aus Regen fahren und hörte ihr Quietschen, als sie schon nicht mehr zu sehen war. Ein schwarzes Wolkendach lag schräg über den Häusern.

»Warte, ich mach dir Licht«, sagte Edvard, ging mit unsicheren Schritten zur Tür, sprach dabei weiter, ohne sich nach Alva umzudrehen. »Sie hat mich belogen, all die Jahre. Das Sparbuch im Schrank, zwischen ihrer Wäsche versteckt. Das Bild abgehängt und mit dem Sparbuch versteckt. Und ich dachte, sie kann das Bett nicht mehr verlassen. Das Scheißgeld meines Vaters. Sie wusste, dass er nicht tot war. Sie wusste es!«

Er tappte auf den Lichtschalter neben der Tür. Über den weiß eingedeckten Tischen glühten die Birnen der flämischen Leuchter, und wie beim Leichenschmaus für seine Mutter im Elbblick standen auf dem Falz der frischen Leinentücher schiefe Nelkensträußchen, ihre Lieblingsblumen. Edvard hielt sich an dem dreibeinigen goldenen Garderobenständer fest, an dem Alvas nasse Jacke hing, neben Elsies Wollweste und den schwarzen Anzugsjacken.

»Alle wussten es!«

Große Bleche voll von Butterkuchen waren herumgereicht worden und die Frauen hatten an den Tischen herumgegackert wie die Hühner, während die Männer ihre weißen Hemdsärmel hochkrempelten. Elsie hatte sich um alles gekümmert: Einladungen geschrieben und verschickt. Sie hatte sich um die Trauerfeier in der Kirche gekümmert und mit dem Pfarrer gesprochen. Edvard wusste nichts zu sagen, er fühlte keine Trauer, keinen Schmerz.

»Meine Mutter hätte ihn finden können. Sie wusste, dass er lebte. Ich hätte ihn finden können. Alles wäre anders gekommen.«

»Sie wollte ihn nicht finden, Edvard, er hatte euch verlassen«, sagte Alva.

Sicher wussten alle, dass er noch lebte: Frielings, die Nachbarn, die Bombek, der Apotheker, wahrscheinlich sogar Pfarrer Hinrichs. Deshalb hatte er sich am Anfang auch so rührend um ihn gekümmert, hatte ihn in die Kirche geholt, ihm Klavierunterricht gegeben. Dabei hatte der ganze Ort hinter seinem Rücken über ihn gesprochen: über den armen Jungen, den armen Mann, der ganz und gar für die kranke Mutter da ist, die ihm nie die Wahrheit gesagt hat. Hatte der kleine Edvard nicht sogar den Vater einmal gesehen, in der Stadt? Sie saßen in der Kirche und tuschelten über ihn. Drei Reihen gebeugter Rücken, weißhaarige Köpfe; einige Nachbarkinder dazwischen, vielleicht so alt wie er, saßen auf den harten Bänken, auf Schulterhöhe ihrer Väter und Mütter. Und sie sahen auf, blickten nach oben in den Raum, wohin der Pfarrer mit dem Finger zeigte, als er von Zukunft und Hoffnung sprach. »Baut Häuser und wohnt darin, pflanzt Gärten und esst ihre Früchte!«

Er hatte während der Trauerfeier in der Kirche neben Elsie in einer sonst leeren Reihe gesessen, abgerückt von den anderen, unerreichbar für den Zeitpunkt, nach vorne zu kommen, um den Sarg seiner Mutter hinauszutragen.

Durch eine Lücke konnte er die Bombek auf der ersten Bank sehen, ihre Schulter hob und senkte sich. Er glaubte ihr Schluchzen zu hören, in den Pausen, die Hinrichs in seiner Predigt machte, um die Worte nachhallen zu lassen. Sie hat Mutter früher nur die Haare geschnitten und jetzt weint sie, dachte er. Oder das Schütteln war kein Weinen, sondern ihr Parkinson. Sie konnte schon lange keine Haare mehr schneiden. Vielleicht weinte sie auch, weil sie wusste, dass sie die nächste war, die da vorne läge, im Sarg aufgebahrt. Das wird schon, hatte der Apotheker immer gesagt, wenn er die Medikamente für Mutter geholt hatte. Morphium gegen die Schmerzen. Aber es wurde nicht. Es war eine Lüge, wie alles andere auch. Edvard wollte Pfarrer Hinrichs von der Kanzel stoßen. Er wollte einmal in seinem Leben die Stimme erheben, wollte brüllen, toben, hinausschreien, dass das Leben einfach vergehen kann, ohne eine Hoffnung, ohne ein Versprechen. Dass nichts *einfach schon wird.*

»Edvard, Du solltest nichts mehr trinken«, hörte er Alva sagen.

Aber er saß stockgerade auf der Kirchbank, das Aquavit-Glas in der Hand, und er spürte Elsies Hand auf seinem harten Arm. Er spürte, sie wollte in seine Gedanken gehören und ihm war, als könnten in der Kirche die Gedanken nicht bei ihm bleiben, als würden sie hinausgeschickt und drängten aus dem Hals eines Trichters hinaus ins Weite, für alle hörbar. Ein Rucken und Knarzen ging durch die Reihen, und seine Mutter wurde im Sarg, von rotköpfigen alten Männern an Messinggriffen gehalten, durch das Kirchenschiff hinaus ins Sonnenlicht getragen. Schwitzend schleppten ihn die Männer vorbei an verwitterten, unleserlichen Grabmälern, zu der sogenannten letzten Ruhestätte. Wahrscheinlicher, dass es die erste war. Unter den Füßen knirschte der weiße Kiesweg. Die Kirchenglocke schlug.

Edvard und Elsie schoben sich in der kurzen Schlange der Besucher weiter. Vor ihnen streckten sich Hände nach der kleinen Schaufel aus, um die krümelige Erde aufzunehmen. Wer das Häufchen auf den Sarg geworfen und Edvard sein Beileid bekundet hatte, trat zur Seite und faltete die Hände. Edvard sagte kein Wort des Dankes. Er bückte sich, nahm Erde auf, mit der Schaufel, die sich wie Spielzeug anfühlte, und warf die Erde auf den Sarg. Seine Unterlippe zitterte. Elsie griff nach seiner Hand und drückte sie sanft. Er sah ihr in die Augen. Sie waren so schön, als könnte nun etwas beginnen, was nie geendet hatte. Doch Edvard vergrub seine Hände in den Hosentaschen, und Elsie kümmerte sich um die Bombek, hakte sich bei der alten schlotternden Frau unter, ging ihr Schneckentempo, unterhielt sich nebenbei mit den Frielings, sorgte sich, ordnete den Gang zur Gaststätte, als wäre sie die Frau an Edvards Seite. Und er trottete hinterher, leergeweint, ohne eine Träne vergossen zu haben.

»Dein ganzes Leben lang hast du dich um sie gekümmert«, sagte Elsie, als sie im Elbblick saßen. »Denk jetzt an dich. Du hast noch alle Zeit. Das weiße Hemd steht dir übrigens sehr gut.«

Sie sah ihn an und lächelte.

»Edvard?«

Er hörte Alvas Stimme und drehte den Kopf zur Seite, obwohl sie ihm gegenübersaß. Da waren keine Gäste mehr im Elbblick, auch Elsie war gegangen.

»Edvard, hast du gehört, was ich gesagt habe?«

Er schüttelte den Kopf.

»Ich fragte, ob du weißt, wo diese Fotos aufgenommen wurden. Wo in Norwegen dein Vater im Krieg gewesen war.«

»Gefällt dir das weiße Hemd?«

»Was?«

Edvard winkte ab.

»Nein, ich weiß es nicht. Er hat nicht darüber gesprochen, und ich habe nicht gefragt.«

Er fuhr sich mit der Hand über die Augen.

»Leg dich hin, Edvard. Du hast doch sicher kaum geschlafen. Wir müssen die Suche anders anpacken.«

»Wir?«

Alva stand auf.

»Ich helfe dir, weil du mir geholfen hast und ich dich mag. Kann ich die Fotografien haben? Ich versuche etwas herauszufinden. Schaffst du es alleine nach oben?«

Edvard nickte zweimal. Sie konnte die Bilder haben, und er schaffte es alleine nach oben.

Sie griff nach der Flasche Aquavit.

»Die gebe ich zurück, bevor sie ganz leer ist.«

Edvard streckte seine Hand nach Alva aus. »Du kommst wieder, oder?«

Alva griff in ihre Tasche.

»Das lass ich dir als Pfand da. Es ist ein Geschenk für Lina.«

Mit schief gelegtem Kopf nahm er die Troll-Spardose.

Am Garderobenständer schlüpfte Alva in ihre Regenjacke, steckte sich die Knöpfe ins Ohr, zog sich die Kapuze über den Kopf.

»Scheißwetter.«

Edvard sah sie im Fenster durch den Regen gehen. Sie hat *wir* gesagt. Er stand langsam auf und ging schwankend zur Rezeption. Die Frau gab ihm nur zögernd die Flasche Aquavit: »But the young woman said …«

»It's okay, she is my daughter and I'm old enough.«

Das Heimatfrontmuseum war in der Akershus festning. Alva ging in dunklen Gängen durch die Zeit. Die Fotografien seines Vaters waren ihre einzige Spur. Und die führte weit in die Vergangenheit zurück. Hier konnte sie noch mehr Bilder finden, die zu dieser Vergangenheit gehörten.

9. April 1940: das nächtliche Oslo unter dem erleuchteten Himmel, Flugzeuge wie Aschefetzen; Männer, Frauen, Kinder, die geduckt über die Straßen und Dächer der Stadt rennen. Gesichter von jungen marschierenden Soldaten. Aus einem Lautsprecher tönte dazu eine Stimme. Eine Megaphon-Stimme ohne Megaphon, die sich in ihren Kopf sägte. Stimmbänder, die ein Orchester peitschten, immer weiter, immer schneller. Deutsche Wochenschauen.

»In den Morgenstunden landeten zum Schutz der norwegischen und dänischen Neutralität in zahlreichen Häfen Norwegens und Dänemarks deutsche Truppen. Die Luftwaffe sicherte den Transport der Kriegsmarine. Jagd- und Kampfflugzeuge schützen die deutschen Truppentransporte vor feindlichen Angriffen. Zum ersten Mal in der Kriegsgeschichte wird das Flugzeug zum Transport größerer Verbände eingesetzt. Zehntausende Mann werden in den ersten Tagen durch die Luft nach Norwegen gebracht. Major Vidkun Quisling spricht zu dem norwegischen Volke: ›Das Kabinett Nygaardsvold ist zurückgetreten, und eine nationale Regierung mit mir an der Spitze hat die Regierungsmacht übernommen.‹«

Med Quisling for det nye Norge, Nasjonal Samling. Propaganda-Plakate an den Wänden. Dieser Quisling hat sein Land verraten, las sie auf einer Tafel. Und es gab viele, die sich ihm anschlossen. Aber viele hatten auch Widerstand geleistet, Frauen und Männer, die die Pläne der Deutschen sabotierten. In den Schaukästen lagen haufenweise leere Sprengkapseln, Stangen TNT, Kabelgewirr, Morsegeräte, eine verschrammte Dose Vaseline. Alva hatte keine Ahnung, wofür sie Vaseline brauchten, wenn sie Brücken und Straßen in die Luft jagten, um die Deutschen aufzuhalten. Sie ging an Puppen in ewiggrauen Wollmänteln vorbei, Norwegerinnen, die gerade einen Anschlag planten, ausgeleuchtet in einem Glaskasten. Die Mäntel hatten einen guten Schnitt, und sie dachte an die Schaufenster am Prenzlauer Berg mit der Retro-Mode für junge Mütter, die sich Kind und Karriere leisten können. Das hier hatte nichts mit ihrem Leben zu tun, die Mütter auch nichts. Aber vielleicht könnte sie Edvards Vatersuche sogar Jo als Stoff anbieten. Dann hätte sie zwei Projekte. Die magischen Orte und die Geschichte einer Vatersuche. Das würde ihm gefallen. Und ihre Mutter sähe auch, wie ernst es ihr mit dem Beruf ist. Dass sie für Lina sorgen kann und will.

Aber sie brauchte mehr Informationen. Edvard hatte ihr nicht alles gesagt, was er wusste. Warum hatte er ihr im Frühstücksraum nicht das Foto der schönen Frau gezeigt? Alva musste sein Vertrauen gewinnen. Gut, dass sie gesagt hatte, sie helfe ihm, weil sie ihn mag. Damit hatte sie Gefühl gezeigt. War das raffiniert gewesen? Ihre Schulfreundin hätte es raffiniert gefunden. Aber sie hatte damit nichts im Schilde geführt. Sie gab den Menschen einfach, was sie brauchten, ohne nachzudenken. Und die Leute glaubten ihr. Der einzige Mensch, der ihre Lügen bemerkte, war Lina. Kein Mensch kannte sie besser als Lina. Und es machte sie beide krank, nichts voreinander verbergen zu können. Aber auch Lina würde irgendwann lügen. Lügen, um geliebt zu werden, lügen, um ihre Ruhe zu haben, lügen, wegen des Vorsprungs. Lügen für die Freiheit, gebraucht zu werden, ohne selbst zu brauchen. Lügen, um andere und sich selbst zu schonen.

Wofür log Edvard? Was hatte er zu verbergen? Wie sollte es mit der Suche weitergehen? Sie könnte vielleicht in Erfahrung bringen, ob Edvards Vater in Oslo gemeldet war oder immer noch ist, wo sein Wohnsitz ist. Aber Alva glaubte nicht daran. Edvards Vater hatte nicht gewollt, dass man ihn findet. Sie war sich sicher, dass er das Geld aus unterschiedlichen Städten überwiesen hatte, weil er seine Spur verwischen wollte. Sie selbst würde es nicht anders machen. Wie oft hatte sie daran schon gedacht, abzuhauen, sich zu verstecken. Sie gäbe Lina am Morgen vor der Kita noch einen Kuss, wüsste, dass Tom sie am Nachmittag abholte, aber sie führe mit der S-Bahn nicht zur Redaktion, sondern zum Bahnhof. Zum Bahnhof, oder zum Flughafen wo schon ein Koffer im Schließfach auf sie wartete. Sie hätte das Ticket nach Irgendwo in der Tasche und wäre weg. Und wo sie hinführe oder flöge würde schon die andere, die neue Alva auf sie warten. Eine Alva ohne Geschichte, ohne Vergangenheit und Zukunft, in die sie hineinschlüpfen könnte. Sie würde Lina nie vergessen, wäre immer für sie da, würde sie lieben. Aber mit reinem Herzen, ohne Lüge, weil sie nicht für sie da sein müsste.

Alva brauchte mehr Hinweise, musste noch einmal mit Edvard sprechen, und sie war schon am Ausgang des Museums, als ihr ein Faltblatt in die Hände fiel. Kopierte Blätter, die neben den Hochglanzprospekten der Tourismus-Zentrale lagen. Ein Hobbyhistoriker suchte Fotos und Dokumente, Tagebücher oder mündliche Zeitzeugnisse aus der Besatzungszeit. Der Text war in gutem Deutsch und Englisch verfasst. Seit vielen Jahren sammelte ein gewisser I. Lemskø dieses private Material für eine Buchpublikation. Man solle sich doch bitte bei ihm melden: Telefon oder schriftlich unter … Alva googelte den Ort: Honningsvåg – das Tor zum Nordkap. Mit dem Auto weit mehr als eine Tagesfahrt entfernt. Sie wählte die Nummer von I. Lemskø und noch bevor sich jemand meldete, hörte sie Kirchenglocken und entfernt ein Schiffshorn. Lemskø sprach sehr gut Deutsch, langsam, bedächtig, aber er suchte nicht nach Worten, er wägte sie vorsichtig ab, als wollte er nichts Falsches sagen. »Kommen Sie, gerne! Vielleicht können wir herausfinden, wo Fotografien entstanden sind. Ich bin Sammler, habe viel Material über Zeit!«

Sie verabredeten sich. Sputrefossen, einer ihrer magischen Orte, lag nicht gerade auf dem Weg, aber was lag hier schon auf dem Weg. Alva würde einen Wagen mieten und eine Schiffspassage buchen. Das würde Edvard bezahlen müssen.

Besser den Aufzug, dachte Edvard. Er musste den Brief an Elsie schreiben, unbedingt. Er durfte jetzt nicht auf der Treppe stürzen, womöglich hinunterfallen. Er musste heil bleiben. Bis er alles erledigt hatte. Edvard öffnete die Tür, betrat sein Zimmer, die Welt verlor sich schwerelos. Er trank den Aquavit und spürte Elsies Hand in seiner. Er wurde schwer und traurig.

Edvard schrieb. Zuerst in engen Zeilen die Kunstpostkarte voll: ob sich Elsie noch daran erinnern könnte, wie gerne sie im Schuppen die Kästen mit den alten Ansichtskarten durchstöbert hatte. Und was sie sich für Geschichten ausdachten, wer da wohl an wen geschrieben hatte. Er schrieb und trank. Wie lange das jetzt schon her sei! Zur Schule seien sie damals noch gegangen. Er schrieb über die Karte hinaus auf den Schreibblock von Cochs Pensjonat, in schrägen Zeilen, immer größer. Er wollte alles erzählen, ihre ganze Geschichte, wie mit ihnen alles angefangen hatte, ob sie manchmal daran denke – an seinen fünfzehnten Geburtstag, den Tag, nachdem er den Vater in der Stadt gesehen hatte.

Er hatte die Schule geschwänzt. Acht Stunden blieben ihm, bis seine Mutter von der Arbeit kommen würde. Das Haus wartete. Das Bett kühlte aus.

Edvard wusch sich nicht. Er zog Pullover und Hose über sein Schlafzeug. Laut stampften die eigenen Tritte auf der

Treppe. Der Handlauf des Geländers zitterte. Vater hatte ihn wie neu gemacht. Das Kofferradio vor den Schuppen gestellt und mit Schwung angeschliffen und lackiert – noch am Tag vor seinem Verschwinden.

Und wenn er heute zurückkommt? dachte Edvard. Rechtzeitig zu meinem fünfzehnten Geburtstag. Wo würden sie sich treffen?

Nicht einmal die Schuhe schnürte er zu. Nassglänzende Blätter fielen von der Buche. Edvard rutschte, stolperte, rannte, kletterte aus dem Windschatten auf den Deich. Er hätte nie woanders leben wollen, hätte es gar nicht gekonnt. Er liebte den Fluss, weil er alles wusste und sich nie veränderte. Die Jahre hatten den Deich höher gemacht, die Baumkronen wachsen lassen; es standen Dächer und Giebel hervor, wo er als kleiner Junge noch Schafe gejagt hatte, aber der Strom war immer noch da. Edvard zwinkerte den Reflexen von Licht und Schatten in den Wellen zu, die den bleigrauen Himmel zum Meer trugen. Er stand auf dem Deich, das trübe Licht machte das Ufer flach wie Papier, vollgeschrieben mit Erinnerungen. Im Wind war eine rauschende Leere, Edvard spürte den Sog, der in die Stadt führte, über die Brücke, und weiter. Zu Orten, die er nicht kannte.

Er ging den Elbweg zur Weide, er zog seine Schuhe aus, krempelte die Hosen bis zu den Knien hoch, setzte sich auf den Steg und ließ die Füße baumeln. Er warf Kiesel ins Wasser. Eine Hosentasche voll, ganz langsam. Das war eine Stunde warten. Er hatte den ganzen Nachmittag in seinen Taschen: ein Stück Schnur, um Knoten zu machen;

das Messer, um zu schnitzen; trockenes Brot, um die Enten zu füttern.

Als Edvard keine Kiesel mehr hatte, holte er die Schnur heraus. Er war geduldig. Er hörte den Fluss, das Brummen der Schleppkähne und Ausflugsschiffe. Passagiere entdeckten ihn, winkten herüber; sie hoben die Hände, um zu fotografieren. Die Schiffe zogen vorbei. Er beobachtete die Bugwellen, die ans Ufer rollten und unter den Steg klatschten.

Als sich in der Schnur Knoten an Knoten reihte, schnitzte er einen Pfeil. Wenn Vater zurückkäme, würde er für ihn Bögen aus Weidenruten machen. Edvard träumte sich mit den roten Wolkenschiffen fort.

Für die letzten Krümel Brot stülpte er seine Tasche um. Die Möwen sammelten sich schwarz gegen den Himmel, ohne zu schreien. Es war ganz feierlich. Er horchte. Da war ein Fahrradklingeln in der Ferne. Langsam kam es näher. Edvard stand auf, schlüpfte in die Schuhe, zog die Hosenbeine herunter. Er hätte es nicht erklären können, aber er war sich sicher, dass das Klingeln ein Zeichen war. Seltsam, er dachte dabei gar nicht mehr an seinen Vater. Er sah es nur als Zeichen, dass er nicht mehr allein sein würde, ihm jetzt jemand zu Hilfe käme. Er stand unter der Weide am Elbweg, blickte zur Kurve, in Erwartung, jeden Moment das Fahrrad zu sehen. Er hörte ein Surren und Klappern und unter dem grünen Dach der über dem Weg hängenden Äste erschien Elsie. Mit wehenden Haaren riss sie auf der abschüssigen Strecke die Hände vom Lenker in die Höhe, streckte die nackten Beine von den Pedalen, winkte und zappelte ihm lachend entgegen.

»Luftpost für Edvard! Zum Geburtstag viel Glück!«, rief sie ihm zu und rollte den Weg hinunter, immer weiter, immer schneller, an ihm vorbei, versuchte noch nach der Lenkstange zu greifen, doch der Vorderreifen rutschte auf dem immer noch regennassen Weg, und sie rauschte in den Graben. Wo sie liegenblieb, scheppernd unter ihrem Rad. Edvard rannte mit klopfendem Herzen zu ihr.

»Elsie! Ist dir was passiert?«

Sie lag im Himbeergestrüpp, die kurze Hose aufgerissen, rote Striemen an den Beinen, auf den Armen, im Gesicht. Blutstropfen perlten auf ihrer Stirn und auf der Wange. Edvard hatte den ganzen Nachmittag in den Taschen gehabt, aber kein Taschentuch. Er wusste nicht, was er sich dabei dachte, vielleicht glaubte er, es wäre so etwas wie erste Hilfe – er knüpfte einfach ihr Halstuch auf und tupfte damit ihr Gesicht ab. Das Blut war Himbeersaft. Er hatte noch nie ihren Hals gesehen. Er war schön. Ganz weiß, weil er nie Sonne abbekam. Er hatte sie nie gefragt, warum sie immer ein Halstuch trug. Andere Mädchen hatten wegen der Knutschflecke damit angefangen. Aber das konnte bei Elsie nicht der Grund sein – seit Jahren band sie sich die Tücher um, Edvard kannte sie gar nicht anders. Wie hatte er einfach ihr Tuch nehmen können? Ausgerechnet! Jetzt schämte er sich dafür, als hätte er sie ausgezogen. Er war ihr noch nie so nahe gekommen. Sie war eine Klassenkameradin, sie hatten sich immer gut verstanden. Mehr nicht. Elsie fand es toll, dass er sich so um seine Mutter kümmerte. Das hatte sie ihm einmal gesagt und ihn dabei angesehen als wäre er erwachsener als sie. Sie kannte die

Geschichte, alle kannten sie. Aber wenn er es genau überlegte, sie war die einzige, die Fragen gestellt, sich Sorgen um ihn gemacht hatte. Warum war sie zum Elbweg gekommen? Hatte sie nach ihm gesucht?

»Du warst nicht in der Schule. Da wollte ich dich besuchen. Weil du doch Geburtstag hast. Ich war auch schon bei dir zuhause.«

»Komm, ich helf dir erst mal hoch. Tut was weh?«

»Alles!«, sagte Elsie und lachte. Er schob ihr Fahrrad auf den Weg und reichte ihr die Hand.

»Und wie bist du darauf gekommen, dass ich hier …?«

»Du bist doch öfter hier, oder? Ich hab dich schon vorne von der Biegung aus gesehen und geklingelt.«

Sie gingen zum Steg hinunter. Edvard tauchte ihr Halstuch ins Wasser und wischte ihre dreckverschmierten Beine und Arme sauber. Ganz selbstverständlich tat er das, ganz selbstverständlich ließ sie es zu.

»Warum warst du nicht in der Schule? Du bist doch nicht krank.«

Um nicht auf ihren Hals zu starren, sah Edvard in Elsies Augen, und er hatte das Gefühl, ihr alles sagen zu können, alles sagen zu müssen. Er begann zu erzählen: von der Fahrt in die Stadt, dass er seinen Vater gesehen hatte, dass er nicht tot, sondern zurückgekommen sei, dass ihm seine Mutter nicht glaube, dass er hier am Fluss auf ihn gewartet hätte, er aber auch nicht erklären könne, wo sein Vater all die Jahre gewesen sein sollte, und dass er sich ja, wie die Mutter sagte, vielleicht alles eingebildet habe. Noch nie zuvor hatte Edvard so lange seine eigene Stimme gehört.

Elsie hatte zu all dem geschwiegen, und Edvard glaubte schon, sich in ihren Augen getäuscht zu haben, als sie tief Luft holte und sagte: »Wir müssen herausfinden, was mit deinem Vater passiert ist. Es muss etwas geben, was sein Verschwinden erklären kann, sein Verschwinden und dass er zurückgekommen ist. Du warst ja noch ein Kind, aber deine Mutter hat damals vielleicht etwas übersehen.«

»Ich erinnere mich nicht«, sagte Edvard. »Nicht mal richtig an den letzten gemeinsamen Tag, bevor er weggefahren ist. Wir haben alles von ihm in den Schuppen gepackt und ich hab ihn zugenagelt. Meine Mutter wollte es so.«

Elsie stand auf, stemmte die Hände in die Hüfte: »Also – wie sollen wir es anfangen?«

Ich hatte, schrieb er, in diesem Moment nur einen Gedanken: Du hast WIR gesagt. Wir haben uns für den nächsten Tag verabredet, weißt du noch? Ich wollte dir noch das Tuch zurückgeben und du hast gesagt: behalt es. Einfach so. Dann fuhrst du los, und die Sonne blitzte und schlingerte auf dem kleinen Achter in deinem Hinterrad. Ich war glücklich. Ich hatte damals keine Ahnung, wie sich das anfühlt. Aber jetzt weiß ich, dass es Glück war. Es ist schrecklich, Elsie, dass man glücklich sein kann, ohne es zu wissen. Und dann das Unglück meiner Mutter. Abends saßen wir in der Küche.

Ganz klein saß sie auf dem Stuhl; klein und zerbrechlich, und die Stille machte sie fast durchsichtig; ihr feines seidenes Puppenhaar, jetzt in Wellen gelegt, schimmerte im

Licht. Sie nickte mit dem Kopf, als sie schließlich aufstand, um den Tisch abzuräumen, leise die Teller, Bestecke in die Spüle, Wurst und Käse in den Kühlschrank stellte. Was wünschst du dir denn zum Geburtstag, fragte sie, als stünde ihm der Tag noch bevor. Ach, Mama, antwortete Edvard, ich wünsch mir nichts, ich hab doch alles. Sie sahen sich stumm an. Doch sie waren keine verschworene Gemeinschaft mehr.

Um in den mit Brettern vernagelten Schuppen zu kommen, ohne ihn wieder aufbrechen zu müssen, blieb Edvard und Elsie nur die Möglichkeit, im Geheimen durch einen Spalt unter den Latten hineinzuschlüpfen. Wie Maulwürfe müssten sie sich hineingraben. Es sollte ein geheimer Zugang zu den Erinnerungen werden, der Versuch, sich den letzten Tag vor der Fahrt, von der Edvards Vater nicht zurückgekehrt war, ins Gedächtnis zu rufen. Der Tag, den ihm sein Vater versprochen hatte; der ihnen beiden allein hätte gehören sollen.

Edvard fand an der Bretterwand des Schuppens eine passende Stelle, die dem Haus abgewandt und von dort nicht zu sehen war. Sie waren beide dünn, es würde ihnen nicht schwerfallen, unbemerkt einen Durchschlupf zu buddeln.

Am nächsten Tag schon begannen sie, zu graben, und wann immer seine Mutter nicht im Haus war, rammten sie die Spaten hinter dem Schuppen in die Erde, stemmten in der Deckung des Deichs Wurzelballen, Steine und Erdklumpen aus dem Boden. Berge von Erde häuften sie auf, die sie stets wegschaffen mussten, bevor seine Mutter von der Arbeit kam. Zwei Fuhren jeden Tag, über den Hof und den Schotterweg zur Wiese, mit der alten Schubkarre, die beim Fahrrad an der Hecke rostete. Am Knick verteilten sie das Erdreich meterweit an den Sträuchern. Das Loch selbst versteckten sie unter einer alten Plane, die Elsie an der Baustelle der Zündholzfabrik gefunden hatte, wo Bagger eine riesige Grube aushoben und mit breiten Brettern verschalten. An den Seiten mit Steinen beschwert und mit Erde bedeckt blieb so ihr Einstieg in den Stollen unsichtbar und vor Regen geschützt. Im Verborgenen gingen Edvard und Elsie ihrer Arbeit nach, waren Bergarbeiter und Archäologen, und Edvard hatte noch den Geruch der immer feuchten Erde in der Nase, wenn sie Tag für Tag, so lange seine Mutter bei der Arbeit war, in die Grube stiegen, den Stollen tiefer zu treiben, inmitten abgerissener Erdwände, aus denen sich bei jedem Spatenstich Wurm-Enden kringelten.

»Wenn hier nur keine Mäuse sind«, sagte Elsie einmal, als sie beim Graben auf ein pelzig verrottetes Holzstück gestoßen war, das sich in der Erde seltsam gedreht und sie vor Schreck einen Schrei ausgestoßen hat. Edvard verstand nicht, dass ihr die schwarz gepanzerten Käfer und Asseln nichts ausmachten, sie aber ausgerechnet vor knopfäugigen Mäusen panische Angst hatte, und Elsie konnte es ihm auch nicht erklären. Sowieso: Elsie blieb ihm ein Rätsel. Er hatte sich kein Mädchen vorstellen können, dem es gefallen hätte, mit ihm im Dreck zu wühlen und sich schmutzig zu machen, nicht mehr schön zu sein. Tatsächlich war sie für ihn nie schöner, als wenn sie nach dem Graben mit von Erde verschmiertem Gesicht und krustigen Händen beim

Wasserhahn an der Hauswand stand, sich hinunter beugte, unter dem Strahl die Hände wusch, sie zu einer Schale formte, um einmal, zweimal, dreimal einen Schwall Wasser in ihr Gesicht zu werfen. Nie war sie für ihn schöner als in dem Moment, wenn sie ihn mit tropfendem Haar anblickte, fragte: »Sauber?« und er ihr Spiegel sein durfte.

Und manchmal sagte ich: »Da unter'm Auge« oder »Hier am Kinn« und tippte mit dem Finger auf die Stellen und log, nur um dich zu berühren. Dann musstest du los. Weil meine Mutter bald von der Arbeit kam und deine Eltern fragten. Und du ihnen über deine Nachmittage alles Mögliche erzählt hast, nur nicht, dass du mit mir einen Tunnel gräbst. Weil sie sich da größere Sorgen gemacht hätten, als wenn du dich zum Schminken getroffen hättest, mit einer Freundin, oder Samstagabend in den Elbblick gingst, wenn Disco war. Elsie, ich hatte die ganze Zeit nicht gewusst, dass ich mich alleine fühle. Bis du jeden Nachmittag zum Graben kamst. Die Wochenenden waren schrecklich, besonders die Samstagabende. Ich wusste, dass du zur Disco gehst. Da waren deine kurzen Hosen Hot Pants und deine Lippen rot und deine Augen besonders blau. Ich hab dich einmal beobachtet, wie du draußen vor der Tür am Elbblick gestanden hast. Mutter war vor dem Fernseher eingeschlafen, und ich hatte mich weggeschlichen, fuhr mit dem Rad ohne Licht hin, hab mich hinter dem Baum versteckt. Das Licht in den Fenstern zuckte rot und grün und die Musik wummerte. Und ich sah dich dort stehen. Mit deiner Freundin und einem Jungen, den ich nicht kannte.

Du hast mit ihm gesprochen und gelacht. Du warst eine Andere. In mir verkrampfte sich alles. Ich hab es nicht zusammenbekommen. Du konntest doch nicht beides sein, meine Elsie und die, die mit dem Jungen lacht. Eine von beiden musste doch gelogen sein. Ich dachte, irgendwann wirst Du nicht mehr zu mir kommen.

Immer tiefer, immer weiter gruben sie. Sie fanden Scherben, blaubemalte Keramik, sicher von einer Tasse, sagte Elsie, denn Henkelstücke folgten und schließlich sogar ein Löffel. Dann stießen sie auf verrottetes gedrechseltes Holz und Polsternägel, wie sie Edvard von den Sesseln und Sofas kannte, die sein Vater von den Haushaltsauflösungen aus ehemals guten Stuben mitgebracht hatte.

Sie waren ganz nah am Ziel. Es war ein Freitag, am nächsten Tag hätten sie es schaffen können. Elsie saß schon auf dem Fahrrad, als Edvard sagte: »Wir könnten morgen Abend weitermachen. Meine Mutter ist nicht da. Kannst du kommen?«

»Wie? Deine Mutter ist nicht da?«

»Betriebsjubiläum der Streichholzfabrik. Alle haben auf sie eingeredet, dass sie doch hingehen soll. Ich auch. Bist du schon verabredet? In der Disco?«

Elsie überlegte. Edvard versuchte, in ihrem Gesicht zu lesen, aber er sah nichts.

»Ich kann es auch alleine machen. Du hast mir schon so viel geholfen. Wenn du nicht mehr möchtest …!«

»Glaubst du das?«

Edvard wich ihrem Blick aus. »Ich weiß ja nur, was du

sagst. Ich kann schließlich nicht wissen, was du denkst … vielleicht …?«

»Ich komme.«

Sie fuhr los, und Edvard konnte nicht sagen, ob sie traurig geworden war.

An dem Samstagabend also, als Edvards Mutter seit Jahren zum ersten Mal wieder ausging, im überfüllten Auto von den Kolleginnen abgeholt wurde, lachend und vor Vergnügen quietschend, um gemeinsam zur Festhalle im Nachbarort zu fahren, sie schaukelnd vom Hof fuhren, Edvard noch zuriefen »Wir passen auf sie auf! Aber nur, wenn's sein muss!«, an dem Samstagabend, als im Elbblick die Musik ohne Elsie wummerte und seine Mutter im Festsaal mit hitzigem Kopf einem Schlagersänger applaudierte und vergaß – an diesem Abend setzten Edvard und Elsie zum letzten Spatenstich an.

Doch anstatt zum Inneren des Schuppens durchzubrechen, stießen sie hart auf Widerstand. Sicher wieder ein Stein, sagte Edvard, oder Stücke alter Dachziegel, wie Elsie sie schon so oft zu Tage befördert hatte, sich jedes Mal fragend, wie es sein konnte, tief in der Erde Dachziegel zu finden. Aber obwohl sie an immer anderen Stellen den Spaten ansetzen, gelang es ihnen nicht, vorzustoßen. Bis sie freigekratzt hatten, was ihnen den Weg versperrte, und im Licht der Taschenlampe das weiße Betonfundament des Schuppens sahen. Die Erinnerungen an den Vater waren verloren.

Edvard stieg aus der Grube und richtete sich auf. Er fühlte nichts, dachte nichts. Über ihm der Nachthimmel. Er wusste nicht wohin. Sein Vater war abends oft noch vor den Schuppen getreten, hatte sich eine Zigarette angezündet, das Kinn gereckt und zum Himmel gesehen. Aber es war ein anderer Himmel gewesen.

Elsie sagte kein Wort. Sie nahm seine Hand und einem, der sie von oben auf dem Deich gesehen hätte, wären ihre Gestalten noch schwärzer erschienen als die Dunkelheit. Schatten in der Nacht, die der Beobachter vielleicht erst bemerkt hätte, als sich eine von ihnen bewegte und bückte, um etwas aufzuheben.

Edvard starrte auf die Zigarettenkippe, die Elsie mit spitzen Fingern hielt – nur halb geraucht, als wäre sie gerade eilig weggeworfen worden. Der trockene Tabak knisterte noch im Papier. Direkt an der Wand des Schuppens hatte sie gelegen, neben der Plane, die das Loch zum Tunnel verdeckte.

»Vielleicht von meiner Mutter … oder glaubst du, er …?«

Elsie leuchtete mit der Taschenlampe in die Dunkelheit, bei jeder Bewegung des Lichtkegels voller Angst und Erwartung, nicht mehr allein zu sein. Doch alles auf dem Hof war unverändert, still an seinem Platz. Elsie entdeckte an der vom Haus abgewandten Seite der Holzwand einen vertikalen Spalt zwischen Leiste und Bohle. Und eine Armlänge weiter einen anderen, beide tief genug für einen Händegriff. Eine türbreite Fläche verwitterter Bretter, die sich bewegen ließ. Edvard und Elsie zogen, rüttelten und als er den Teil der Wand unabsichtlich etwas anhob, löste er sich an beiden Seiten und sie mussten sich beide dagegenstemmen, damit er nicht auf sie fiel.

»Ein zweiter Eingang«, sagte Edvard und tat den Schritt in den Schuppen. Der Geruch war ihm so vertraut, als wäre sein Vater immer hier gewesen, all die Jahre, hätte hier im Schuppen gelebt und gewartet, dass ihn jemand findet. In einer Ecke entdeckte er die speckige Matratze, die im Transporter immer den Blechboden gepolstert hatte, um beim Ein- und Ausladen die Möbel zu schützen und auf der er bei seinen langen Fahrten schlief, um das Geld für die Übernachtung zu sparen. Sie lag versteckt hinter den Regalen, eine zerwühlte karierte Decke obenauf. Der Schlafplatz eines Hundes. Wie oft hatte sein Vater hier im Schuppen wohl die Nacht verbracht? An wie vielen Abenden war er noch aus dem Haus gegangen, vielleicht getrieben worden, hatte die Matratze aus dem Transporter gezerrt und sich in den Schuppen verkrochen, zu seinem Trödelkram, unter übervollen Regalbrettern alten Hausrats? Im Wimmelbild aus Petroleumlampen, angelaufenen Kupfertöpfen, Wärmflaschen und blinden Kristallgläsern kaum noch aufzufinden, während Edvard geglaubt hatte, er läge unten im Wohnzimmer auf der Couch, die Füße hochgelegt, mit dem Kissen im Rücken. Da waren doch die vertrauten Geräusche zu ihm nach oben in sein Kinderzimmer gestiegen. Das beruhigende Fernsehgemurmel eines Sprechers, der die Welt erklären konnte, und knarzende Dielen im Flur, Schritte zur Küche, dumpf auf dem Steinfußboden und ein blecherner Wasserstrahl, der in die Spüle schoss. Edvard hatte in seinem Bett gelegen und sich behaglich unter die Decke gestreckt, mit dem Gefühl, das Leben sei eins und unzerbrechlich. Anders als bei seinen Modellen, die immer

Gefahr liefen durch ein Missgeschick von ihm kaputtzugehen, wieder in die Einzelteile zu zerfallen, aus denen sie bestanden hatten. Anders als bei seinen Modellen hatte er geglaubt, die Welt in den Händen seiner Eltern wäre sicher, unterscheidbar in falsch und richtig.

Elsie stand noch immer am Eingang, leuchtete mit der Taschenlampe in den Schuppen, betrat ihn aber nicht.

Ich hab nach dir gesehen, gefragt, warum du nicht reinkommst. »Da sind bestimmt Mäuse drin«, hast du gesagt. Ich hab dich gefragt, ob du gehen willst. Es war ja noch früh, vielleicht wolltest du noch in die Disco. Ich konnte dein Gesicht nicht sehen, die Taschenlampe hat mich geblendet. Ich wusste nicht, wer du warst, und ich glaubte, es ist jetzt alles vorbei. Ich bin ja im Schuppen und du würdest jetzt gehen. Ich dachte nicht mehr an unser Wir. Aber du hast gesagt, dass du bleiben willst und dass ich keine Ahnung hätte. Und dann bist du zu mir gekommen, ganz vorsichtig, hast die Lampe auf deine Füße gerichtet, damit du siehst, was da am Boden ist. Und ich hab die Petroleumlampe angezündet. Wir haben uns auf die Matratze gesetzt, du hast die Beine angezogen, damit da nichts krabbeln kann. Ich weiß nicht mehr, was ich gesagt habe, es muss blöd gewesen sein, ich würde gar nichts kapieren, hast du gesagt. Und du hast mir dein Tagebuch gegeben, weil ich doch wissen wollte, was du denkst. Da könnte ich es lesen. Ich hatte so Herzklopfen, du warst neben mir, ich konnte dich spüren und las in deinem Tagebuch. Du hast nur über mich geschrieben, jeden Tag. Du hattest über mich schon geschrieben, bevor wir gegraben haben. Ich konnte es nicht fassen. Und als letzter Eintrag stand da ein Gedicht. Ich habe es nie mehr vergessen:

Für Edvard

Wie hell es
ist wenn du
leuchtest bin
ich gerne ein
wenig dunkler

Ich hab es nicht verstanden, aber du hattest es für mich geschrieben. Da stand es. Elsie, ich wurde so stark in diesem Moment, so stark und so schwach. Ich legte meinen Kopf in deinen Schoß. Du hast mich gestreichelt. Und dann lagen wir auf der Matratze und wir haben uns geküsst. Und ich weiß noch, dass ich dachte: Jetzt ist alles richtig. Immer wieder dachte ich: Jetzt ist alles richtig. Während ich dich spürte, du warst überall, ich in dir versunken, du in mir.

Edvard stellte sich vor, mit Elsie hier zu sein, hier in diesem Zimmer. Er stellte sich vor, sie hätten ein gemeinsames Leben gehabt. Sie hätten in einem Haus gewohnt, mit einem Zimmer für das Klavier. Ihr Geld von der Sparkasse und sein Lohn als Setzer. Es hätte für sie gereicht. Er hätte alles in Ordnung gebracht, alles zusammengesetzt, im großen Winkelhaken – die Lettern zu Wörtern, die Wörter zu Zeilen, die Zeilen zum Schriftsatz. Bei ihm gab es nie einen *Ei-*

erkuchen, wie die Kollegen es nannten, was er einmal fügte, fiel nicht mehr auseinander. Auch wenn er mal getrunken hatte. Er war in der Druckerei immer gelobt worden. Und vielleicht hätte er auch gar nicht mehr getrunken oder nur ein Bier, abends, wenn er zu Elsie und den Kindern nach Hause gekommen wäre. Aber jetzt trank er, Elsie konnte es ja nicht sehen.

Er trank und schrieb, dass er nie verstanden habe, dass sie ihn gewollt hätte. Und auch nicht verstanden habe, dass sie zurückgekommen sei aus der Stadt, nach so vielen Jahren, in die kleine Sparkasse gegenüber der Bäckerei und ihn immer gefragt habe, ob er etwas brauchte, ob sie ihm helfen könnte. Aber die Mutter hatte einfach nicht aufgehört zu leben. Und jetzt war es zu spät. Glück bekommt man nicht geschenkt, hatte sein Vater einmal gesagt, der Preis des Glücks ist Unglück, für die, die ihm im Wege stehen. Und das größte Unglück ist die Verhinderung des Glücks.

Er zitterte die Karte und den Brief an Elsie in einen Umschlag. Er adressierte ihn beinahe unleserlich. Und er stellte sich vor, wie sie ihn öffnete. Aber er müsste bei ihr sein, wenn sie ihn liest. Er wollte die Sätze von ihren Lippen lesen, sehen wie ihre Augen den Zeilen folgen, ihre schönen Augen, die nicht alt geworden waren, die keine Zeit kannten, keine Veränderung, die ihn immer noch so sahen wie er hätte sein können. Und nach den letzten Worten, dem letzten Blatt, würde sie aufblicken und sein Gesicht sehen und in ihm weiterlesen. Und da stünde, dass alles stimmt. Sie würden sich schämen und wären stolz, würden sich schwach und stark fühlen. Sie würden sich umarmen und nicht mehr loslassen.

Dann fiel Edvards Kopf einfach auf den Tisch. Er spürte nichts, aber er hörte den Schlag, als wäre es ein anderer Kopf, und kurz vor dem Schlag hörte er Elsies Stimme sagen: »Du hast noch alle Zeit«.

AUFBRUCH

»Du siehst erbärmlich aus.«

Alva zupfte Edvard am Frühstückstisch die Haare zurecht, reichte ihm eine Serviette. Er sah sie verwundert an. Sie tupfte sich an ihre Lippen und zeigte auf das halbausgetrunkene Glas frisch gepressten Safts, das vor ihm stand. Er wischte sich die Orangenfasern weg, die aus dem Mundwinkel und den tauben Lippen hingen, als wäre er der Insasse eines Pflegeheims, der nichts mehr spürt und merkt. »Aspirin und Duschen hat wohl auch nicht geholfen, was?«

Schon um acht Uhr hatte Alva an seine Tür geklopft, nachdem ihn die Frau an der Rezeption über das Haustelefon nicht hatte erreichen können. In zerknittertem Hemd und mit zerknautschtem Gesicht machte er ihr auf. Sie roch den Spiritus in seinem Atem und sah den Aquavit auf dem Tischchen am Fenster stehen. Alva ging ins Bad, sprudelte zwei Aspirin ins Zahnputzglas und drückte es ihm in die Hand.

»Trink das, Edvard, und geh unter die Dusche. Wir haben viel vor.«

Edvard sah sie aus kleinen Augen verständnislos an.

»Und ich brauche Geld für einen Mietwagen und eine Schiffspassage.«

Er wies auf das Tischchen am Fenster und weil er sich für die fast leere Flasche schämte, verschwand er ohne zu fragen sofort im Badezimmer. Alva nahm sich einige Tausendkronen-Scheine und griff nach dem prallen Umschlag, in dem der Brief an Elsie steckte, unverschlossenen. Sie las die Adresse, wog ihn in der Hand, dachte nach, legte ihn zurück. Dann ging sie am Bad vorbei zur Tür. Die Dusche rauschte.

»Pack schon mal. Ich komm dann in den Frühstücksraum«, hatte sie noch gerufen und ein gurgelndes »Ja« abgewartet, bevor sie das Zimmer verließ.

»Es ist wirklich schwierig, in diesem Land etwas bar zu bezahlen«, sagte Alva und breitete vor Edvard ihre Unterlagen aus: »… der Vertrag für den Mietwagen und die Buchung der Überfahrt: Tromsø – Honningsvåg mit Hurtigruten. Du hast eine Kabine, ich einen Schlafsessel. Eine Kreuzfahrt mit dem Postschiff wollen doch alle in deinem Alter mal machen, oder?«

Alva grinste. Edvard versuchte zu lächeln, aber sein Aquavit-Gesicht zog nur eine Grimasse.

Lemskø hatte Honningsvåg als Tor zum Nordkap bezeichnet, und Alva könnte den Abschnitt der Tour mit dem Felsentor Kirkeporten in der Nähe verbinden, das für die Samen der Eingang zur Unterwelt war. Für Sputrefossen würden sie einen Umweg fahren müssen. Sie hatte einen Zeitplan und die Route genau geplant. Keiner könnte mehr sagen, sie sei unorganisiert und chaotisch.

»In Honningsvåg hab ich eine Adresse. Ein Mann, der uns weiterhelfen kann. Ich erzähl es dir während der Fahrt. Ach ja, und ich hab hier noch Marken für deinen Brief mitgebracht.«

Alva zog den Griff aus Edvards Koffer: »Er hat übrigens Rollen.« Sie zog ihn durch den Frühstücksraum nach draußen. »Ich warte im Auto vorne an der Straße, vor dem Hotel. Beeil dich!«

Alva war für ihn, in seinem Zustand, das reine Gift. Jede ihrer Bewegungen so schnell, dass sie Schlieren in seinem Kopf zog. Jedes Wort von ihr zu viel und zu laut. Er steckte die Marken ein. Edvard hatte nicht vor, den Brief an Elsie abzuschicken, aber sie sahen sehr schön aus. Er trank den Rest Orangensaft, die Säure tat ihm gut. Er ging aus dem Hotel, sah Alva an der Ecke stehen, vor dem Kofferraum des Mietwagens, schlich sich unbemerkt zum Abfalleimer an der Haltestelle und fischte die Tüte mit ihren noch immer klammen Klamotten aus dem Abfalleimer. Da hörte er Alva schon hupen.

Sie ist anstrengend, dachte er, sehr anstrengend.

Drei

Sputrefossen

Der Wind kämmte die Gräser seidig. Sie fuhren an grün leuchtenden Berghängen vorbei, am Himmel entlang, im Granit eingeschnitten auf endlosen Serpentinen immer höher hinauf, immer weiter, ohne Zeit, mit aller Zeit. Alva fuhr, Musik in ihren Ohren, vor ihr türmte sich die Welt auf, stürzte in die Tiefe, steinern und unfassbar, nah und fern wie ihre Gedanken. Hörte die Musik auf, nähme sie die Knöpfe aus den Ohren, dann wäre sie hier mit einem Mal in einem Auto, im Irgendwo, neben Edvard, der in seinem Gurt hing und schlief. Doch solange sie die Musik hörte, war es ihr Film. Und in diesem Moment war es ein Film, der Hoffnung machte. »Das Leben findet einen Weg« – sie wusste nicht mehr, wer den Satz in welchem Film gesagt hatte und vielleicht lag es an dieser Landschaft, an den Straßen hier, die alle Hindernisse überwanden – Alva glaubte, dass der Satz stimmen könnte. Es gab Lina in ihrem Leben. Sie hatten es oft nicht leicht miteinander, aber es gab sie. Wenn Lina jetzt auch sauer auf sie war, wenn es auch falsch gewesen war, dass Alva ihr nichts von der langen Reise erzählt hatte, Lina würde sie wieder an der Hand nehmen. Sie würde ihr verzeihen, weil Lina sie liebte. Man kann einfach verzeihen. Verzeihen, dann gibt es keine Schuld mehr, dachte Alva. Und da war keine Stimme mehr in ihrem Kopf. Es war, als öffnete sich eine Tür und vor ihr tat sich ein unendlich großer Raum auf.

Alva hielt an einem Rastplatz. Sie schaltete die Musik ab.

Es sollte still sein jetzt. Sie stieg aus in Weite und Höhe. Atemhauch vor dem Mund, schlüpfte sie in ihre Jacke, stellte den Kragen hoch, zog den Reißverschluss bis unter das Kinn. Sie verschränkte die Arme vor der Brust und rieb sich die Schulter warm. Wolkenschatten zogen über den Fjell, und die Matten aus Flechten schimmerten im kalten Sonnenlicht.

Sie überlegte, ob sie Edvard wecken sollte, er musste das doch sehen, er musste das doch auch fühlen. Aber er brauchte Schlaf. Er konnte nicht mehr – und es lag nicht am Aquavit, das wusste sie. Als sie ihn auf der Fähre kennengelernt hatte, an der Bar an jenem Abend, wie er dasaß, in seinem weißen Hemd, den polierten Schuhen und dem zufälligen Duft, der nicht zu ihm passte, hätte er alles sein können: irgendein Geschäftsmann, ein Vertreter, sogar ihr Vater. Sie fand ihn schräg und unbeholfen, sie mochte ihn. Er war ohne Verstellung, ohne Spiel. Sie konnte einfach über Lina sprechen. Und als sie halbtot mitbekam, wie er sie in den Armen hielt und tröstete, fühlte sie, dass er nicht wusste wohin mit seiner Liebe, einer Liebe, die ihr Ziel verloren hatte. Lange schon. Jetzt saß er da im Auto, das Kinn auf der Brust, die Gesichtshaut fleckig rot. Sie würde ihn schlafen lassen. Bis zum Wasserfall war es nicht mehr weit. Sputrefossen, den magischen Ort, an dem die Zeit stillsteht, würden sie gemeinsam sehen.

Sie deckte Edvard mit seiner Jacke zu, sein Brief beulte die Innentasche aus. Alva zog ihn heraus. Er war noch immer unverschlossen, und er hatte ihn nicht frankiert.

Alva ging über den Rastplatz zu einem kleinen See, der

in der Mitte glänzend weiß zugefroren war. Am Ufer stand eisig blaues Wasser und grün leuchtendes Gras.

Sie setzte sich auf eine Bank und las den Brief an Elsie.

Die Straße führte in den Berg. Eine Fahrbahn durch den schwarzen Fels gefräst, der das Licht der Scheinwerfer schluckte. Die Strecke schien endlos, als würde Alva in einen Traum fahren. Die Tunnelausfahrt ließ sie in einer anderen Welt erwachen. Wo die Hochebene gewesen war, lag ein Nebeltuch, und Wolken wälzten sich über die mit Birken bestandenen Berge.

Edvard schlief noch immer. Alva hatte während der Fahrt die Musik ausgeschaltet, um sein Atmen hören zu können. Manchmal setzte es aus und sie drehte sich ihm zu, um ein Lebenszeichen zu bekommen – ein Zucken seiner Augenlider oder eine Lippenbewegung. Und wenn er atemlos und starr in seinen Träumen lag, tastete sie mit der Hand nach ihm, legte sie auf seinen Brustkorb, als könnte sie das Schlagen seines Herzens spüren.

Ein enger Abzweig führte zu dem eingeschnittenen Flusslauf. Alva hoffte, gute Stellen für schöne Fotos zu finden. Sie würde mit ihrer Präsentation die ganze Redaktion verzaubern, ganz auf Gefühl setzen. Bilder und Musik sollten wirken. Die Konzeption gäbe es in einem Handout.

Auf Alvas Beinen lag die Arbeitskladde mit Anfahrtswegen und Recherchematerial. Sie lenkte langsam den schmalen Weg entlang. Durch das geöffnete Fenster konnte sie den Wasserfall riechen und hören, bevor sie ihn sah. Im Schritttempo fuhr sie um die Kurve.

Weißschäumend schoss das Wasser aus den Waldgipfeln den Berg hinab. Als wäre ein gigantisches Tor geöffnet worden, ein Tor, das immer hätte verschlossen bleiben sollen. Alva hielt an. Ohne den Blick abzuwenden, griff sie nach ihrem Smartphone, klemmte die Kladde unter den Arm. Sie stieg aus, setzte Fuß vor Fuß, ließ den mächtigen Fall nicht aus den Augen. Sein Rauschen erfüllte die Luft. Nichts anderes gab es, nur seine Gewalt und Macht.

Alva fotografierte, aber die Bilder auf dem Display waren lächerlich. Wie kann man solch einen Moment im Bild festhalten? Wie können die anderen fühlen, was sie jetzt fühlte? Wie verstehen, was sie jetzt empfand? Ihr Gefühl müsste sie in der Redaktion präsentieren. Aber der Raum der Teambesprechung war mit grauem Teppichboden ausgelegt. Am Flipchart lägen dicke Filzstifte und auf dem ovalen Tisch stünden Wasserflaschen. Ihre Kollegen würden sich einen Schluck einschenken und Sputrefossen wäre ein Bild vom Beamer und nicht mehr als das Wasser in den Gläsern. Alva müsste sich selbst zeigen, um die anderen von den magischen Orten zu begeistern. Darum ging es.

Sie schlug in ihrer Kladde die überlieferte Geschichte von Sputrefossen auf und las.

Es wird erzählt, dass es einmal einen Weg gab, drüben, an dem zerklüfteten Abhang, wo das tosende Wasser fällt. Einen schmalen Weg, gerade breit genug, um Hand in Hand zu gehen, der hinauf und an Birkenstämmen längs hinter den Fall führte, hinter den schweren Vorhang aus stürzendem Wasser zum Eingang einer tiefen Höhle. Es wird erzählt, dass einst ein junger Mann und eine junge Frau, ein Paar am Vorabend ihrer Verlobung, im Mittsommer diesen Weg gegangen ist, voller Freude auf das am nächsten Tag bevorstehende Fest. Und dass der Mann in ausgelassener Stimmung der Idee verfiel, hinter den Fall zu gehen und die Höhle zu betreten. Seine Liebste ängstigte sich und bat ihn, davon abzulassen. Der junge Mann jedoch wollte seinen Mut beweisen, denn er glaubte, um so viel mehr würde sie ihn lieben, wenn er als mutig und tollkühn gelte. So küsste er die Liebste und verschwand hinter dem rauschenden Fall, und sie sah ihn noch winken, bevor er in die Höhle trat. Im Augenblick aber als ihr Geliebter in der Höhle verschwand, gefror das fallende Wasser zu einer Wand aus Eis, das den Zugang zur Höhle versiegelte. Die junge Frau erschrak bis ins Mark und man konnte ihre Schreie in der eisigen Stille bis zum Hof hören, wo die Eltern und Verwandten Kränze mit Bändern verzierten und das Fest vorbereiteten. Voller Sorge ließen sie die Kränze und Bänder liegen und traten hinaus. Da sahen sie ihre Tochter kommen, auf dem Weg, der zum Hof führte und sie schrie und taumelte und ruderte mit den Armen wie von Sinnen. »Was ist geschehen, was ist mit dir, warum bist du allein?«, fragte der Vater. Und die Tochter berichtete in wirren Worten, was ihr Verlobter getan hatte, dass er hinter den Fall getreten war und in die Höhle und dass der Fall im Augenblick zu Eis gefroren war und die Höhle verschloss. Der Vater sagte: »Es ist Sommer, spürst du nicht die Wärme auf deiner Haut, es ist nicht möglich, dass der Fall gefriert. Du musst es geträumt haben. Es ist bestimmt die Aufregung wegen des Festes. Lass uns deinen Geliebten holen, er wird sich schon sorgen.« Und sie gingen gemeinsam zum Sputrefossen und hörten sein Wasser schon in der Ferne rauschen. Und die junge Frau schöpfte Hoffnung. Ja, gewiss war es die Aufregung gewesen, dachte sie, sie hätte ihren Sinnen nicht trauen dürfen. Doch als sie den Pfad gegangen und am Fall angekommen waren und hinter dem stürzenden Wasser in die Höhle traten, konnten sie ihren Verlobten nicht finden. Sie riefen seinen Namen und die ganze helle Nacht suchten sie nach ihm. Er muss in den Fluss gestürzt sein, sagte der Vater zu den anderen am Morgen. Doch auch viele Tage, Wochen und Monate später gab es kein Zeichen von ihm. Und die Jahre und Leben vergingen, ohne dass er zurückgekommen oder sein Leichnam je gefunden worden wäre. Es wird aber erzählt, dass mehr als hundert Jahre später im Mittsommer ein junger Mann den Weg zum Hof kam und nach seiner Liebsten fragte, um die Verlobung zu feiern. Aber niemand kannte ihn mehr. Denn der Hof gehörte anderen. Und sie berichteten ihm, dass die Familie tot und der Hof aufgegeben worden war, weil es keine Erben gab. Und dass die Alten noch von einem großen Unglück wissen, was sich vor langer Zeit ereignet hatte. Der junge Mann aber ging seines Wegs und wurde danach nicht mehr gesehen.

Edvard öffnete die Augen. Im Licht flimmerte Holzstaub, ein Schleier glitzernder Tropfen, im Rauschen des Wasserfalls das Geräusch des Schleifklotzes, der im Rhythmus über den Handlauf des Geländers zog. Er sah den Pfad, der den Berg hinab führte zu seinem Vater, der vor dem Schuppen stand. Edvard rief ihm zu, und im Augenblick des Rufes, als sein Vater aufblickte, den Klotz aus der Hand legte, um die Augen zu beschirmen und ihm zuzuwinken, blieb die Zeit stehen, streckte und dehnte sich wie eine Katze in der Wärme.

Die Wagentür stand offen. Edvard stolperte den Pfad zum Fluss hinunter, trat durch hüfthohe Farne, über ein Blätterdach, das die Welt teilte, den Blick auf den Wasserfall gerichtet, auf das breite Band schäumenden Wassers, das doch nicht stürzte, sondern stieg. Ja, je länger er darauf starrte, umso klarer sah er, dass es nicht in den Fluss fiel, sondern vom Fluss aufstieg und nach oben schoss.

»Edvard! Hier!«

Er hörte Alvas Rufe nicht. Sie gingen im Tosen unter. Nur seine Gedanken waren ganz klar und laut zu hören. Er zog seine Schuhe und die feinen Socken aus, ließ alles im Farn liegen, wo es langsam versank. Die grüne Decke schloss sich darüber, und er ging barfuß und noch immer warm vom Schlaf zum Fluss hinunter, wo sein Vater wartete, der ihm diesen Tag versprochen hatte. Heute würde sein Vater nicht auf Fahrt gehen, müsste keine Fähre erreichen, heute an Edvards Geburtstag würde er bleiben, ihn mit den Tagen und Wochenenden versöhnen, an denen er in die Städte fuhr, die für ihn, für Edvard, zu groß waren. Edvards letzter Tag mit ihm war zurückgekommen. Oder er war nie vergangen.

»Edvard! Warte!« Alva schwenkte ihre Arme.

»Wir können doch auch zusammen zum Fluss hinuntergehen. Wir drei! Ich mache uns ein Picknick«, hörte er seine Mutter sagen. Er spürte wie die Hand seines Vaters die seine umschloss.

»Nein, nein, lass uns beiden Männer mal alleine losziehen.«

Sein Vater zwinkerte ihm verschwörerisch zu. »Komm, wir verdrücken uns.«

Er zog ihn fort. Edvard drehte sich noch nach der Mutter um und winkte. Ganz alleine stand sie vor dem Haus, das im Wind grün vor Efeublättern zitterte und blinkte. Edvard dachte: Wir beiden Männer!

Zur Weide am Elbweg war es nur ein kurzes Stück zu Fuß. Edvards Taschen waren ausgebeult. Er hatte an alles gedacht, was sie brauchten. Sie säßen beisammen, würden Zweige und Ruten für Pfeile und Bögen schneiden und am Abend Feuer machen. Edvard konnte es kaum erwarten, aber sein Vater wollte am Schotterweg noch den Postboten abwarten. Er habe noch eine Überraschung, sagte er und sah ihn schon kommen – mit der großen Tasche am Lenker seines Fahrrads hielt er scheppernd auf sie zu. Die Hand des Vaters löste sich aus seiner, er lief dem Postboten entgegen, und noch bevor Edvard ihm folgen konnte, hatte der Bote seine Tasche aufgeschlagen, dem Vater einen Brief gegeben und das Fahrrad wieder gewendet. Er sah den Brief an, als wüsste er nicht, ob er der richtige Empfänger war, und als Edvard zu ihm kam, steckte er ihn weg.

»Das tut mir leid, Junge, dein Geschenk war nicht dabei. Ich habe es zu spät bestellt. Es ist ein Modell aus England. Ein *Blackburn*, den Flieger habe ich selbst gesehen. Damals.«

Edvard war nicht sehr enttäuscht. Hauptsache der Papa war bei ihm. Sein Blick fiel auf die Ecke des Briefes, die aus der Hosentasche seines Vaters lugte, auf eine schöne Marke, die er noch nie zuvor gesehen hatte. Eine fremde Briefmarke. Aus dem Ausland musste sie stammen, denn auch der aufgedruckte Wert stimmte mit keiner deutschen Marke überein. Er kannte alle, schließlich war er schon groß.

»Was treibst du denn?« Alva hakte sich bei Edvard unter, endlich hatte sie ihn eingefangen.

»Mir ist etwas eingefallen, von früher. Das ist ein seltsamer Ort hier«, sagte Edvard und legte den Kopf in den Nacken, blickte zum Himmel.

»Deshalb sind wir hier«, sagte Alva und nahm die Wolken ins Visier der Kamera, fotografierte, wie sie sich sammelten, fast unmerklich zu wattigen Streifen verdichteten, sich zu einer Spirale drehten von der Sonne beschienen. In der stiebenden Gischt des Wasserfalls leuchtete ein Regenbogen auf.

Alva ließ das Smartphone sinken. Das kann man nicht fotografieren, dachte sie, es ist ein Wunder. Wie hält man ein Wunder fest? Es war nicht nur dieser Himmel, nicht allein die schimmernden Farben, wie seidene Tücher über das Wasser gespannt. Es war der Moment, hier zu sein, genau jetzt – in diesem Augenblick, zu dem alles gehörte, was davor geschehen war. Dass sie Edvard kennengelernt hatte, seine Geschichte zu ihrer wurde. Eine Geschichte, die nun auch zu diesem Wasserfall gehörte, wie die Sage von dem Paar. Alva machte sich eine Notiz für ihre Präsentation: *Wunder* zeigen. Sie musste schmunzeln, setzte sich zu Edvard ans Flussufer.

»Was ist dir denn eingefallen?«

Edvard blinzelte in die Sonne, sprach, ohne Alva anzusehen.

»Mein Vater hat einen Brief bekommen. Am Tag vor seinem Verschwinden. Es war mein zehnter Geburtstag. Er wollte ganz für mich da sein. Wir wollten zur Weide am Elbweg, aber ...«

»Was aber?«

Sein Vater wollte nicht mehr zum Fluss, er wollte zum Schiffsanleger. »Eine Schifffahrt zu deinem Geburtstag!«, sagte er.

Familien schoben sich auf das Ausflugsschiff. Das war kein »wir verdrücken uns« – Menschenmassen, die sich über den Steg drängelten, um noch Plätze zu ergattern. Das hätten sie auch zu dritt machen können. Edvard machte die Lippen dünn.

Sein Vater aber pfiff, offenbar gutgelaunt, durch die Finger, worauf sich an Bord einer der blauweißen Matrosen in seine Richtung drehte. Ein zweiter Pfiff, und der Blick des Matrosen fand sie in der Schlange. Er zeichnete mit dem Zeigefinger einen Schleichweg an Bord in die Luft. Es gab Edvard einen Stich, dass sein Vater vielleicht gar nicht für ihn an seinem Geburtstag zu Hause geblieben war, sondern wegen der bunten Wimpel an der Reling und den Ausflüglern, die am Ufer standen und winkten.

Edvard gefiel, dass ihnen der Matrose die Hand reichte,

für einen großen Schritt vom Steg direkt aufs Vorderschiff. Ihm gefiel, wie sie von den Umstehenden neidisch beobachtet wurden. Aber er fühlte nicht, dass er wirklich zu diesem Mann gehörte, den sogar der Kapitän wie einen alten Freund begrüßte – mit Späßen, die er nicht verstand und einer Geste, die Edvard groß, stolz und verlegen machen sollte. Der Kapitän nahm seine Mütze mit dem goldgestickten Anker vom Kopf und setzte sie ihm auf, mit den Worten: »Die trägt heute der Stammhalter!« Worauf die Männer salutierten.

Edvard hörte das Wort zum ersten Mal. Papa als mächtiger Baum, dessen Stamm er mit beiden Armen kaum umfassen konnte und der ihn trotzdem als Halt brauchte. Der Gedanke machte ihn ganz schwindelig. Es war doch nicht möglich, dass er, Edvard, diesen Stamm hielt, dass er ohne ihn keinen Sturm überstehen könnte, vielleicht längst schon mit losgerissenen Wurzeln am Ufer liegen würde, die Krone weit im Fluss hängend, wie es Edvard so oft schon gesehen hatte. Am Elbweg. Und immer hatte er sich gefragt, wie ist das möglich. Wie kann es sein, dass solche Bäume stürzen?

Das Ufer zog an ihnen vorüber. Dort an der Weide hätte Edvard sitzen wollen. Am Ende des Stegs, die Hosen hochgeschlagen bis zu den Knien, die Füße baumelnd, ein kühler Hauch vom Wasser an den Zehen. Doch sie fuhren vorbei. Zur Streichholzfabrik, wo die Stimme des Kapitäns im Lautsprecher den Bau neuer Produktionsstätten beschrieb und weiter, wo gegraben wurde, weil es einen Kanal geben sollte und ein Hebewerk, mit riesigen Betontürmen und

Trögen, die den Flusslauf abschlössen. Und alle auf dem Schiff taten so, als gäbe es die Zukunft schon zu sehen. Nur sein Vater stierte vor sich hin, rührte in seiner Kaffeetasse, goss noch etwas Milch nach, rührte noch einmal um und führte die Tasse langsam zum Mund, nahm einen Schluck, während seine Augen über den Tassenrand hinweg Edvard fixierten, ohne ihn zu sehen.

»Ich muss mal«, sagte er, »bin gleich wieder da.«

»Ich komme mit, ich muss auch«, sagte Edvard und stand schon auf.

»Nein, nein, bleib du mal hier sitzen und warte. Sonst besetzen vielleicht andere unsere Plätze.«

»Ich …«

»Nein, ich war Erster!«, rief sein Vater in falschem Ton, sprang auf und beeilte sich, zwischen den Bank- und Tischreihen zum Ausgang zu gelangen. Edvard hatte schon gesehen, wo die Klos waren. Auf einem Hinweisschild vorne über dem Kuchenbüffet zeigte ein Pfeil nach links zu einem Männchen. Rechts ging es an Deck. Sein Vater sah sich noch einmal nach ihm um. Edvard zeigte auf das Schild, der hob kurz die Hand zum Zeichen, dass er es auch gesehen hatte und ging weiter. Aber nachdem er sich kurz nach links gewandt hatte, als wollte er zur Toilette gehen, machte er eine schnelle Drehung und nahm den Weg zum Deck. Edvard begriff nicht. Hatte er doch die Richtungen verwechselt? Er stierte aus dem Fenster. Vielleicht würde er seinen Vater draußen an Deck sehen und könnte an die Scheibe klopfen. Aber er konnte ihn nicht entdecken. Er drängte sich hinaus, an den Schaulustigen vorbei, suchte nach ihm und sah ihn schließlich an der Reling stehen, inmitten von Männern und Frauen und Kindern, die auf etwas zeigten, was es noch nicht gab. Sein Kopf war gesenkt, er las. Ohne es wissen zu können, war sich Edvard sicher, dass es der Brief mit der schönen Marke war. Er hatte ihn mit seinem Taschenmesser, mit dem er doch Pfeile schnitzen sollte, aufgeschnitten. Und jetzt stand er da, weil er ihn alleine lesen wollte.

»Ich sprach ihn nicht an, ging einfach wieder hinein und setzte mich an unseren Tisch. Nach einer Weile kam er zurück. Er war ganz weiß im Gesicht, sagte, er fühle sich nicht so wohl. Wahrscheinlich bekomme ihm das Schiff nicht. Wir sprachen nicht mehr miteinander, bis wir wieder anlegten.«

Sie waren die ersten, die vom Schiff gingen. Sein Vater hatte für einen Schein an der Bordkasse eine Faust voll Münzen bekommen und jetzt boxte er sich durch die Menge, Edvard im Schlepptau, in Richtung Telefonzelle auf dem Vorplatz des Anlegers. Und nur sie beide blieben von all den Ausflüglern und Touristen übrig – Edvard, der am Poller zurückgeblieben war, saß und wartete, und sein Vater, der ihm in der gelben Zelle den Rücken kehrte, den Hörer in der Hand, Münzen nachwarf, ohne Unterlass. Er hätte mit einem wichtigen Kunden gesprochen, sagte er später, als Edvard fragte.

Alva starrte auf Edvards Füße. »Wo sind eigentlich deine Schuhe?«

Er zeigte mit einem ungefähren Fingerweis über seine Schulter, auf die weite grüne Fläche aus Farn an der Böschung.

Alva schüttelte den Kopf und schlug die Hände vor ihre Augen.

»Mein Gott, du brauchst Schuhe.«

Er hatte kein zweites Paar im Gepäck und barfuß könne er nicht Autofahren, sagte er. Alva musste auch die Strecke bis zur Hütte übernehmen. Sie hatte den Wagen zwar ohnedies nur für einen Fahrer angemeldet, aber das hätte sie nicht gestört. Gut, dass es nicht dunkel wurde. Das Gebirge stand schwarz gezackt gegen die bleiche Sonne. Der Himmel kroch über die Hänge.

»Was weißt du über diesen Brief?«, fragte Alva, nachdem sie über eine Stunde gefahren waren, ohne ein Wort miteinander zu sprechen.

Edvard hielt das Familienfoto in den Händen. Die Runde um den Tisch im Hof. Seine Mutter, der Vater und er selbst, zehn Jahre alt, der Selbstauslöser vom Abend seines Geburtstags. Das letzte Foto der Familie.

»Nichts«, sagte Edvard. »Er hat ihn verbrannt.«

Sie hatten draußen gesessen vor dem Haus, in der warmen Abendsonne, die ganze Familie, und die alten Fotoalben angesehen. Vater und Mutter sprachen sich mit Helene und Oskar an, blätterten sich durch die Vergangenheit. Edvard wollte es nicht in den Kopf gehen, dass eine Zeit vor seiner Geburt existiert hatte. Eine Zeit, in der es nicht die Eltern, sondern nur Helene und Oskar gegeben hatte, in der sie sich noch nicht einmal gekannt hatten. Die lange vor ihrer Begegnung an verschiedenen Orten lebten, weit entfernt. Stecknadelköpfe auf der Landkarte. Unmöglich, sich vorzustellen, die junge hübsche Frau, gerade auf dem Weg zu einer Tanzveranstaltung, oder der adrette junge Mann im Schwimmbad sollten seine Eltern sein. Helene erzählte sogar Geschichten, die Oskar noch nicht oder nicht mehr kannte, und es war nur logisch, dass es für die Bilder aus diesen Tagen nicht einmal Alben gab, dass sie vielmehr herumlagen, vereinzelt, ungeordnet, zusammengesucht werden mussten und durch die Hände von Oskar und Helene gingen wie die alten Geldscheine aus den Flohmarkt-Kisten, die keinen Wert mehr hatten.

Edvard wunderte sich über Helenes gepunkteten Rock und Oskars Hut, den er noch nie zuvor bei ihm gesehen hatte. Und als Edvard endlich auf den Fotos erschien, versuchte er sich an die Tage und Orte zu erinnern, wo die Fotografien entstanden waren, aber letzten Endes blieb ihm keine andere Wahl, als seinen Eltern zu glauben, dass er wirklich dieser kleine Junge war, der da auf der Mauer saß und vierjährig lockige Haare hatte.

Oskar wollte nicht, aber Helene bestand darauf: es sollte ein Foto gemacht werden: wie sie dasaßen, die warme Ziegelmauer im Rücken, Biergläser und Petroleumlampe auf dem Tisch. Ein surrender Selbstauslöser von der Familie, ins Album geklebt und unvergesslich. Und Helene versuchte, auf dem Bierkasten, den Oskar fast alleine geleert hatte, den richtigen Platz für die Kamera zu finden, gebückt in den Sucher starrend, um auch den ganzen Tisch im Bild zu haben, bis sie schließlich den Tisch zum Schuppen trugen und die Kamera auf den Baumstumpf stellten. Sie vergaßen die Zeit. Vom Fluss her wurde es feucht und kühl, und Helene legte ihre Hand auf Oskars Schulter, weil sie schlafen gehen wollte. Aber Oskar wollte noch Feuer machen, weil es ein Abend sei, an dem man nicht auf die Uhr sieht. Die Tür zum Schuppen stand offen. Die kleine Arbeitslampe warf einen schwachen Lichtschein auf den Hof. Edvard sah die schwankende Silhouette seines Vaters im erleuchteten Fenster. Arme reckten sich, er tat einen unsicheren Schritt heraus.

Er schichtete Holz auf, und es dauerte lange bis er fertig war. Zu lange für Helene, die durchgefroren schließlich ins Haus ging, ohne Oskar gute Nacht zu sagen. Edvard hätte es damals so nicht sagen können, aber er spürte in diesem Moment, dass es ein großes Geheimnis zwischen diesen beiden Menschen gab, die ihm doch immer so geheimnislos erschienen waren. Eine Art Verabredung, die er nicht kannte.

Viele Jahre später wusste Edvard, dass man sie Liebe nannte – diese geheimnisvolle Übereinkunft, nicht voneinander zu lassen und dass sie zärtlich, aber auch zerstörerisch, schön und hässlich war. Und erfuhr, dass es die Liebe nicht umsonst gab. Sie verlangte. Sie war nichts was man erwerben und verschenken konnte. Sie kostete: Taten, Gedanken, Eigenschaften. Das alles war es, wofür man den anderen liebte. Ein nebulöses Tauschgeschäft, ein Geben und Nehmen von Unfassbarem, Unerklärlichem, was ihn beunruhigte. Was war es nur, was die Menschen füreinander bestimmte und dann doch entzweite. Manchmal schienen es dieselben Eigenschaften zu sein, die geliebt und gehasst wurden. Die Freiheitsliebe seines Vaters etwa. Der unbedingte Wille, Pilot des eigenen Lebens zu sein, wie er immer gesagt hatte. Das hatte seine Mutter lächeln lassen. Aber nur, wenn sie dabei den Platz an seiner Seite fand. An Abenden, die für Versprechungen gemacht waren, wenn Oskar einfach ihre Hand nahm und Helene aus dem Haus zog, aus dem Haus, das da stand hinter dem Deich, Stein auf Stein und festgezurrt mit Wäscheleinen, geknotet an Heringen im Boden verankert, damit es nicht abhob, immer feststand und festhielt – die Familie, alle drei. Abende, an denen Edvard nicht gefragt wurde, ob er sie begleiten wollte, an denen es nur sie beide gab. Wenn sie Arm in Arm im gleichen Schritt und Tempo mit der Strömung gingen, ihre Körper gegen den Himmel wie von einer Schere geschnitten. Ein Bild, das sich Edvard als Erinnerung gerahmt hatte. Die Momente, in denen Helene ihren Oskar für sein »Pilot des Lebens« liebte. Aber oft war Oskar auch im Streit weggefahren. Edvard wusste nicht, was sich an den Abenden und Nächten davor abgespielt hatte, wenn sein Vater frühmorgens in den Transporter einstieg, unrasiert und mit plattgelegenen Haaren. Welche Versprechungen hatte er nicht eingehalten? Was hatte er ihr oder sie ihm nicht geben können?

Die Späne begannen zu brennen, die Scheite fingen Feuer. Oskar setzte sich in seinen Korbsessel, und obwohl Edvard selbst schon todmüde war, dachte er, jetzt habe ich noch das Feuer mit ihm, und er setzte sich auf den Bierkasten neben den Korbsessel.

Oskar verbarg sein Gesicht in den Händen.

»Papa, was …?«

Oskar sah ihn an. Sein Vater hatte Tränen in den Augen. Papa weinte.

Er nahm Edvards Hand und drückte sie. Kurz.

»Es ist schon spät, Junge, du musst ins Bett.«

Edvard war todmüde, aber er fühlte, er sollte seinen Vater nicht alleine lassen. »Bleibst du noch wach?«

»Ja, ich muss noch den Transporter laden, für morgen.«

Sein Vater gab ihm einen Kuss. Weil ich Geburtstag habe, dachte Edvard und ging über den Hof ins Haus, während sein Vater schon einen Turm ineinander gestellter wurmstichiger Stühle, die nicht mehr zu verkaufen waren, aus dem Schuppen zerrte. Wenn er nur nicht noch mehr trinkt und das Treppengeländer verfeuert, dachte Edvard. Da würde Mama schimpfen.

Edvard lag im Bett und sah das Flackern mannshoher Flammen im Fensterglas. Zwei Stühle standen mit glühenden Beinen im Feuer. Der Wind sprühte Glutfunken in die Nacht, stob die Asche auf. Und Oskar stand wie brennend im roten Schein der Flammen und warf den Brief hinein.

Aus den Wäldern stiegen Nebelfetzen. Der Rauch eines kalten Feuers. Edvard sah schweigend aus dem Fenster. Die Straße führte durch schattige Engen in eisgrüne Weiten.

»Es wäre besser umzukehren, Alva. Man sollte das Vergangene auf sich beruhen lassen.«

»Auf sich beruhen?« Alva schüttelte den Kopf. »Du bist also nach Norwegen gefahren, um nichts zu erfahren?«

Edvard versuchte, das Familienfoto wieder in den Umschlag zu stecken, doch es verhakte sich am Wellenrand der alten Soldatenfotos, und er musste alle herausnehmen, um es einstecken zu können. Kurz hielt er die Fotografie der jungen schönen Frau aus Kriegstagen in Händen, ihren schmalen Körper an eine Bretterwand gelehnt. Alva erkannte es aus den Augenwinkeln.

»Du hast mir alle Fotos aus der Zigarrenkiste gezeigt, nur nicht das.«

Edvard sah sie mit schrägem Blick misstrauisch an.

»Sieh mich nicht so an! Ich habe nur nach deiner Adresse gesucht, im Koffer, auf der Fähre.«

»Und dann hast du dir die Bilder angesehen?«

»Mensch, ich wollte dir doch das Geld zurückgeben, später. Warum hast du es mir nicht gezeigt.«

»Es ist nur ein Foto. Ich weiß nichts über die Frau.«

»Aber du hast es mitgenommen.«

Der Schlüssel für die Hütte lag, wie mit dem Vermieter verabredet, unter einem Blumentopf neben der Tür.

Alva schwang die Läden der Fenster auf, als würde sie ein Geschäft eröffnen. »Wir haben einen Kamin«, rief sie hinausgelehnt und ihr Atem hauchte in der kalten Luft.

»Ich hol Holz und mach uns Feuer.« Edvard ging storchenbeinig um die Hütte.

»Pass auf, dass du nicht in irgendetwas reintrittst.«

An der Stirnseite der Hütte waren die Scheite unter der Dachschräge gestapelt. Er spürte jedes Steinchen, jeden Splitter Holz unter seinen Füßen. Er hatte empfindliche

Sohlen, immer schon gehabt, und er hatte es immer schon als unmännlich empfunden. Ein Mann musste ohne Schuhe über Stock und Stein gehen können, ohne die Miene zu verziehen. Nach wie vor ging er oft barfuß, um sich abzuhärten. Doch dafür war es zu spät. Er sollte einfach keine Hornhaut kriegen. Wie dumm von ihm, die Schuhe zu verlieren. Aber es gefiel ihm, Alva gegenüber zu treten, auf den verschränkten Armen bis zum Kinn mit Holzscheiten beladen, die Füße schmutzig auf den rauen Dielen, als wäre er kilometerweit aus dem Wald gekommen. Dem Wald, der sich weit unter ihnen am Felsen bis zum Horizont erstreckte.

Alva lächelte. »Falls du keine hast – ich hab hier dicke Socken. Nicht deine Größe, aber egal.«

Sie waren ein Geschenk von Jo. Alva mochte sie nicht anziehen. Sie sah Edvard mit nackten Füßen in der Tür stehen und sie wusste nicht mehr, warum ihr Jo die Socken geschenkt hatte. Sie hatte doch dicke Strümpfe. Edvard konnte sie brauchen, aber was sollte sie damit anfangen? Alva war sich plötzlich sicher: man soll nur haben, was man wirklich braucht. Man hat nackte Füße, also braucht man Socken. Es ist kalt, also macht man Feuer und braucht Holz. Es war doch so einfach. Sie müsste nur herausfinden, was sie in ihrem Leben braucht, dann wären alle Probleme gelöst.

Alva streckte ihm die Socken entgegen: »Hier, nimm, es ist so einfach.«

Edvard legte den Kopf schief. »Du kümmerst dich rührend um mich, aber ich hab keine Hand frei. Wenn du mir vielleicht …?«

»Da! Es schneit, Edvard, es schneit!«

Alva sah durch ihn hindurch nach draußen, rannte mit ausgestreckten Armen an ihm vorbei aus der Hütte.

Schnee fiel in dicken Flocken aus der weißen Nacht. In ihr struppiges Haar, auf ihre Handflächen. Sie leckte die Lippen nach dem Eis.

»Es schneit! Mitten im Juni. Ist das nicht unglaublich. Ich brauche Musik!«

Sie stürmte in die Hütte zurück, wo Edvard am Kamin die Scheite fallen ließ.

»Hoffentlich hört es jetzt nicht auf!« Alva zitterte, nahm ihr Smartphone, wischte auf dem Display die Musik herbei, die sie hören wollte.

»Das Stück muss es sein!«

Sie steckte sich die Knöpfe ins Ohr, rannte wieder hinaus. Der Schnee wirbelte in die Hütte und Edvard spürte den kalten Hauch und die Wärme des aufflackernden Feuers an seinen Füßen.

»Es ist sogar mehr geworden, es wird immer mehr«, schrie Alva, legte den Kopf in ihren Nacken und drehte sich in einem lautlosen Tanz.

Ein Walzer, dachte Edvard.

Alva tanzte. Und sang. … *save it for somebody else, save it for somebody else.* Edvard zog ihre viel zu kleinen Socken an. Die Ferse reichte gerade mal über die Fußballen, wollig, grün und blau und rosa. Alle Farben, die es gab, waren mit eingestrickt. Er stellte einen Stuhl vor den Kamin, hängte Alvas Kapuzenshirt und ihre Hose aus der Tüte über die Lehne und konnte es nicht fassen, wie lange es dauerte bis etwas trocken war. Ganz allgemein meinte er das. Man konnte mit Schiffen in fremde Häfen fahren, sich verlieren und sich wiederfinden, an magischen Wasserfällen träumen, barfuß durch Länder fahren, vor Hütten tanzen und die Klamotten waren noch immer feucht. Womöglich würden sie nie trocken werden, dachte er und wusste, dass er jetzt dringend etwas trinken müsste, um auf andere Gedanken zu kommen. Aber sie hatten nichts bekommen. An der Tankstelle war es für Alkohol zu spät gewesen, nicht einmal Bier durfte noch verkauft werden. Er öffnete zwei Dosen *Brun Labskaus,* die sie gekauft hatten, rührte das Zeug auf dem Gasherd in einen Topf. Er wollte warten bis es anbrannte, damit sie es nicht essen mussten. Er setzte sich an den groben Holztisch, strich mit der Hand über die Platte und schluckte trocken. Etwas zog in ihm. Es lag an dem Tisch, an der Küche, an dem muffigen Geruch, der ihm so vertraut erschien. Er deckte den Tisch und fragte sich, wo Alva blieb. Er hatte es natürlich nicht anbrennen lassen – ihr Essen, ihr gemeinsames Essen.

Alva stand still im fallenden Schnee, das Telefon in der Hand, und rauchte eine Zigarette. Sie wollte Lina erzählen, dass es hier schneit, dass sie zu ihrem Lied tanzte, aber Lina schlief schon. Wie geht es ihr denn, hatte sie ihre Mutter gefragt. Wie soll es ihr schon gehen, hatte sie als Antwort bekommen. Alva hätte nicht so lange tanzen dürfen. Aber sie hatte dabei doch an Lina gedacht. Weil es ihre Musik war, ihre gemeinsame Musik. Weil sie mit ihr auch zu dieser Musik getanzt hatte, an dem Freitagabend im Winter letzten Jahres, als sie Lina bei Tom abgeholt hatte, für das

Wochenende. Bitterkalt war es gewesen und Tom hatte ihr Vorwürfe gemacht, dass sie Lina morgens nicht die Thermo-Sachen für die Kita angezogen hatte. Lina musste sich für draußen eine warme Jacke ausleihen und ihr sei trotzdem kalt gewesen. Sie selbst habe auch den ganzen Tag gefroren, sagte Alva und nahm Lina an der Hand, komm ich mach dir zuhause einen heißen Kakao. Besser keinen Zucker vor dem Schlafengehen, sagte Tom, als sie mit Lina schon auf der Treppe war und die Kabel der Ohrhörer auseinanderfriemelte. Mir war gar nicht kalt, Mama, mir war gar nicht kalt, sagte Lina und Alva hielt ihre Hand ganz fest und ließ sie nicht mehr los. Ließ sie nicht mehr los, als sie in die Tram stiegen, ganz dicht beieinander auf der Bank saßen und ihnen kalt und warm war, während sie durch den Abend fuhren und die Autos draußen neben ihnen, unter ihnen, zu Lichterketten wurden. Und dann, im Lichtkegel der Scheinwerfer, sah Lina den ersten Schnee im Jahr fallen, den ersten Schnee in ihrem Leben, den sie mit seinem Namen nennen konnte. Sie hüpfte vor Freude, wollte sofort aussteigen und zwei Stationen vor ihrer Haltestelle sprangen sie aus der Bahn in den wirbelnden Schnee hinein, sahen in den Flocken kaum noch die Hand vor Augen, liefen lachend über die Straße in den Park. Während alle Scheinwerfer nur noch nach dem Ausgang suchten, versteckten sie sich in ihrer weißen Schneekugel, von unsichtbaren Händen ohne Unterlass geschüttelt, immer schneller, als sollte endlich nichts mehr an seinem Platz bleiben, als sollte alles verlorengehen, damit es Lina und Alva finden konnten. Sie tanzten auf der weißen Wiese, jeder in einem Ohr Musik.

»Willst du nicht reinkommen? Es gibt was zu essen.«

Alva drückte die Zigarette aus, warf die Kippe in der Hütte ins Feuer. Sie lächelte, als sie ihr Shirt über dem Stuhl hängen sah.

»Ich hab auch noch deinen schönen Schlafanzug«, sagte sie zu Edvard und sie wunderten sich beide nicht, dass Edvard ein Handtuch holte und ihre Haare frottierte, die nass in Strähnen auf ihrer kalten Stirn klebten.

Alva nahm ihren Teller und setzte sich neben Edvard an den Tisch. Er hatte für sie den Platz ihm gegenüber gedeckt.

»Geht es ihr gut?«

»Ich denke. Sie schlief schon. Ich versuche es morgen nochmal.«

Alva nahm einen Löffel der braunen Pampe und verzog das Gesicht.

»Das Zeug schmeckt furchtbar.«

»Und wir haben nichts zu trinken.«

Gleichzeitig schoben sie die Teller von sich weg. Edvard wollte aufstehen und den Tisch abräumen, aber Alva hielt ihn mit sanftem Schulterdruck auf seinem Stuhl: »Ich mach schon.«

Sie schüttete den *Brun Labskaus* in den Abfalleimer, drehte den Wasserhahn auf, hielt den ausgestreckten Finger unter den Strahl bis heißes Wasser kam. Sie steckte den Stöpsel in den Abfluss und spritzte Spülmittel ins gefüllte Becken.

»Edvard, du musst dieser Elsie sagen, dass du sie immer noch liebst.« Alva sah sich um. »Hast du hier eigentlich einen Lappen oder Schwamm gesehen?«

Edvard musste sich verhört haben.

»Was hast du gesagt?«

»Schick ihr den Brief oder besser noch: ruf sie an! Jetzt gleich! Du kannst mein Telefon nehmen. Hier ist immer und überall Empfang.«

»Woher weißt du … du hast meinen Brief gelesen!«

Alva nickte, selbstverständlich. »Ah, hier! Ein frisches Schwammtuch.«

Sie ließ das schmutzige Geschirr ins Becken gleiten und wischte einen Teller sauber.

Edvard sprang auf, riss den Teller aus ihrer Hand. »Hör mit dem Abwasch auf! Was bist du eigentlich für ein Mensch! Was fällt dir ein, meinen Brief zu lesen? Du bist doch nicht richtig im Kopf! Du beklaust mich, wühlst meine Sachen durch, nimmst mein Geld für einen Mietwagen, damit du DEINE Arbeit machen kannst. Und tust dann noch so, als würdest du MIR helfen! Du denkst nur an dich! Kein Wunder, dass deine Tochter …!«

»Lass Lina aus dem Spiel.« Alva sah ihn aus kalten Augen an. »Ich muss mir das von dir nicht anhören. Du bringst nichts auf die Reihe. Trinken und dich bedauern – das ist alles, was du kannst. Und an allem schuld ist deine Mutter. Ja, klar. Toller Vorwand, kein eigenes Leben führen zu müssen. Du bist ein Feigling, Edvard. Ein Feigling. Gut, dass es diese Elsie noch geschnallt hat und weggegangen ist.«

Sie standen sich gegenüber. Schneewehen hatten die Fensterscheiben weiß verklebt, im Kamin knackten die brennenden Scheite im Sekundentakt, als tickte eine Uhr und Edvard dachte, wir müssen damit aufhören. Jetzt, sofort, einfach damit aufhören, aber die Uhr lief ab und Edvard sagte leise: »Hau ab. Nimm dein Zeug und hau einfach ab.«

Alvas Reisetasche stand noch an der Tür. Nur die Socken für Edvard hatte sie ausgepackt. Sie kramte ihren dicksten Pullover heraus, schlüpfte hinein, zog die Regenjacke darüber. Sie legte den Autoschlüssel auf den Tisch, schulterte die Tasche und ging ohne noch ein Wort zu sagen aus der Hütte. Die Tür ließ sie offenstehen. Edvard warf ihr das Kapuzenshirt und die Hose hinterher. Aber Alva war schon hinter dem Schneevorhang verschwunden.

Er machte den Abwasch fertig, räumte auf, bezog sein Bett, stocherte im Feuer, sank in sich zusammen, schrumpfte wie ein Ballon, aus dem alle Luft entwichen war. Er hatte sie fortgeschickt. Und sie war wirklich gegangen. Wo sollte sie denn hin? Hier gab es doch nichts außer Steinen und Bäumen. Sie waren Stunden gefahren, ohne einem Menschen zu begegnen. Die Tankstelle war viel zu weit entfernt und gegessen hatte sie auch nichts. Und er hatte nichts zu trinken. Vielleicht rechnet sie damit, dass er sie sucht. Mit dem Auto langsam die Straße längsfährt, sie aufliest, irgendwo. Aber er konnte nicht Auto fahren. Auch nicht mit dicken Socken. Er hatte keinen Führerschein. Nie einen gehabt. Er hatte es ihr nur nicht sagen wollen. Eitelkeit, Stolz, was auch immer. Wie kann man den Führerschein nicht haben? Ich habe nie einen gebraucht. Und ich musste mich um meine Mutter kümmern. Das war lächerlich. Alva hatte recht: er brachte nichts auf die Reihe und schuld war immer seine Geschichte. Und wie hatte er nur Lina erwähnen können? Was wusste er schon, wie es ist, ein Kind zu haben. Auch davor hatte er sich gedrückt. Er hätte ein eigenes Leben haben können. Elsie hatte es damals auch gesagt. Vielleicht war es nur Angst gewesen. Aber man kann auch tun, wovor man Angst hat. Es muss ja nicht leicht sein. Elsie war trotz der Mäuse in den Schuppen gekommen. Und wo war sein Trotzdem gewesen? Er wird nach Alva suchen. Obwohl er keine Schuhe hat.

All seine Strümpfe trug er übereinander und die bunten Socken. Mit dicken Füßen stapfte er in die helle Nacht.

Alva ging am Rand der Straße, an der grauen Granitwand entlang, auf dem schmalen Grat zwischen Waldschlucht und Fels. Ein kleiner Baum wuchs im Stein. Schräg in den Himmel ragte er, fing den Schnee und unter ihm auf der Straße blieb ein trockener schwarzer Fleck, als wäre er in die weiße Decke gebrannt. Ein rußiges Loch wie der Tunneleingang, den sie in der Ferne sah. Alva ging. Flocken fielen aus dem farblosen Himmel, legten sich auf ihre Schultern und Alva schüttelte sie schnell ab, bevor sie sich zu Haufen sammeln konnten. Zu Haufen, die auf Felskanten lagen, auf den Baumspitzen und Zweigen in der Waldschlucht. Dem Schnee war egal, dass sie gerade noch getanzt hatte, geglaubt hatte, sie müsse nur finden, was sie braucht. Der Schnee würde sie einfach verschwinden lassen.

Alva stand vor dem Tunnel, starrte in das schwarze Gewölbe aus rohem Fels. Schon nach wenigen Metern verlor sich die Straße in der Dunkelheit.

»Bianca«, sagte sie leise. Dann lauter. Wiederholte ihren Namen, schrie ihn in das Loch hinein, ohne Widerhall. Seit ihrer Kindheit hatte sie ihn nicht mehr gehört. Sogar die Mutter nannte sie nur noch Alva. Die Stille war unerträglich. Mit kalten Fingern suchte sie nach der Musik. Erst nach ein paar Versuchen reagierte das Display. Eine Melodie, eine in Schleifen immer wiederkehrende Abfolge von Lauten. Zwei Männerstimmen wechselten sich ab, traurig und verloren. Alva schloss die Augen. »Das nennt man joiken«, hatte sie zu Lina gesagt.

»Joiken, joiken!« Lina hatte vor Vergnügen gequietscht und den Gesang nachgeahmt.

»Joiken ist erinnern. Aber anders als wir es tun. Die Sami geben jedem Menschen eine eigene Melodie, einen eigenen Joik. Von Geburt an. So können sie ihn immer rufen und herbeiholen. Egal, wo er ist.«

»Auch, wenn er im Himmel ist?«

»Ja, auch wenn er tot ist.«

Es war ein wundervoll verregneter Samstagnachmittag gewesen. Draußen hing der graue Himmel tief, sie lagen auf dem Bett, den leuchtenden Laptop aufgeklappt: Männer, Frauen und Kinder in rot-blauen Kitteln, bunte Mützen mit langen Ohrenklappen auf den Köpfen. Die Trachten der Sami. Lina wollte mehr Bilder sehen – Wale und Stabkirchen und Trolle und Nordlichter. Alva erzählte, was sie schon alles wusste und machte sich gleichzeitig Notizen für ihre Reise. Für Lina war es das Mumin-Land. Sie zählte Alvas Finger ab. Es waren neun. Regen klatschte an die Fensterscheibe, und Lina trank einen Schluck Kakao und gurgelte einen Joik. »Der ist für deinen Finger«, sagte sie, »damit holen wir ihn zurück und müssen nicht raus.« Es klappte nicht. Alva hatte gelacht und Lina in die Arme geschlossen. So warm, so sanft. Ein Teil von ihr. Ihre Tochter. Da hatte sie es gefühlt.

Die Kälte kroch in Alva hinein, zog von ihren eisigen Fingern die Arme hinauf in die harte Schulter. Sie zog den Kopf ein, als könnte sie ihn in ihrem Körper verschwinden lassen, in einem Panzer. Doch da war kein Schutz. Sie begann zu zittern, und je mehr sie zitterte, desto kälter wurde ihr. Wenn sie nur lange genug gefroren hätte, wäre sie einfach nicht mehr da. Es war wie damals: sie war das kleine Mädchen im Fahrradkeller, das sich auflöste. Und niemand war gekommen, keiner hatte nach ihr gesucht.

Am Ende des Wegs, der zur Hütte führte, kam Edvard an die Hauptstraße. Welche Richtung hatte Alva eingeschlagen? Der fallende Schnee verbarg ihre Fußspuren. Auf der Karte im Auto fand er weder seinen Standort, noch den Wasserfall. Wahrscheinlich gab es ihn gar nicht, wahrscheinlich existierte nicht einmal die Hütte. Wer legt schon den Schlüssel unter einen Blumentopf? Zur Tankstelle wäre es zu weit gewesen, wahrscheinlich war Alva die andere Richtung gegangen, in der Hoffnung dort schneller eine menschliche Behausung zu finden. Und wenn sie ein Taxi gerufen hatte? Ja, hier war immer und überall Empfang. Aber woher sollte ein Taxi kommen?

Er lief die Wollsocken durch, an seine Füße drang die

kalte Nässe. Entfernt sah er das schwarze Loch eines Tunnels. Dort war der Weg für ihn zu Ende, spätestens am Tunnel wäre Alva umgedreht. Doch er ging weiter und erkannte vor dem Tunneleingang eine Haltebucht, ein Streifen Wasser glitzerte silbern am Fels.

Alva saß mit angezogenen Beinen, die Hände vor den Knien gefaltet auf der Erde und erst als Edvard direkt vor ihr stand, sah sie zu ihm auf. In ihrem Gesicht aus Stein glänzte ein Rinnsal.

Er griff nach dem Knoten ihrer Hände, löste die kalten Finger einzeln, strich den Schnee von ihrer Schulter, half ihr hoch. Sie standen reglos. Kein Laut in der Nacht. Nur ein Knistern von fallendem Schnee.

Edvard legte den Arm um sie und gab einen Schritt vor, sie nahm ihn an.

»Wir ziehen das jetzt zusammen durch«, sagte er und klang wie ein Gangster, aber Alva blieb still. Und weil sich in der Stille alles zusammenzog und eng machte, redete er ohne Unterlass weiter, lobte sie für die Buchung der bevorstehenden Schiffspassage, für die Verabredung mit Lemskø, von der sie sich so viel versprach. Er würde ihnen bestimmt sagen können, wo die Fotos seines Vaters entstanden waren. »Du hast das alles ganz großartig gemacht.«

»Ich weiß«, sagte Alva matt und sah ihn an. »Ich dachte, du kommst nicht«.

»Ach, was! Ich brauch dich doch. Ich habe ja keine Schuhe.« Edvard hoffte auf ein Lächeln. »Aber das war nicht der Grund. Hörst du?«

Alva nahm seine Hand. Er spürte einen leichten Druck,

spürte, wie ihr Griff immer fester wurde, zu einem eiskalten Schraubstock, der ihn hielt. »In mir ist etwas, das nichts fühlt und nichts will. Schon lange, schon immer.«

Edvard fand keine Worte. Er hätte sagen wollen: das ist in uns allen, aber es hätte nicht gestimmt. Es gehörte zu Alva, ganz allein. Er führte ihre Hand zu seinem Mund und hauchte sie warm, den ganzen Weg lang. Bis zur Hütte.

Alva stieß mit dem Feuerhaken in die Glut und nieste. Sie schnäuzte sich die Nase in einen Fetzen Klopapier, zog noch das Kapuzenshirt über ihren Pullover.

»Es ist klamm. Ich hatte es aus Wut vor die Tür geworfen.« In der Mülltonne war es auch schon, dachte er und setzte sich ungelenk zu ihr nach unten. Näher an das Feuer, nah bei ihr auf den gefliesten Boden. Edvard roch sein Duschgel, mit dem er das Shirt gewaschen hatte.

Alva häufte die letzten Scheite in den Kamin, blies in die Glut.

»Ich hole Holz.« Edvard stand auf.

»Bleib hier, bitte.«

»Dass dir aber nicht wieder kalt wird.«

»Du hast doch die kalten Füße. Mir ist warm. Was habt ihr damals eigentlich gefunden? Elsie und du.«

»Gefunden?«

»Im Schuppen, meine ich.«

»Die alten Fotos … und Postkarten.«

»Postkarten?«

»Mein Vater hatte Dutzende von Karteikästen mit alten Postkarten. Die Leute kaufen so was gerne, sie sind nicht teuer und dekorativ, sagte er immer. Wir fanden Ansichtskarten aus Norwegen. Mit dem Schloss in Oslo, mit einer Festung, einem kleinen Strand und einem Fünfmeterbrett über der Felsenkante in den Fjord. Die Karten waren blank. Es stand nichts darauf. Elsie sah sie so gerne an. Aber mehr noch mochte sie die richtigen Ansichtskarten mit Text. Sie las mir vor, was darauf stand. Es gab auch mehrere Karten von denselben Leuten. Das waren dann richtige Geschichten. Die von Adele Peters im Seebad Binz hatte sie am liebsten. Die Seebrücke und das Hotel, nachkoloriert mit Schnörkelschrift.«

Adele Peters war in Kur auf Rügen und berichtete ihrem lieben Gatten in feiner dünner Tintenhandschrift, wie wohl ihr die sonnigen Wochen und Anwendungen tun, um Kräfte zu sammeln für das alltägliche Tagwerk zu Hause, und dass sie die Abende still mit Handarbeiten verbringe. Immer schrieb sie über Klöppeln und Sticken, und Elsie zwinkerte mit den Augen und sagte, ja, ja, man wisse doch, was in so einer Kur passiert. Bei der Frau des Apothekers sei es auch so gewesen. Was? Edvard wusste nichts, und er konnte sich nicht vorstellen, wie man vom Klöppeln schreiben konnte und in Wirklichkeit ganz andere Dinge tat.

In einem Korb in der Ecke des Schuppens lag Bettwäsche mit den eingestickten Initialen, A.P., und seidene Unterröcke. So was findet keine Liebhaber, Wäsche geht nicht, hatte der Vater einmal gesagt und den Korb bei seinen Fahrten nicht mehr zum Markt mitgenommen, ihn im Schuppen stehen lassen, vor Staub und Schmutz abgedeckt mit Brokatvorhängen. Und Elsie stellte sich vor, wie Herr Peters an dem Abend, als seine Frau aus der Kur zurückgekommen war, die schweren roten Vorhänge zuzog und sich zu ihr ins Bett legte. Sie war sich sicher, dass die Initialen für Adele Peters standen.

»Manchmal verkleidete sich Elsie im Schuppen, mit den Sachen, die wir fanden. Wir spielten wie Kinder«, sagte Edvard.

»Und samstags ging's in die Disco«, sagte Alva und grinste.

»Elsie ging alleine. Nach dem Betriebsjubiläum meiner Mutter dachte ich noch, jetzt wird alles anders. Spät in der Nacht kam sie aus der Festhalle zurück, mit den Kolleginnen, die jetzt ihre Freundinnen waren. Sie hatten meine Mutter mit dem Auto nach Hause gebracht und standen noch im Hof. Sie lachten und schwatzten, und ich dachte noch, wenn die wüssten, was da heute im Schuppen passiert ist. Sie war so glücklich, und ich war glücklich, weil ich Elsie gefunden hatte. Ich glaubte: jetzt werden Mama und ich gesund.«

Edvard riss in seinem Zimmer die Flugzeugmodelle von der Decke, räumte sie vom Fenstersims, schmiss sie in den Papierkorb. Das billige Plastik brach und splitterte. Er stand am Fenster, stieß die Flügel auf, öffnete sie in die Nacht, die nach Elsie duftete. Und er streckte die Arme mit geballten Fäusten in die Höhe, seine Fingerknöchel berührten die Decke. Ein Eroberer war er, bereit, sich zu beweisen.

Edvard träumte sein Leben. Er nahm ein Schulheft und machte es zu seinem Tagebuch. Er wollte Elsie jeden Tag seines Lebens zeigen können, jeden Tag mit demselben Satz beginnen: Ich liebe dich.

»Ihr habt nie miteinander getanzt?«

Edvard schüttelte den Kopf.

»Aber ihr hattet eure Musik?«

Edvard schüttelte den Kopf. »Doch … ja, es gab ein Stück. Es gefiel ihr sehr, ich übte es auf dem Klavier.«

Alva sprang auf, holte ihr Smartphone. »Was war es?«

»Lass es lieber, Alva.«

»Nein, sag schon!«

»*Songbird* hieß es, aber ich will es nicht hören.«

Alva suchte den Titel: »Von Oasis?«

»Fleetwood Mac – das war eine andere Zeit, als wir jung waren.«

»Quatsch, die kenne ich auch. Hier.«

Alva steckte sich einen Stöpsel ins Ohr, gab ihm den zweiten. Er wollte es wirklich nicht hören. Doch er war froh, dass es Alva wieder besser ging. »Komm.« Sie legte die Hand auf seine Schulter, er zuckte zusammen.

Seit damals hatte er es nicht mehr gehört, aber er kannte noch jede Zeile auswendig. *For you, there'll be no more crying.*

»Nichts für die Disco«, sagte sie.

Sie standen sich gegenüber. Er verstand es einfach nicht. Er war noch der von früher und war es doch nicht mehr. Als wäre er im Laufe der Zeit auseinandergebrochen. Als wären die Teile von den Jahren überwuchert worden, bis zur Unkenntlichkeit, vom Älterwerden, das wie Unkraut war. Aber in diesem Moment machte ihn die Musik wieder ganz, riss alles Unkraut weg. Alle Wünsche, Hoffnungen und Träume waren wieder da. Edvard wiegte sich im Takt. Es war mehr als eine Erinnerung. Alva streckte die Arme nach ihm aus. Er öffnete die Augen, sie strich ihm übers Haar und begriff, dass man den anderen auch trösten kann, wenn einem selbst genau so kalt ist.

MUT

Das Land tropfte, füllte sich mit Wasser, floss von den Steinen herab, ohne Quellen und Ziel. Der Weg in den Stein geschnitten, dass kaum zwei Fahrzeuge nebeneinander passten. Und trotzdem fuhren Wohnmobile und Busse die Route auf der Nordlichtstraße, kamen ihnen aus dem Fels entgegen, verschwanden mit ihnen in den Tunneln, versteckten sich vor den Räumen, um im nächsten Moment wie ausgesetzt auf dem Rastplatz zu stehen, jeder allein mit seiner Aussicht.

Alva wollte all das teilen können: die Felsen, die wie riesige schlafende Tiere aussahen, wie Pyramiden, wie Kronen, den Blicksturz in den Sund, die Brücke, ein von Menschen gemachter Horizont, auf Pfeilern ins Wasser gestellt, die Verbindung zur Inselstadt, unter einer Sonne, die nicht untergeht.

Ein Mann stand ein paar Schritte entfernt, las auf einer Tafel Informationen zu Tromsø, der Pforte zum Eismeer, ging zu seiner Frau, die am Auto stand. Aber er erzählte ihr nichts. Was fängt das Paar miteinander an? Sie berühren sich nicht, essen belegte Brote aus der Tupper-Dose, wischen sich den Mund mit Papier von der Küchenrolle ab. Was macht die Frau, wenn er abends im Hotelzimmer aus dem Bad tritt, mit Zahnpasta-Atem, sich neben sie legt und nach ihr greift? Woran denkt sie? Der Appetit kommt mit dem Essen? Hat sie die Küchenrolle auf dem Nachttisch stehen? Gestern in der Hütte hatte sie zu Edvard gesagt: Wir müssen endlich aufhören, uns ständig zu verlieren! Aber vielleicht war es doch gar nicht so schlecht, den anderen immer wieder zu suchen.

Die Frau warf ihr einen bösen Blick zu. Sie kann Gedanken lesen, dachte Alva, und die Frau flüsterte ihrem Mann etwas ins Ohr und auch der Mann sah zu Alva hinüber: Was fällt der Frau mit dem struppigen Haar bloß ein, über unser Leben zu denken, als sei sie etwas Besonderes. Und ihr Begleiter ist viel älter und hat nicht mal Schuhe!

Alva wischte sich mit großer Geste ihre tropfende Nase am Ärmel ab, am liebsten hätte sie hinein gerotzt. Sie ging zu Edvard, der am Auto stand und die Norwegenkarte auf dem Dach ausbreitete. Alva rief ihm zu, viel zu laut: »Liebster, wie wundervoll, wir werden eine tolle Nacht auf unserem Schiff haben!« Und dann gab sie ihm einen Kuss. Edvard sah sie entgeistert an.

»Musste sein«, sagte sie später, »aber du solltest dich mal wieder rasieren, wenn wir in Tromsø auf dem Schiff sind.«

Sie fuhren über den Horizont in die Stadt. Zum Hafen.

Das Leben verändert sich nicht an einem Tag. Doch eines Tages weiß man, dass es sich verändert hat. Vielleicht hatte man es sogar geahnt – hatte Anzeichen bemerkt, sie nur falsch oder gar nicht gedeutet. Vielleicht hatte man eine Unruhe gespürt. So, wie auf dem ruhigen Sund zunächst fast unmerklich das Wasser sich kräuselt, bevor der Sturm losbricht.

Irgendetwas in der Art, dachte Edvard, als er aus dem Schuhladen trat, auf die Straße voller Märchenfassaden,

den Holzhäusern aus sattem Gelb, rötlichem Violett, dem bläulichen Grün und Indigo, das sein Vater so geliebt hatte. Edvard blickte auf seine glänzend neuen Schuhe und wusste, dass der Tag gekommen war, ab dem sein bisheriges Leben nichts mehr galt. Es war unwiderruflich vorüber. Wer sich seit Tagen nicht im Spiegel gesehen hatte, am Polarkreis auf abgewetzten Socken in ein Schuhgeschäft kam, bar bezahlte und vor den Blicken der Verkäuferinnen nicht den Kopf senkte, in dessen Leben war jetzt alles möglich.

Edvard ging noch einmal in den Laden zurück, fragte nach der Spare Bank – sie lag nicht auf dem Weg zum Kai, wo ihn Alva erwarten würde. Sie hätte den Mietwagen abgegeben und wäre bereit. Edvard würde sie warten lassen, nicht lange, nur die Zeit, die zwischen seinem und dem Leben seines Vaters lag. Eine Erinnerung an Elsie lang, an einen Tag, an den er nie mehr hatte denken wollen.

Seiner Mutter hatte er gesagt, dass er in der Druckerei Überstunden machen müsse, es würde spät werden am Abend. Aber Nachbar Frieling wüsste Bescheid, falls etwas wäre und sie Hilfe bräuchte, könne sie dort jederzeit anrufen. Das gehe schon, sagte sie, sie werde auch lange arbeiten, vielleicht noch ein Gläschen trinken, dann könne sie bestimmt gut schlafen.

»Aber nur ein Gläschen, Mama, bitte, du weißt, es bekommt dir nicht.«

Er verließ das Haus gemeinsam mit der Mutter, doch statt in die Druckerei zu gehen, stieg er in den Bus nach

Lübeck. Er hatte sich den Tag freigenommen. Er zitterte vor Aufregung das Fahrgeld aus seinem Portemonnaie, eine Münze fiel ihm aus den Fingern, klimperte und rollte die Stufen des Einstiegs hinunter, kreiselte noch auf der untersten Stufe als der Bus schon losgefahren war, an der Druckerei vorbei, und Edvard stellte sich vor, nicht mehr zurückzukommen, einfach zu verschwinden, spurlos, wie es sein Vater getan hatte. Kopf oder Zahl dachte er, und trat auf die Münze, hob sie auf. Zahl bedeutete das neue Leben. Zahl lag auf seinem Handrücken.

Fünf Jahre waren seit dem Tag vergangen, an dem Elsie weggegangen war. Fünf Jahre seit dem Morgen, an dem er den Bus gesehen hatte, auf der Hauptstraße zum Ort hinaus war er gefahren, und Edvard hatte gehofft, dass sie doch nicht eingestiegen war. Sie hatte ihm nicht geschrieben, hatte nicht angerufen, kein Lebenszeichen. Fünf Jahreswechsel hatte er auf das Klingeln des Telefons gewartet, vor dem Haus gestanden, am Himmel Raketensterne für Sekunden und billiger Goldregen und immer im Glauben, das neue Jahr würde doch noch alles ändern. Als könnte es nicht einfach immer so weitergehen, als gäbe es ein Gesetz, mit dem neuen Jahr müsste auch Neues beginnen, das Jahr würde von sich aus ändern, was von ihm selbst nicht zu entscheiden war. Doch wie in jedem Jahr war auch dieser Silvesternacht ein leerer Morgen im Januar gefolgt, ausgebrannt wie die roten Hülsen auf dem Deich, und Edvard wusste, auch dieses Jahr würde so weitergehen wie das alte zu Ende gegangen war. Aber der Februar hatte noch nicht begonnen, da gab es einen Knall in seinem Kopf wie von einem Böller, der unsichtbar glühend zu spät gezündet hatte. Er konnte so nicht weiterleben, keinen Tag länger.

Sein Herz raste, als er vor der Sparkasse stand. Es war die Hauptgeschäftsstelle, in der sie arbeitete – er hatte sich erkundigt. Seinen Besuch hatte er nicht angekündigt, wusste nicht einmal, ob er sie dort antreffen würde. Vielleicht war es ihr freier Tag, vielleicht hatte sie Urlaub oder war in der Mittagspause schon verabredet. Ja, wahrscheinlich hatte sie den ganzen Tag verplant, dachte schon längst nicht mehr an ihn. Sie lebte ja in der Stadt, eine Stadt mit einem Tor. Er war hindurchgegangen und ganz aufgeregt gewesen – das Leben war ein Spiel, er war eine Spielfigur in einer Spielzeugstadt. Wer hier lebt, macht seine eigenen Regeln, schreibt seine eigene Geschichte. Die Stadt ist wie ein Tintenfass, hatte er gedacht und sich gewundert, auf welche Gedanken er kam, kaum, dass er seinen Ort verließ. Jeden Tag steckt man seine Feder hinein und schreibt an der eigenen Geschichte weiter. Er dagegen druckte jeden Tag die Worte der anderen: Plakate, Einladungen, den Anzeiger, das Gemeindeblatt, das in jedem Haushalt war. Am Anfang war das Wort. Pfarrer Hinrichs hatte in seinem letzten Artikel über die Schöpfungsgeschichte geschrieben und dass nur etwas entstehen könne, indem man miteinander spreche. Aber Hinrichs war immer schweigsam gewesen, wenn er Edvard Klavierunterricht in der Kirche gegeben hatte. Er saß neben ihm, mit geschlossenen Augen, und es gab so lange keine falschen Töne, kein falsches Tempo bis Edvard selbst spürte, dass es richtig war.

Er nahm seinen ganzen Mut zusammen. Ganz übel war

ihm, aber er betrat die Bank. Im Gehen noch ein paar kalte Haarsträhnen von der Stirn gezupft, sah er im Fensterglas einen jungen Mann, der ihm nicht bekannt vorkam.

Wärme und Murmeln und Summen aus Waben von Trennwänden. *»Beratung und Service«* stand auf Schildern und dünne Linien auf der Auslegware zogen sich zu einem langen Tresen hinter dem Männer und Frauen wichtig hin und her gingen, gekleidet in den Farben der Bank, Papiere in den Händen haltend.

Eine der Frauen trug ein Halstuch, als wäre keine Zeit vergangen. Sie schlug gerade vor den Augen ihres Kunden einen Ordner auf, blickte ihn freundlich an, wohl um ihm die Angst vor den Zahlen zu nehmen – und sah Edvard. Der Kunde sagte etwas. Sie antwortete nicht. Edvard zitterten die Knie. Elsie tat einen Schritt zur Seite, berührte die Hand eines ihrer Kollegen, sagte ein paar Worte, sah auf die Uhr. Der Krawattenträger runzelte die Stirn und nickte, aber bevor er ihren Kunden übernahm, drehte er seinen Kopf zu Edvard, als hätte sie mit dem Finger auf ihn gezeigt. Vor Edvards Augen wurden die Linien auf dem Teppichboden zu einem Dreieck und in dem Dreieck brach sich Licht, ein Lichtstrahl, der plötzlich von draußen hereinfiel, zwischen den Werbetafeln an den Fenstern hindurch, und Elsie wie herbeigezaubert vor Edvard stehen ließ. Sie sah wundervoll aus.

Edvard konnte sie gar nicht lange ansehen und wollte doch nie mehr seinen Blick abwenden. Ihr schönes Kleid machte ihm zwar Angst, und es ärgerte ihn, dass ihr Halstuch die Farbe der Krawatte des Kollegen hatte. Hätte er sich doch auch für sie feingemacht, das Jackett angezogen, das er zum Sechzigsten seines Chefs getragen hatte, aber wie hätte er der Mutter erklären sollen, dass er es an einem Werktag trug.

Elsie ging mit ihm hinaus, an seiner Seite, sagte kein Wort. Oder hatte sie gefragt, wie es ihm gehe? Hatte er geantwortet? Hatte er gefragt: »Und dir?« Nein, ihm war, als hätten sie nicht miteinander gesprochen. Was hätten sie auch sagen sollen nach all dem, was gewesen war, nach all den Jahren ohne den anderen? Sie gingen stumm nebeneinander, durch die Straßen, an den schwatzenden Leuten vorbei. Edvard sah ein Holstentor aus Marzipan, sah steinalte Bogengänge und einen Fluss, der Leben versprach, und er fragte sich, wer das ist, der das sieht. Elsie nahm seine Hand und er fand sich bei ihr, sie lächelte, und er wusste, er war gekommen, um zu bleiben.

Sie saßen im Seitenflügel des Doms, still nebeneinander, auf einer Bank. Er spürte Elsies Wärme neben sich, hielt ihre Hand, strich ihr übers Haar, alles zur gleichen Zeit, im gleichen Augenblick, als hätte er nicht nur zwei Arme, zwei Hände. Als würde er ein Nest bauen unter der Kuppel, ohne Hast, lautlos, nicht zu bemerken von all den anderen, von den Touristen, die ihre Köpfe streckten nach der Größe. Und die Zeit stand still auf der riesigen prächtigen Uhr, die sich, auf Säulen gestellt, vor ihnen erhob und deren goldene Zeiger vorrückten, ohne sich zu bewegen. Noch nie habe ich in einer Kirche so eine mächtige Uhr gesehen, in einer Kirche soll es doch keine Zeit geben, dachte er, und es war so selbstverständlich, Elsie zu spüren und dabei so etwas zu denken, dass es ihn mit unfassbarem Glück erfüllte. So war es doch: all die Jahre, die sie sich nicht gesehen, nichts voneinander gewusst hatten, spielten keine Rolle. Sie trafen sich wieder, und es war keine Stunde vergangen. Elsie umarmte ihn, als kannte sie seine Gedanken. Er spürte ihre Lippen, den Atemhauch an seinem Ohr.

»Es hat nie aufgehört. Ich habe immer an dich gedacht. Das musst du mir glauben.«

Natürlich glaubte er ihr, er verstand nicht, warum sie das sagte. Aber sie küsste ihn, und er vergaß nachzufragen.

Elsie musste zur Arbeit zurück. Sie verabredeten sich für den Abend, um siebzehn Uhr habe sie Schluss, es gäbe ein kleines Restaurant gleich bei der Bank, da würde sie ihn gegen sechs erwarten. Er fragte sich nicht, wofür sie die Stunde brauchte. Den ganzen Nachmittag lang ging er als ein anderer durch die Stadt, tauchte ein und schrieb seine Geschichte. Mit erhobenem Kopf spazierte er durch die Straßen – hier würden sie wohnen, hier wartete ihr neues gemeinsames Leben, die Häuser hatten sich für ihre Ankunft schon geschmückt und sogar die Zeit hatte sich für Elsie und ihn herausgeputzt. Er verstand jetzt, was die Uhr im Dom bedeutete – das Schicksal hatte ausgespielt, die ganze Welt und alle Zeit lagen in seiner Hand. Er fände hier eine Arbeit, könnte doch überall Plakate, Einladungen und einen Anzeiger drucken, und als ihn sein Weg wieder scheinbar zufällig zur Sparkasse führte, eine Stunde vor ihrer Verabredung, dachte er für einen Augenblick an seine Mutter, die jetzt wie Elsie Feierabend hatte. Er dachte an sie, wie man an eine Fremde denkt, und er malte sich nicht aus, was sie wohl tun wird ohne ihn. Er sah sie nicht, die Treppe auf und ab gehen, spürte nicht ihre Unruhe und Angst. Nichts übertrug sich, es gab keine Verbindung. Da war nur noch die Erinnerung an eine Erinnerung, blass und ohne Kraft.

Er wollte Elsie überraschen, kaufte Blumen. Alles, nur keine Nelken. Er stand auf der Straßenseite gegenüber, mit Rosen in der Hand, und kurz nach fünf sah er sie aus der Bank kommen. Edvard wollte die Straße überqueren, aber sie war in Begleitung. Der Krawattenträger, der ihren Kunden übernommen hatte, redete auf sie ein. Sie stand da mit gesenktem Kopf, er stach mit dem Zeigefinger in die Luft, fasste sie an den Schultern, damit sie ihm ins Gesicht schaute. Elsie sagte etwas, küsste ihn und ließ ihn stehen. Edvard stand wie versteinert, begriff nicht, was er gesehen hatte. Hatte sie deshalb die Stunde haben wollen – die Stunde vom Feierabend zu ihrem Treffen im Restaurant, weil es diesen anderen gab, den sie küssen musste, damit er sie gehen ließ? Den sie küsste, wie sie ihn geküsst hatte, im Dom.

Elsie hatte Edvard nicht bemerkt. Aber der Krawattenträger hatte ihn entdeckt und kam mit großen Schritten auf ihn zu. Was wollte der Kerl von ihm? Edvard lief weg. Lief weg wie ein kleiner Junge, der sich verstecken wollte, die Augen schließen, um selbst nicht gesehen zu werden. Der Rosenstrauß schlug gegen die Beine eines Passanten, zerriss an einer Wand entlang, Edvard rannte und schrumpfte unter den Häusern, die keine Spielzeugstadt mehr waren, in der alles möglich war, sondern eine Stadt für Erwachsene, in der man aufpassen musste, nichts zu zerbrechen. Wie hatte er glauben können, Elsie sei hier nicht längst schon angekommen, trage keinen Schlüssel bei sich, mit dem sie tagaus, tagein die Tür öffnete und schloss und an der ihr Name stand.

Statt um achtzehn Uhr Elsie im Restaurant zu treffen, saß er im Bus und er sah den Krawattenträger vor sich, wie er sich zu Elsie an den Tisch setzte und von seiner Flucht berichtete: Er ist weggelaufen, er hatte Angst vor mir und ließ dich einfach sitzen. Es stimmte: Edvard hatte Angst bekommen. Aber nicht vor dem Krawattenträger, sondern vor dem eigenen Mut. Er hätte um das Leben mit Elsie kämpfen müssen. Alle und noch mehr Versprechen erfüllen müssen, die ihr der Andere schon gegeben hatte. Wie bestimmt und sicher dieser Mann auf ihn zugekommen war, wie er mit Elsie gesprochen hatte. So bestimmt und sicher sah dessen Zukunft mit Elsie aus. Familie, Kinder. Daran hatte Edvard nie gedacht, dass seine Liebe keine ganze Welt für sich war, sondern die ganze Welt tragen musste.

»Du bist ja schon da«, sagte seine Mutter, als er später an jenem Tag nach Hause kam, »es ist alles gut gegangen, du hättest dir ruhig Zeit lassen können.« Edvard hörte nicht zu. Er schaltete die Herdplatte aus, die seine Mutter angelassen hatte. Es wäre sowieso nicht gut gegangen, dachte er. Es war nur ein schöner Traum.

Die Spare Bank in Tromsø hatte geschlossen. Edvard zog Geld aus dem Automaten, nur um ihn zu benutzen und an dem Platz zu stehen, an dem sein Vater vielleicht einmal gestanden hatte, der Pilot des Lebens, der auch einfach abgehauen war. Edvard steckte die Kronen in die Geldbörse, spürte in der Tasche seinen Brief an Elsie. Nur frankiert war er noch nicht. Im Münzfach der Börse fand er Alvas Marke.

Direkt am Anleger des Postschiffes stand ein Briefkasten. Edvard hielt den Brief in der Hand, aber er warf ihn nicht ein. Er würde Alva sagen, dass sie recht hatte: er war ein Feigling gewesen, war es immer noch. Edvard setzte sich auf einen Poller und wartete. Sie wird kommen, dachte er. Und sein nächster Gedanke war: Hört das denn nie auf?

Ein Besuch des Polarmuseums stand als Möglichkeit in Alvas Kladde, und nachdem sie den Mietwagen auf einem tristen Parkplatz abgestellt hatte, waren es dorthin zu Fuß nur wenige Minuten gewesen. Edvard müsste sich eben ein wenig gedulden, schließlich ging es um ihre Arbeit.

Das alte Holzhaus lag am Kai, schwedenrot in der Sonne, und sah nach Kindersommer aus. Aber auf dem Vorplatz standen Harpunen und im zwielichtigen Inneren blickten ernste Männer mit zerfurchten Gesichtern von den Wänden, die Bärte voller Eiskristalle. Manche hielten Stöcke in der Hand und vor ihnen lagen auf weiten Schneeflächen Leiber im schwarzen Blut.

Alva saß in einer Jagdhütte am Ende des neunzehnten Jahrhunderts auf einer Pritsche. *So hatten die Menschen den arktischen Winter überstanden, ohne Versorgung von außen, ohne Kontakt,* stand im deutschen Begleitheft über den Nachbau der Hütte und: *dass die dämmrigen Tage des polaren Winters lediglich mit Kontrollgängen zu den Fuchs- und Eisbärfallen und mit der Jagd auf Rentiere und Robben vergingen. Die Abende verkürzte man sich gerne mit einem Kartenspiel.* Alva notierte sich den Namen Wanny Woldstad. Sie war die erste Frau gewesen, die als Eisbärjägerin mit ihren Kindern überwintert hatte. Die ist richtig für ein Frauenthema, dachte Alva. Eisbärenjagd, Walfang und Amundsen – aber einen magischen Ort fand sie in den dielenknarzenden Räumen nicht. Bis sie ins Neonlicht einer Sonderausstellung trat, der Eingang eines Bunkers scheinbar, aus Pappmache. Die Illusion, Svalbard Global Seed Vault zu betreten, den Saatguttresor in Spitzbergen, das Weltuntergangslager. Ein über hundert Meter weit in den Berg getriebener Tunnel, in dem das Saatgut aller für die Ernährung der Menschheit wichtigen Pflanzen eingelagert war. Bombensicher im Permafrost, den es bald nicht mehr gab. Fotowände zeigten die neuen Kühlsysteme, zeigten Gänge im Eis und endlose Regalreihen mit hunderttausenden von Proben aus der ganzen Welt. Alva bekam eine Gänsehaut. Das war kein Ort wie ihn sich Jo für die Zuschauer vorstellte, aber wahrscheinlich der einzige wirkliche magische Ort auf der Welt.

Kurz nach Mitternacht in strahlendem Sonnenschein lief das Schiff aus. Dutzende von Menschen standen an Deck des Vorschiffs, doch am Pier war keiner, dem sie winken konnten. Nur ein kleiner Junge zog ein zerknülltes Taschentuch hervor, wedelte sinnlos.

Es gäbe keinen Sturm. Edvard spürte die Sonne auf der Haut und wäre am liebsten die ganze Nacht draußen geblieben, auf einem der blauen Liegestühle. Er wollte sich wegträumen aus seinem Leben. Augen reichten nicht, um zu sehen, was es zu sehen gab.

Und als ob zu ihnen gesprochen worden wäre, gingen alle Passagiere von Deck, verschwanden einer nach dem anderen im Schiff, wo noch Menschenleben war. Nur Edvard und Alva blieben im Leeren stehen.

Ihr Blick war auf das Smartphone gerichtet. Auf dem Display liefen Filmchen, heruntergeladen aus einer Wolke. Linas lachendes Gesicht, Wasserspiele im Park, eine ausgestreckte Hand, Berührungen. Alva würde sich bald mit ihr zurückziehen.

»Welcher deiner Väter könnte ich sein?«

Edvard tippte auf ihre Schulter. Sie stellte den Ton leise, sah ihn fragend an.

»Auf der Überfahrt, an der Bar – du hast gesagt, ich könnte einer deiner Väter sein. Welchen hast du gemeint?«

Alva suchte im Fotoalbum.

Ihr Vater hielt sie im Arm, ihren Kopf an seine Schulter gelehnt, umfasste sie eine Gitarre. Er hatte ihre Augen, ihr struppiges Haar. Im honiggelben Gegenlicht lachten sie in die Kamera. Das Foto versetzte Edvard einen Stich. Sie hat ihn immer noch in ihrem Leben, dachte er und wünschte sich, es gäbe so eine Fotografie von seinem Vater und ihm.

»Ich sehe ihm gar nicht ähnlich. Und ich hab keine Ahnung davon, was es heißt, Vater zu sein.«

Alva lächelte. »Wolltest du keine Kinder haben?«

»Die Zeit war gegen mich. Ich habe mich nicht gewehrt, nahm alles, wie es kam.«

»Fatalistisch!«

Edvard nickte. »Ja, wahrscheinlich kann man es so nennen. Für mich war es immer das, was getan werden musste. Die Lehre als Setzer, die tägliche Arbeit vor Ort, um bei der Mutter zu sein. Und als man Setzer nicht mehr brauchte, kleine Aufträge für schöne Bücher und Kunst. Und Klavierunterricht. Ich hätte keine Familie ernähren können.«

»Puh! Das klingt abgestanden!«

»Du kannst jedenfalls froh sein, dass es bei dir anders lief.«

Alva vergrub ihr Telefon in der Tasche. »Wie lief es denn bei mir?«

»Du hast jemanden gefunden, den du liebst, und du hast ein Kind mit ihm.«

»Wir haben uns getrennt!«

»Und dein neuer Freund? Liebst du ihn?«

»Liebe, Liebe, Liebe! Die wird total überschätzt.«

Edvard winkte ab. »Ach was, das glaubst du ja selber nicht.«

»Doch! Das Glück, das sie bringt, steht in keinem Verhältnis zum Unglück.«

»Liebst du ihn?«

Dreimal hatte Jo versucht, sie zu erreichen. Dreimal hatte sie den Anruf nicht angenommen. Eine Nachricht hatte sie ihm geschrieben: sie sei in der »Wildnis« und die Verbindung schwierig. Sie selbst hätte das nicht geglaubt. Irgendwann müsste sie sich bei ihm melden, aber er fehlte ihr nicht. Sie könnte vorgeben, dass sie ganz bei ihrer Arbeit sei.

»Soll ich jetzt ja oder nein sagen – oder was? Ja, ich liebe ihn, nein, ich liebe ihn nicht? Als Dreißigjährige müsste man das ja beantworten können. Zeugt nicht gerade von Reife. Oder? Also, was willst du hören?«

»Ich will nichts hören. Du kannst auch sagen, dass du es nicht weißt. Das könnte ich auch verstehen. Ich denke nur, du solltest nicht bei ihm bleiben, wenn du es nicht weißt.«

»Ach ja, und dann?«

»Ich weiß es nicht.«

»Aber ich weiß es. Dann bin ich da, wo ich vorher war. Dann bin ich in meinem Leben nicht weitergekommen, kein Stück.« Alva sagte es und fühlte, dass es nicht stimmte.

»Und wenn du bei ihm bleibst, kommst du weiter?«

Sie zuckte mit den Achseln. Sie hatte ihre Arbeit, die magischen Orte. Aber sie wusste immer noch nicht, ob sie wirklich das Richtige waren, ob sie wirklich brauchte, was sie tat. Oder ob sie es nur wollte, weil sie dachte, sie müsse es wollen.

Der Bug zerschnitt den spiegelglatten Sund, ließ die Häuser Tromsøs hinter sich, wie bleiche Lampions und Lichterketten einer vergessenen Jahrmarktsattraktion. Vor ihnen lagen nur noch Stein und Wasser, Schneespitzen auf schwarzem Gebirge, ein übermächtiges Nichts.

Eine schreckliche, gleichgültige Freiheit.

Alva fand keine Ruhe. Sie ging die Decks auf und ab, querte wieder und wieder die Vektoren der Kompassrose, das hochglänzende Intarsienparkett am Empfang des

Postschiffes. Sie folgte den Schritten der Passagiere in alle Windrichtungen, die doch nur zum Shop führten oder ins Restaurant, zu den Kabinen oder der Panoramabridge, wo leere Schlafsessel standen und in der hellen Juninacht am Rand der Welt an Schlafen nicht zu denken war. Weil durch das riesige Fenster das dunkelblaue Eismeer hereinsah und sich niemand zu träumen traute.

Die Passagiere hatten sich um kleine runde Tischchen in Sicherheit gebracht, saßen abgewandt, mit dem Rücken zur Zeit, spielten sich Karten zu, machten Pläne. Aus dem Bordlautsprecher tönte beruhigend, was der nächste Tag bringen würde:

Ausflug von morgen ... Bus wartet für Gruppe zum Nordkap ... abends Möglichkeiten von Fahrt nach Lofoten mit Stockfisch und schöner Landschaft ... auch zusammen Besuch von kleiner Farm und Bergwanderung.

In der Gruppe, gemeinsam, nur nicht alleine sein, hier nicht verloren gehen, zusammenbleiben – als könnte man nur sterben, wenn man allein gelassen wird.

Alva trat ganz dicht an das Panoramafenster, die Scheibe beschlug von ihrem Atemhauch. Sie legte ihre Handflächen auf das kühle Glas und wünschte sich, dass es zerspringen würde. Es war die Scheibe, die sie vom Leben trennte. Sie war immer da. Alva versank in leeren Gedanken, und sie hätte nicht sagen können, wo sie gewesen war, als hinter ihrem Rücken die letzten Karten ausgespielt, die letzten Verabredungen getroffen worden waren und der Schlaf über das Schiff gekommen war. Im Fenster gespiegelt sah sie die Stühle an leeren Tischen stehen und einen

Körper ausgestreckt auf einem der Sessel liegen. Unwirklich und fremd. Alva musste hier raus, ins Freie. Sie wollte den Wind auf ihrer Haut spüren. Jetzt, sofort. Absichtlich streifte sie den schlafenden Backpacker am Anorak. Es gab ihn tatsächlich, und er hielt sein Buch noch aufgeschlagen in den Händen. Vielleicht las er mit geschlossenen Augen.

Die Kompassrose wies ihr nur einen Weg hinaus. Zum dunkelblauen Wasser, das eine Kathedrale aus schwarzem Fels umspülte – ganz nah. Das Schiff schien regungslos. Alva stand und schaute auf das über die Welt gespannte Gitternetz und den mächtigen schwarzen Stein, einem Schnittpunkt, einem Ausstieg aus der Welt, wie Lina gesagt hatte. Sie nahm die Kamera, hoffte, dass es hell genug war, sie wollte das so gern für Lina festhalten. Und in der Sekunde als Alva den Auslöser berührte, tauchte vor der Kathedrale ein mächtiger Körper aus dem Meer, ein Rücken der das dunkelblaue Tuch zerschnitt, und in der Stille zerstob laut eine Fontäne, was Alva den Atem stocken ließ. Sie konnte es nicht glauben, blickte über die Wasserfläche. Er war verschwunden.

Alva setzte sich auf eine Rettungskapsel, zog die Knie zur Brust. Auf dem Foto war alles deutlich zu sehen. Sie hatte es sich nicht eingebildet. Eine Sekunde lang war sie im richtigen Moment am richtigen Ort gewesen. Nur wegen Linas Bild. Sie hielt das Smartphone nah an ihren Mund und sprach leise in das Mikrofon:

»Lina, ich hab an das Bild gedacht, das du für mich in der Kita gemalt hast und im gleichen Augenblick tauchte der Wal auf, direkt vor mir. Sicher hast du ihn mir geschickt, damit ich an dich denke und nicht so alleine bin. Du wirst sagen: »Ich kann doch keinen Wal schicken«, aber es ist wie mit dem Joiken. Ja, ich weiß, das hat auch nicht geklappt. Aber ich hab hier schon im Schnee mit dir getanzt, obwohl du gar nicht da bist. Egal. Ich will dir nur sagen, dass du mir fehlst und ich dauernd an dich denke. Du bist so eine Große, Lina. So groß wie der Wal. Und ich bin oft so klein. Ich weiß nicht, ob du das verstehen kannst. Es ist schwer, die Worte zu finden. Du kennst das. Wenn ich dich frage, wie es dir geht und du nichts sagen kannst. Oder du fragst mich was, und ich werde böse. Ganz ohne Grund. Dann nimmst du mich trotzdem manchmal einfach in den Arm. Das meine ich mit groß und klein. Ach, Lina, hoffentlich geht's dir gut! Meine Stimme kratzt ein wenig, vielleicht bekomme ich eine Erkältung. Aber ich ruf dich morgen an, versprochen. Schlaf gut, Lina. Hier sind die Nächte ganz hell. Man findet gar keine Ruhe.«

Alva musste das Foto und die Aufnahme ihrer Mutter schicken. Deshalb fügte sie noch eine Nachricht an:

Für Lina. Nur für Lina.

Lemskø erwartete sie in Honningsvåg am Pier. Sie würden sich schon finden, hatte er Alva am Telefon gesagt und wirklich: ein ganz in schwarz gekleideter Mann mit aufgespanntem Regenschirm eilte zu ihnen, kaum waren sie mit den anderen Passagieren, die zu den bereitstehenden Ausflugsbussen Richtung Nordkap strömten, von Bord gegangen. Er sieht wie ein Totengräber aus, flüsterte Edvard.

Lemskø war groß und dünn, nur ein Strich, der womöglich nach einem Blinzeln schon verschwunden war, vom Wind fortgetragen oder von kreisenden Möwen geschnappt. Sein Händedruck war schwach, als hätte er alle Kraft für Förmlichkeiten verloren. Vielleicht ist er in Trauer, dachte Alva, vielleicht stören wir. Aber er lächelte freundlich, hielt den Schirm schützend über sie und lud sie mit einer Geste ein, ihm doch zu folgen, als wäre der ganze Ort sein Haus und die Straße nur ein Flur, der zu den Zimmern führte. Die Kirkgata ging bergauf.

Lemskø wies auf den Stockfisch, der unten am Hafen in endlosen Reihen nebeneinander und übereinander in Gestellen hing. Er rümpfte die Nase.

»Ich müsste ihn mögen. Aber er schmeckt furchtbar.«

»Nach alten Putzlappen wahrscheinlich, so sieht er aus«, sagte Alva, lachte und knuffte Edvard mit dem Ellbogen. Manchmal war er nicht anders zu erreichen. Eine Berührung holte ihn zurück, von wo auch immer. Wie eine Uhr, die stehengeblieben eine kleine Erschütterung brauchte, damit das Werk wieder ansprang und die Zeiger vorrückten.

Sie gingen an grauen Häuserreihen vorbei und als müsste er erklären, warum Honningsvåg keine Stadt aus dem Bilderbuch war, sagte Lemskø: »Deutsche haben hier alles niedergebrannt ...« – er rieb sich verlegen die Hände – »... andere Deutsche, 1944. Sie setzten die ganze Finnmark in Brand. Russen sollten nur noch verbrannte Erde finden. Alle Menschen mussten Heimat verlassen. Honningsvåg war nur noch Asche, kein Haus stand, nur Kirche, Kirche blieb stehen. Man weiß nicht genau warum. Ich denke pragmatische Gründe. Als Unterkunft für Soldaten. Mein Vater aber glaubte, dass Gott ... er war Pastor.«

Er wies zu der Kirche, die von einem kleinen Friedhof umgeben auf einer Anhöhe stand. Sie leuchtete weiß vor dem dunklen Bergrücken, überragte alle Häuser der Stadt. Ein schwarzer Stein stand auf ihrem Vorplatz, das Denkmal für die Menschen in der Gemeinde, die im Krieg ihr Leben gelassen hatten.

»Ich arbeite in der Bibliothek, da neben Schule. Ich wollte nicht Pastor werden.«

Mädchen und Jungen standen am Eingang der Schule und winkten Lemskø zu. Sie waren in Trachten gekleidet, *Bunarder* genannt, sagte er. Der graue Schulhof blühte vor Blumenstickereien auf Röcken und Westen und rotglühenden Wangen. Es war der Tag, an dem die Schulabgänger ihren Abschluss feierten.

»Entschuldigung bitte, ich komme gleich wieder. Nur schnell gratulieren«, sagte Lemskø zu Alva und eines der

Mädchen, die Haare zu einem langen Zopf geflochten, rannte ihm schon entgegen. »Wir alle hier große Familie.«

»Kein Problem«, sagte Alva und biss sich auf die Lippen. Kein Problem! Wie lieblos. Hätte sie nicht »Natürlich! Wie schön!« ausrufen können, etwas Wärme zeigen? Wenn sie ehrlich war – ihr gefielen doch die Trachten, sie empfand sie nicht als alberne Verkleidungen. Sie fand es rührend, wie die Eltern beieinanderstanden und stolz über ihre Kinder sprachen. Stolz und erleichtert, dass sie es geschafft hatten. Ein Mädchen strahlte über das ganze Gesicht.

Sicherlich war es oft nicht leicht gewesen, dachte Alva. Vielleicht hatte es eine Zeit gegeben, als das Mädchen plötzlich still geworden war und unerreichbar. Nicht einmal die Mutter hatte gewusst, was im Kopf und Herzen ihrer Tochter vorging. Und die Lehrerin sagte, so könne es nicht weitergehen. Bis sie herausfanden, dass sie glaubte, nicht so wie die anderen zu sein, zu viel zu denken, zu viel zu fühlen, ohne dafür Worte zu finden. So viel Geduld hatte man gebraucht, aber jetzt war alles gut.

Und während Lemskø mit den Eltern sprach, hielt das Mädchen mit dem Zopf unverwandt seine Augen auf Alva gerichtet. Ernst und eindringlich, als würde sie sich an diese Zeit erinnern. Und Alva konnte den Blick nicht abwenden, weil sie in einem Spiegel sich selbst und Lina sah.

Bis sie es nicht mehr aushielt und sich nach Edvard umsah. Doch Edvard stand auf dem Friedhof. Vor einem fremden Grab.

Lemskø lebte alleine, vor drei Jahren sei seine Frau gestorben. Er habe zwei Söhne, einer lebe mit seiner Familie in Stavanger und verdiene viel Geld mit dem Öl, der andere sei Dozent in Bergen und habe statt Kindern Studenten. Beide wollten schon lange, dass er zu ihnen kommt, statt hier in diesem Haus am Ende der Welt zu leben.

Sein Haus mit Garten am Ende der Welt lag hinter der Kirche am Berg. Der Garten war Flechten und Steine, mit Moos überzogen, das aus sich heraus leuchtete. Durch eine verwitterte Pergola traten sie zur Haustür, die angelweit offenstand, wie ein Mund offensteht. Vor Erstaunen. Es gab keine Wände, stattdessen Regale – meterlang, hoch bis unter die Decke, mit Büchern und Ordnern und Kartons gefüllt. Selbst die Türen zu den Zimmern waren ausgehängt, um Platz zu schaffen.

»Ich kann nicht umziehen! Ich bin Sammler. Ein Sammler fängt mit einer Sache an und sammelt am Ende alles. Meine Frau hat auch gesammelt, aber nur Instrumente. Sie war Musiklehrerin in Schule.«

Er führte Edvard und Alva durch das Wohnzimmer – besser hieße es: der Raum, in dem auch ein Tisch und Stühle stehen, dachte Alva – zum Zimmer seiner Frau und als sie eintraten, ertönten die Stundenschläge der Kirchturmuhr, in einer Lautstärke, die Alva und Edvard zusammenzucken ließ. Ein feines Sirren und Zirpen lag in der Luft, ein Schwirren kleiner unsichtbarer Flügel. Seltsame Instrumente hingen an den Wänden, Griffbretter, mit acht Seiten bespannt, die bei jedem Glockenschlag vibrierten. Ein wundervolles Zimmer, dachte Alva, ein Zimmer, das frei machte, in dem jede Stunde zählte, weil sie nichts bedeutete.

»Langeleiks. Sie werden nur von Frauen gespielt. Ist Tradition. Meine Frau sammelte Langeleiks und Klaviere«, Lemskø lachte, »aber von Klaviere nur kleine Sammlung möglich: ein Spinett, ein Cembalo und ihr … Piano-Forte.«

Lemskø klappte den Deckel der Tastatur auf, berührte eine Taste.

»Ich kann nicht spielen. Sie wäre immer da, wenn ich spielen könnte.«

Er sah Alva fragend an. Sie schüttelte den Kopf. Edvard wich seinem Blick aus, ergriff mit einem Mal Lemskøs Hand und drückte sie mit beiden Händen.

»Vielen Dank für Ihre Gastfreundschaft und Hilfe«, sagte er wie zum Abschied, ließ Lemskø und Alva einfach stehen und ging ins Wohnzimmer zurück, wo auf dem Tisch am Fenster Käse und Wein bereitstanden. Er zog seine Jacke aus und hängte sie an den Stuhl. Er würde Alva und Lemskø sagen, dass es richtig war, hierher zu kommen.

»Nur eine Kleinigkeit – wie sagt man? Greife zu! Ich hoffe, ich kann helfen. Ich habe deiner Tochter schon gesagt, dass ich über Besatzungszeit viel weiß, aber immer noch sammle.«

Edvard zeigte ihm die Fotografie seines Vaters als Soldat an der Baracke und das gestrandete Flugzeug. Auch das Familienfoto, den Selbstauslöser vom Abend seines Geburtstags, dem Abend vor Oskars letzter Fahrt, legte er auf den Tisch. Er wusste nicht warum.

Lemskø sah sich das Foto seines Vaters lange an, er nahm eine Lupe.

»Die Schwingen an Uniform, das ist von Luftwaffe. Du sagtest, er war Pilot?«

Edvard nickte, doch er hatte das Gefühl, das Foto zum ersten Mal zu sehen. Er sah es mit Lemskøs Augen: da war ein fremder Mann in Uniform, mit dem er keine seiner Erinnerungen verband. Er wusste nicht einmal mehr, ob es wirklich sein Vater war. Es hätte irgendjemand sein können, der vielleicht Ähnlichkeit mit seinem Vater hatte, seine Nase, seinen Mund. Seine Mutter sagte immer – solange sie noch über ihn gesprochen hatte – Edvard habe die Nase seines Vaters und den Mund von ihm. Und sie hatte ihn dabei voller Liebe angesehen. Aber später, als der Vater sie verraten hatte, da sagte sie, Edvard sei so ganz anders als sein Vater, habe nichts mit ihm gemein. Er hatte keine Nase mehr und keinen Mund. Und wieder sah sie ihn voller Liebe an.

Lemskø tippte mit dem Finger auf das Foto.

»Du siehst auf Kragenspiegel an Uniform – da sind zwei Schwingen und Umrandung. Das ist Zeichen für Gefreiten bei der Flak. Pilot hat nur eine Schwinge.«

Alvas Augenbrauen zogen sich zusammen.

»Was heißt das?«

Lemskø schenkte Wein nach.

»Heißt: Vater war kein Pilot. Wollte für Sohn vielleicht besonders sein. Ein Held. Wenn nicht in Gegenwart, dann in Vergangenheit.«

Edvard starrte auf das Familienfoto. Die Bonbon-Farben

waren schon verblasst, ein Schleier lag auf der kleinen Familie, die da am Tisch saß. Wie im Rauch hockten sie und lächelten in die Kamera. Und jetzt alle: Käsekuchen! Dabei waren sie am Ersticken. Edvard fragte sich, ob es seine Mutter wohl gewusst hatte, dass er nie ein Flugzeug geflogen hatte, dass ihr Pilot des Lebens ein Angeber und Feigling gewesen war. Ob sie Edvard deshalb angelogen hatte, um ihm seinen Vater zu retten.

Lemskø faltete die Hände.

»Willst du für Tochter nicht besonders sein? Du solltest nicht verurteilen. Darf ich fragen, warum du alles wissen willst? Warum du hier bist?«

Alva legte ihre Hand auf Edvards Arm. Vielleicht brauchte er wieder eine Berührung. Doch er schwieg. Sie zeigte auf das Familienfoto.

»Er hat seinen Vater früh verloren. Er war noch ein Kind, als er bei einem Unfall ums Leben kam.«

Edvard schüttelte den Kopf und strich über Alvas Hand. Er griff in seine Jackentasche und holte noch eine Fotografie hervor, legte sie Rand an Rand zu dem Foto seines Vaters auf den Tisch. Er spielte seinen Trumpf aus, den Trumpf, mit dem er gewinnen und verlieren würde. Es war die Fotografie der schönen Frau und sie blickte Edvard auffordernd an. Sie wollte, dass er ihr die Hand reichte, sie wollte aus dem Bild treten, sie wollte an seiner Seite sitzen und erzählen.

»Das ist selber Ort«, sagte Lemskø über das Bild gebeugt, »aber keine deutsche Frau, keine Luftwaffenhelferin. Hätte sonst Uniform und Abzeichen: einen Kreis mit Blitz. Wurden auch »Blitzmädel« genannt, hat mir Deutscher gesagt, waren wichtig: so viele Männer, so wenig Frauen. Brauchte man *Lustwaffe.* Aber das hier ist norwegische Frau.«

Edvard nickte und drehte das Foto um. Im Licht der Lampe glänzten silbern bleistiftgraue Wörter auf, eine schräg geschriebene Zeile:

Fra J. – alltid.

»Von J. – immer. Es gab viele norwegische Frauen, die mit deutschen Soldaten zusammen waren«, sagte Lemskø und lehnte sich zurück. »Mussten vorsichtig sein, besonders in Stadt. Gingen drei Schritte hinter deutschen Männern, damit niemand sah, dass sie zusammengehörten. Auf dem Lande war es einfacher. Aber Bild ist besonders, weil Zivilisten war nicht erlaubt auf Stützpunkt zu kommen.«

»Die Widmung hatte ich nicht gesehen«, sagte Alva.

»Nach Krieg ging es diesen Frauen schlecht. Waren Verräterinnen, wurden kahlgeschoren, damit jeder sehen konnte, dass sie Deutschhure waren. Viele haben sich Leben genommen. Es gab aber auch Freundschaften zwischen Norwegern und Deutschen über Krieg hinaus. Gerade auf dem Lande. Familien haben sich gegenseitig besucht.«

Alva sah Edvard in die Augen. Er hat euch wegen dieser Frau verlassen, dachte sie, hat alles aufgegeben für ein Leben mit ihr. Alles für ein *Immer – alltid.*

Sie nahm das Foto seines Vaters, das Gegenstück zu dem Bild der schönen Frau. Es muss derselbe Tag gewesen sein, auch er stand an der Baracke, dasselbe Licht, dieselbe Perspektive. Alva drehte das Foto um, aber sie wusste, sie würde keine Widmung finden. *Til J. – alltid* stünde auf dem Foto, das die Frau bekommen hat. Sie hatten es sich versprochen.

»Du musst mir ganze Geschichte erzählen«, sagte Lemskø, »Ihr bleibt doch über Nacht? Ich habe Betten für Fall, dass Söhne kommen. Ich mache noch mehr Wein auf.«

Alva lag schon zwischen Regalen auf einer Schlafcouch im ersten Stock. Sie hatte mit Lina telefoniert, die froh gewesen war, dass ihr Wal Mama wirklich erreicht hatte. Die Gute Nacht Geschichte von den struppigen Troll-Frauen, die im dunklen Wald auf Männersuche waren, hätte sich Alva allerdings sparen sollen. Kein Auge würde Lina danach zutun und Oma müsste sie wieder trösten.

Alva zog sich die dicke Decke bis zum Kinn. Ihr war kalt, schrecklich kalt. Sie schloss die Augen – da hörte sie von unten aus dem Musikzimmer das Klavierspiel. Kein Lied, keine Melodie, kein Rhythmus, nur Klang.

Lemskøs Frau sitzt jetzt bei ihnen im Musikzimmer, dachte sie. Immer hatte Alva daran geglaubt, dass sich die Menschen finden, die füreinander bestimmt sind. Zufall ist keine Erklärung. Man kann auf einer Wiese voller Kleeblätter zufällig ein vierblätteriges finden oder am Strand unter Millionen von Kieseln einen Bernstein. Aber den Menschen, den man liebt, den findet man nicht zufällig. Damals hatte sie geglaubt, Tom sei für sie bestimmt. Sie hatte geglaubt, er würde sie bewahren und halten und wann immer sie sich bräuchte, gäbe er sie zurück, heil geblieben von diesem beschissenen Leben. Vielleicht hätte es Lina nie geben dürfen. Es war ein Fehler, zu meinen, Tom könne sie stärken. Sie würde bei ihm wachsen und könnte sich teilen – könnte noch jemanden lieben, der sie nicht bewahrt, sondern verbraucht. Ein Kind. Vielleicht hatte es mit Tom aber auch schon vor Lina nicht mehr gestimmt, dachte sie. Sie hätte aufmerksamer sein sollen, hatte nicht auf die Augenblicke geachtet, als sie sich vermisst hat, in seinen Armen suchte und nicht fand. Gefühle ändern sich, auf Gefühle ist kein Verlass, sagte Tom, aber an ihre Stelle treten Vertrauen, Verlässlichkeit, das sind alles Gründe, den anderen zu lieben. Wer braucht denn Gründe für die Liebe? Liebe braucht kein »weil«, sondern ein »trotzdem«! Es ist kein Zufall, dass es Lina gibt, dachte sie.

Alva fiel in einen wachen Schlaf. In ihrem heißen Kopf hörte es nicht auf zu denken. Sie wollte alle ihre Gedanken festhalten, aber sie verloren sich zwischen den Klaviertönen, die von unten in den Schlaf drangen, Töne, die eine Harmonie versprachen, die sich nicht erfüllte.

Edvard schlug mit den Fingern einer Hand die Tasten an, während die anderen sein Weinglas hielten. »Ich habe die Schwärme auf Notenpapier festgehalten, den Flug der Gänse notiert, wie sich die Formationen verändern. Jeder Vogel war eine Note auf der Linie – absteigend oder aufsteigend.«

»Manchmal«, sagte er, sah dabei Lemskø an, aber sein Blick war in weite Ferne gerichtet, »glich der Schwarm am Himmel wehenden Mantelschößen. Und im nächsten Moment wurde er zu einem Trichter, um einen Augenblick später als Pfeil über den Himmel zu ziehen.«

Edvard hatte die Veränderungen gebannt, hatte auf dem Deich gestanden, die Vögel auf große Bögen Notenpapier getupft. Aber das hatte ihm noch nicht gereicht. Nach Feierabend setzte er in der Druckerei die Veränderungen in Blei, druckte sie, band sie zu Folianten. Immer mehr Bände wurden es. Denn Augen und Hand waren zu langsam. Er konnte nur die Sekunden einer Formation festhalten, es fehlten ihm die Zwischenbilder. Es fehlte, wie der Mantel ausfranste. Es fehlte, wie sich der Trichter verengte, wie daraus ein Pfeil wurde. Die Veränderungen waren nur Zustände, keine Bewegung, keine Musik. Doch mit jedem Band glaubte Edvard, dem Ziel näher zu kommen, waren seine Augen und die Hand schneller geworden. Und irgendwann, da war er sich sicher, würden sich alle Bände zu einem einzigen fügen, der die Musik des Fluges war.

Dann sei er ja auch ein Sammler, sagte Lemskø. Und sie hatten nur noch eine Flasche Wein, als er an eines seiner Regale trat und zwei schmale schwarz kartonierte Notizbücher herauszog.

»Tagebücher meines Vaters«, sagte Lemskø.

»Ich hatte immer geglaubt, mein Vater habe auch Tagebuch geschrieben«, sagte Edvard, »ich habe im Schuppen überall nach ihnen gesucht. Aber nichts gefunden.«

»Tagebücher lässt man nicht zurück. Man nimmt sie mit ins Grab. Diese beginnen 1945. Ich habe mich immer gefragt, warum mein Vater sie hinterlassen hat. Sie wurden Herz von Sammlung. Sie sind Stein, der in Wasser gefallen und Kreise zog.«

Lemskø gab sie nicht aus der Hand, aber er schlug sie auf und ließ Edvard einen Blick hineinwerfen. Engzeilig beschrieben, in Ameisenschrift, Lemskøs Vater, der Pastor, musste ein bescheidener Mann gewesen sein. Lemskø erzählte, dass sein Vater nach dem Krieg als Seelsorger den zum Tode verurteilten Verrätern beigestanden habe. Sechs Jahre hätten die Gerichtsverfahren gedauert. Über sechstausend Norweger seien in der Waffen-SS gewesen. Noch mehr in die Partei eingetreten. Siebenunddreißig Todesurteile habe es gegen norwegische Kollaborateure gegeben. Sie hatten ihr Land und ihre Mitbürger verraten, den Nazis ans Messer geliefert, die Schlimmsten hätten gefoltert und gemordet. Die *Quislinge* mussten hart bestraft werden. Aber alle waren Menschen. Und Gott kennt Vergebung für alle. Sein Vater sei daran fast zerbrochen, das stehe in den Büchern. Aber als Pastor durfte er nicht darüber sprechen, er hatte sein Gelübde einzuhalten. Und auch er, sein Sohn, musste darüber schweigen, was sein Vater aufgeschrieben hatte, was ihm die Verurteilten gesagt hatten, in ihren Zellen, im Angesichts des Todes. Aber er konnte selbst mit Menschen sprechen, die Verräter waren und noch lebten. Er konnte ihre Geschichten sammeln, ihre Leben in Ordnern und Kartons. Regale voll. Und er wollte auch die deutschen Soldaten kennen, die in sein Land gekommen waren, im Glauben, sie wären Freunde; die von russischen Gefangenen Straßen bauen, Schienen legen ließen, auf denen heute noch gefahren wurde; die sein Land scheinbar geliebt, wie sie immer sagten, es aber vergewaltigt hätten. Er wolle es verstehen können – so wie es auch Edvard verstehen wolle, was aus seinem Vater wurde, warum er seine Familie verlassen hat.

»Du musst an Ort, wo für deinen Vater alles begonnen hat«, sagte Lemskø und hielt inne. Er wusste, wo dieser Ort war. Ja, er war sogar schon einmal dort gewesen. Er bat Edvard noch einmal um die Fotografien des Vaters an der Baracke und tippte aufgeregt auf einen Berg, der darauf im Hintergrund zu sehen war.

»Das ist der Elefant!« Lemskø schlug sich an die Stirn. »Dass ich nicht sofort gesehen habe …!«

Mit seinem Sohn, der in Bergen lebe, sei er einmal dort gewesen. Es gäbe da ein Museum. Die Insel *Herdla,* vor Bergen gelegen, sei ein wichtiger Stützpunkt der Luftwaffe gewesen. Der Berg wurde von den Piloten »Elefant« genannt, weil er wie der Rücken eines Elefanten aussehe. Mitsommer träfen sich dort regelmäßig Deutsche, Engländer und Norweger. Ein freundschaftliches Fest ehemaliger Feinde. Edvard könnte vielleicht morgen schon mit einem Mann sprechen, der als einziger noch etwas von damals wüsste. Eine einmalige Gelegenheit. Was für ein Glück!

Lemskø ging an ein Regal, nahm einen Karton heraus und öffnete den Deckel. Die Titelseite einer Zeitung lang obenauf, das groteske Foto eines Greises, mit Fliegerkappe und Ledercombi.

»Er wird der *Eismeerjäger* genannt«, sagte Lemskø.

Die Glocke der weißen Kirche schlug sechs Uhr, als Edvard Alva weckte. Sie sah ihn aus verquollenen Augen an.

»Du siehst erbärmlich aus!«, sagte Edvard und begann, ihre verstreuten Sachen in die Reisetasche zu sammeln.

»Was machst du da?«

»Wir müssen los, wir haben viel vor. In zwei Stunden fliegen wir nach Bergen. Ich kann vielleicht jemanden treffen, der etwas über meinen Vater weiß. Eine einmalige Gelegenheit, Alva! Stell dir vor: ich habe mal Glück!«

Sie rappelte sich hoch und stöhnte.

Edvard zog den Reißverschluss ihrer Tasche zu: »Du kommst doch mit, oder? Ich … ich bin noch nie geflogen.«

Alva nickte müde: »Ja, klar.«

»Wir besuchen davor auch noch deinen magischen Ort. Das Reich der Toten«, sagte Edvard strahlend und warf die Arbeitskladde auf ihr Bett. »Es ist nicht weit. Isak fährt uns.«

»Isak?«

»Lemskø!«

Alvas Gesicht glühte. Edvard legte seine Hand auf ihre

Stirn. »Aber du hast ja Fieber. Dann bleiben wir wohl besser hier.«

»Kommt überhaupt nicht in Frage. Nur eine Erkältung. Hast du eine Aspirin für mich?«

»Drei Packungen.«

Wann geht’s los?«

»Jetzt.«

In eine karierte Decke gewickelt lag Alva auf der Rückbank, als hätte man sie nach einem Unfall an der Straße gefunden. Sie spürte die Kurven, sah durch das Fenster den Himmel vorbeizeihen, Edvards weißen Kopf auf der Nackenstütze und wenn sie sich etwas aufrichtete Lemskøs Augen im Rückspiegel. Der Ausdruck *gütige Augen* kam ihr in den Sinn, sie hatte zuvor nicht gewusst, dass es die wirklich gibt. Sie fühlte sich aufgehoben, und es lag am Fieber und der Erinnerung, dass sie »gerettet« dachte. Die Erinnerung an die Fahrt ins Krankenhaus oder nein, es konnte keine Erinnerung sein, sie war noch zu klein gewesen. Vielleicht war es ihr erzählt worden. Vier Jahre alt musste sie gewesen sein, ihre Schwester noch ein Kleinkind. Alva hatte eine Blindarmentzündung, der Hausarzt erkannte es zu spät, und als die Schmerzen unerträglich wurden, sagte ihr Vater, er würde keine Minute länger warten, er fahre jetzt ins Krankenhaus. Alva wollte von ihrer Mutter begleitet werden. Vati kann doch hier bei Emma sein, sagte sie. Aber die Mutter wollte bei der kleinen Emma bleiben. Sie bekommt einen Schreck, wenn sie aufwacht und ich nicht da bin, sagte sie. Und wir können doch noch warten, der

Arzt hat doch auf Alvas Bauch gedrückt und sie hat nicht geschrien. Wir haben schon zu lange gewartet, sagte der Vater und trug Alva vorsichtig ins Auto, packte sie auf den Rücksitz und fuhr los. Sie wurde operiert. Gerettet. Ja, ihr Vater hatte es erzählt, nach der Trennung von der Mutter, um zu beweisen, dass er sich um Alva gekümmert habe. Und ja, die Mutter hatte es ihr erzählt, um zu zeigen, dass es der einzige Moment gewesen war, in dem ihr Mann einmal für sein Kind dagewesen sei. In Alvas Kopf ging alles durcheinander.

Lemskø fuhr langsamer, Edvard drehte den Kopf zu ihr nach hinten: »Rentiere!«, sagte er wie zu einem Kind. Sie hielten an, und Edvard öffnete hinten die Wagentür: »Sieh mal«, flüsterte er, als könnte seine Stimme die Tiere vertreiben.

Alva hob den Kopf, kühle feuchte Luft kroch unter ihre Wolldecke. Längs der Straße lag in Haufen schmutzig schwarzer Schnee. Die Herde Rentiere graste entfernt auf der Ebene, Geweihe und Felsen spitzten in den Himmel, ein See lag in milchigem Licht, eine Hütte am Ufer.

»Sami leben hier«, sagte Lemskø. »Altes Volk. Ureinwohner, die immer kämpfen müssen. Um ihr Recht.«

Alva hatte die Bilder der farbenprächtigen Trachten vor Augen, aber sie fotografierte aus dem Auto heraus eine menschenleere Landschaft in braungrünen Tönen. Für ihre Arbeit müsste sie jetzt diese Menschen aufspüren, müsste Gespräche mit ihnen führen – Lemskø könnte übersetzen. Den ganzen Tag würden sie hier verbringen, das wäre großartiges Material. Sie würde das schon hinkriegen, trotz

Erkältung. Doch allein der Gedanke, aus dem Auto zu steigen, ihre Welt zu betreten, um sie später den Kollegen zu präsentieren, war ihr zuwider. Aus einem kleinen schwarzen Lautsprecher würde sie die Sehnsuchtsgesänge der Sami abspielen, dazu auf der Leinwand im Jalousien-Licht des Konferenzraumes Frauen, Kinder und Männer zeigen, gezeichnet vom Traum, nichts anderes, als sie selbst sein zu dürfen. Aber nichts von der Sehnsucht und dem Traum würde sich in den Gesichtern der Kollegen spiegeln. Da wäre nur das leise Quietschen der Freischwinger-Stühle, und Alva würde wie so oft die Unruhe der Anderen spüren. Dieses: »wir sollten jetzt eigentlich nicht hier sein – wir bräuchten jetzt eigentlich etwas anderes.« Was braucht man wirklich? Die Sami brauchen diesen Flecken Erde, dachte Alva. Lina braucht mich. Edvard braucht mich. Bliebe ich hier, würde er die Gelegenheit verpassen, etwas über seinen Vater zu erfahren. Weil er womöglich den Mut nicht hätte, ohne mich nach Bergen zu fliegen. Es durfte keine Rolle spielen, was sie brauchte, wenn sie gebraucht wurde. *And at once I knew I was not magnificent* – die Textstelle hatte Tom immer laut mitgesungen, wann immer sie das Stück von *Bon Iver* gehört hatten. *Holocene* war die Zugabe beim Konzert gewesen; dem Konzert, das sie besucht hatten, als sie schon kein Paar mehr gewesen waren. Er hatte den Text hinausgeschrien. In Alvas Kopf ging wirklich alles durcheinander.

Gegen halb sieben erreichten sie Skarsvåg, Um diese Zeit war der Ort wie ausgestorben. Aber vor einigen der kleinen Hütten am Campingplatz hing bunte zum Trocknen aufgehängte Wäsche, als würden dort exotische Blumen blühen. Sie stellten das Auto ab.

»Letztes Stück bis Kirkeporten nur zu Fuß – wird es gehen?« Lemskø sah Alva an und runzelte die Stirn.

»Ich hak mich bei euch ein.« Alva fühlte sich seltsam leicht, wie eine zerrupfte Möwenfeder, aber ihre Beine trugen.

Edvard legte die Wolldecke über ihre Schulter: »Indianerin.«

Sie nahmen den einfachen Weg am Berg vorbei und als sie die Felsenküste erreichten, zerschnitt die Sonne den Dunst in Wolkenfetzen. Durch die gebogene Öffnung inmitten des Steinmassivs erschien glasklar über dem Wasser der Felsen des Nordkaps.

»Kirkeporten war Opferstätte von Sami«, sagte Lemskø. »Für Tote in der Unterwelt. Seelen nicht tot. Seelen erscheinen in unserer Welt, wir sehen sie als Nordlicht.«

Alva stieg auf den Felsen, trat in das Portal. Sie machte Fotos, aber sie dachte an Lina und ihre schwarzen toten Strichmännchen, die zuhause am Kühlschrank hingen. Am Nachmittag wäre der Elternsprechtag in der Kita gewesen.

»Lasst uns gehen«, sagte sie. »Das ist heute kein guter Ort für mich.«

Edvard und Lemskø sahen sich an.

»Ja, lasst uns gehen«, sagte Lemskø, »Flugzeug wartet nicht.«

Die Startbahn in Honningsvåg war nur achthundert Meter lang und endete im Meer. Edvard tastete noch einmal nach der Gurtschnalle und drückte sich in den Sitz, bevor ihm das Flugzeug zuvorkommen konnte. Blickte er aus dem Fenster, was er vermeiden wollte und trotzdem tat, sah er an der Leitfläche entlang, hinter dem verschwommenen Propellerkreis den Stockfisch vorbeiziehen. Aber es waren nicht die Gestelle, es waren Zäune vor grauen Bretterbuden und Fischerbooten, aufgehängte Netze und graue Streifen Stein, was schneller und schneller, unwichtiger und vorläufiger wurde, weil es hoffnungslos am Boden bleiben musste, während sie selbst dazu bestimmt waren, das alles weit hinter sich zu lassen, weil sie in den Himmel flögen.

Alva las, den fiebrigen Kopf an Edvards Schulter gelehnt, in ihrer Arbeitskladde. »Nach samischem Glauben ist die Welt dreigeteilt«, sagte sie leise, »in eine untere, eine mittlere und eine Oberwelt. Die Götter bewohnen die obere, Menschen die mittlere, das ist die körperliche. Die Toten leben in der Unterwelt. Und wir haben auch drei Seelen. Die geistige, mit der wir Götter schauen, die mittlere, die unseren Körper steuert und die »Namensseele«. Sie bekommen wir aus der Unterwelt, im Moment, wenn einem Neugeborenen ein Name gegeben wird. Mit ihr werden uns die Kraft und die Fähigkeiten unserer Ahnen übergeben.«

»Und ihre Schuld«, sagte Edvard.

Er sah aus dem runden Fenster ins Bodenlose. Sein Vater war kein Pilot gewesen. Er wäre auch nie einer geworden. Edvard leckte sich die trockenen Lippen. Das Flugzeug klapperte.

»Ruhiger Flug nach Bergen und dann kurzer Weg zu Insel Herdla. Ach, Alva, kennst du magischen Ort Finnskogen?«, fragte Lemskø aus der Reihe vor ihnen und wartete keine Antwort ab, »Immer wieder hört man dort von Flugzeugen, die keine Zeichen oder Namen tragen. Kreisen über Ort und verschwinden einfach. Von keinem Flugplatz gestartet. Und mitten im Wald auf schwedischer Seite ist auf Boden ein Kreuz, aus verschiedener Erde deutlich zu sehen. Und trägt man Erde ab, ist es nach ein paar Wochen wieder da. Es wächst nichts in dieser Erde.«

»Toll!«, sagte Alva.

Aber Edvard wollte von verschwindenden Flugzeugen und Kreuzen nichts hören. Er schwitzte und klammerte sich an Alvas Handgelenk.

»Was ich dir noch sagen wollte …«

Alva sah ihn fragend an.

»… ich habe keinen Führerschein.«

Sie versteckte ihr Schmunzeln hinter der anderen Hand. Sie müsste jetzt wohl sagen: »Und ich heiße Bianca«. Aber das ginge wirklich zu weit.

Das skelettierte Leitwerk, der Rumpf und die Tragflächen löchrig. Wie ein Fossil aus prähistorischer Zeit hing das Flugzeug an Stahlseilen aufgehängt und abgestützt in der Museumshalle. Man hatte das Wrack aus dem Meer geborgen und restauriert, was zu restaurieren war, und nun galt das *Gul-16* als eine Attraktion der Ausstellung. Edvard kannte alle Einzelteile des Jagdflugzeuges, er hatte es schon gebaut, und als hätte sich sein Modell im Kinderzimmer durch einen Zauber in ein richtiges Flugzeug verwandelt und als wäre er damit klapprig durch die Zeit gereist, stand er jetzt da – gerade gelandet, in ein Blitzlichtgewitter und Stimmengewirr hinein, hinter Rücken, die sich streckten, erhobenen Händen, die über Köpfe hinweg Kameras hielten, um ein Bild einzufangen. Doch Edvard wusste, nicht das Flugzeug war die Sensation. Er drängte sich durch die Reihen nach vorne zum Bug des Flugzeuges, wo Hände ins Leere griffen. Am Wrack war kein Propeller, der angeworfen werden konnte, der alte Mann in Fliegerjacke machte nur Spaß für die Fotografen. Es war die Pose auf seinen Autogrammkarten. An der Maschine auf dem Flugfeld steht er da, als junger Held, vor fast siebzig Jahren. Der Aetherpirat wurde bewundert, damals und heute.

Edvard stellte sich in die Schlange der Autogrammjäger. Junge Leute. Aus ganz Europa seien sie gekommen, hört er einen sagen, um den Eismeerjäger zu feiern, den Draufgänger und Teufelskerl. »Even from England! We're not longer enemies! You're all heroes!«, hörte es Edvard rufen. Viele seien es ja nicht mehr, die Helden sterben aus, sagte ein junger Mann, der in der Schlange vor Edvard stand und ihm nun stolz seine signierte Karte zeigte. Edvard war an der Reihe. Der Eismeerjäger nahm die Fotografien, setzte schon seinen Stift darauf.

Er starrte Edvard an.

»Der Eismeerjäger hat die Fotos erkannt«, sagte Alva, die zusammen mit Lemskø abseits an den Stellwänden stand, auf denen die Bergung des Wracks dokumentiert war. Sie machte einen Schritt in Edvards Richtung, doch Lemskø ergriff ihren Arm und hielt sie zurück.

»Wir werden erfahren, was Männer besprechen. Besser wir lassen sie jetzt in Ruhe. Gehen wir nach draußen. Da wird großes Feuer für Sankt-Hans gemacht. Mittsommer, heute längster Tag.«

Sie traten aus dem Museum. Und während Lemskø seine schwarze Jacke öffnete und die Weste aufknöpfte, verschränkte Alva ihre Arme um sich zu wärmen. Ihr war immer noch kalt und ihr Kopf schmerzte.

»Wir sind in Sommer geflogen«, sagte Lemskø.

Vögel zwitscherten und während in der Luft Honnigsvågs der Geruch von eisiger Weite und Fremde gelegen hatte, duftete es hier heimelig nach Gräsern und Meer. Der Berg mit dem Elefantenrücken erhob sich blau hinter der weiten Ebene. Davor stand eine Rauchfahne über den ehemaligen Rollbahnen, die längst ein krautig überwuchertes Feld waren.

Lemskø sah Alva besorgt an. »dir geht es nicht besser.«

Alva winkte ab. »Nur die Erkältung. Was ist das hier eigentlich für eine merkwürdige Veranstaltung? Was soll der Kult um diesen Piloten?«

»Person steht für Abenteuer und große Taten.«

»Für Krieg!«

»Junge Leute denken nicht an Krieg. Sehen nur eigenes kleines Leben und wollen größeres.«

»Ich habe genug mit meinem kleinen Leben zu tun.«

»Hast du Mann und Kinder?«

Alva schüttelte den Kopf. »Ja, doch. Eine Tochter.«

»Familie ist Wichtigstes«, sagte Lemskø, »Große Aufgabe im Leben, Familie durchzubringen. Wurzeln zu haben. Hier auf Herdla lebten hundertzwanzig Menschen. Familien in Generation hatten sich angesiedelt. Größter Hof der Westküste stand hier. War fruchtbares Ackerland, auf flacher Ebene, wohin Auge reichte. Dann kamen Deutsche.«

»Solche wie der Eismeerjäger«, sagte Alva.

Lemskø hob hilflos die Schultern und nickte.

»Alle Bewohner mussten Insel verlassen, hatten nur wenige Tage Zeit. Soldaten entfernten Erdreich und warfen es ins Meer. Wo Acker war, wurden Holzplanken für Flugfeld gelegt.«

Er stampfte mit den Füßen auf den Boden.

»Und sie haben Insel untertunnelt, Räume in zwanzig Meter Tiefe, Tunnels bis hinunter zum Meer. Die meisten sind geschlossen, wegen Sicherheit.«

Er bückte sich und pflückte neben seinem Schuh eine lila Blume, die er beinahe zertreten hätte.

»Besonders schön«, sagte Lemskø und reichte sie Alva. »Alter Glaube sagt, dass junge Mädchen heute an Sankt-Hans Pflanzen pflücken soll und in dieser Nacht unter Kopfkissen legen muss. Dann träumt sie von Mann, den sie heiratet.«

»Danke, Isak. Ich werde daran denken«, sagte Alva und dachte: wenn es so einfach wäre.

»Du bist also der Sohn von Oskar. Das haut mich um. Ich wusste nicht, dass er ein Kind hat.« Der Eismeerjäger sprach mit Edvard, ohne ihn anzusehen. Unverwandt blickte er aus seinen kleinen faltige Augen auf die Fotografien. Sofort nach der Begegnung am Flugzeug, noch bevor Edvard etwas sagen konnte, hatte er sich bei den noch wartenden Autogramjägern entschuldigt – »Wir sehen uns ja nachher am Feuer, ihr kommt doch alle?« – und war dann mit Edvard in die Cafeteria verschwunden. Er setzte sich schräg auf den Stuhl und fingerte einen zerbeulten Flachmann aus der Hosentasche.

»Hab ich noch von damals, das gute Stück.«

Er schraubte den Flachmann auf, rieb mit dem Korken daran und nahm einen Schluck.

»Hier.«

Edvard griff nach der Flasche, spürte das stumpfe Metall des Krieges in seinen Händen, vom Körper angewärmt. Der Schnaps schmeckte sprittig und machte sofort Hitze.

»Es ist eine Ewigkeit her, seit ich deinen Vater und Jenni das letzte Mal gesehen habe. Bestimmt mehr als zwanzig Jahre. Das war in Bergen auf dem Fløyen. Es war Zufall, da war irgendwo eine Veranstaltung und ich war eingeladen. Ich traute meinen Augen nicht, als ich Oskar und Jenni sah.«

Fra J. … Jenni hatte sie also geheißen. Edvard nahm noch einen Schluck. Der Eismeerjäger legte den Kopf schief.

»Du weißt gar nichts, oder? Du kennst die Geschichte nicht.«

»Ich war zehn Jahre alt, als er uns verließ… ich glaubte, er sei tot.«

Der Eismeerjäger rückte seinen Stuhl nach hinten, stand auf und zog mit einem Ruck am Bund die Hose hoch.

»Lass uns zu den anderen zum Feuer gehen, ich erzähle dir alles auf dem Weg.«

Edvard rührte sich nicht vom Platz.

»Was ist?«, fragte der Eismeerjäger.

»Lebt mein Vater noch?«

»Ich weiß es nicht. Wir hatten keinen Kontakt mehr, seit unserer Begegnung in Bergen. Er gab mir seine Adresse. Ich habe sie noch. Aber ich habe mich nie bei ihm gemeldet. Eines weiß ich aber: wenn er nicht mehr lebt, dann lebt Jenni auch nicht mehr. Oder umgekehrt. Bei ihnen konnte keiner ohne den anderen sein.«

Die See färbte die Berge blau. «Blue Mountains« hatten die Engländer sie genannt. Die Engländer! Der alte Mann kam ins Erzählen.

»Die hatten Schiss vor uns, sag ich dir! Wir waren die Eismeerjäger! Wir waren immer bereit! Wir stellten die Sessel aus den Häusern heraus, direkt ans Flugfeld. Da saßen wir und warteten. Wurde dann Alarm gegeben, blieben noch drei Minuten, um in die Flugzeuge zu springen, die Motoren anzuwerfen und abzuheben. Drei Minuten! Pilot zu sein war etwas Besonderes.«

»Mein Vater war kein Pilot.«

»Nein, Oskar war Gefreiter, einer von der Flak, der am Geschütz stand und den Himmel sauber hielt. Aber dein Vater war ein echter Kamerad. Er hat mir das Leben gerettet.«

Edvard sah schon den Feuerschein, als der Eismeerjäger stehenblieb.

»Du hast das Foto mit der Focke Wulff, die im Wasser liegt. Das war meine Maschine. Es war ein Unfall. Er kostete mich fast das Leben. Es war strenger Frost gewesen. Die hölzernen Planken des Flugfeldes waren gefroren und sehr rutschig. Das war immer gefährlich. Man brachte die Maschine zwar herunter, konnte aber nicht richtig bremsen. Und mir ist es dann auch passiert, ich rutschte über die Bahn hinaus ins eiskalte Wasser. Das Cockpit unter der Wasseroberfläche, ich konnte mich nicht befreien. Hätte dein Vater nicht gehandelt. Er sah, was passiert war, sprang ohne zu überlegen ins Wasser, brach das Cockpit auf und holte mich heraus. In letzter Minute.«

Der Eismeerjäger sah Edvard an, als müsste er verstehen.

»Und was hat das alles mit Jenni zu tun?«

»Jenni gehörte zu einem Hof auf einer der Nachbarinseln«, erzählte der Eismeerjäger. »Sie und Oskar hatten sich ineinander verliebt. Das war für uns kein Problem. Viele hatten Norwegerinnen als Freundinnen. Wir Piloten schenkten den Frauen Fallschirmseide, die war sehr begehrt. Also die norwegische Bevölkerung musste uns Deutschen versorgen. Sie brachten Fische und andere Lebensmittel auf die Insel. So lernten sich dein Vater und Jenni kennen. Sie trafen sich dann regelmäßig, im Geheimen natürlich. Die norwegischen Frauen durften sich ja nicht einlassen mit uns, dem Feind. So blieb den beiden immer nur wenig Zeit. Gestohlene Zeit, solange die gelieferten Sachen verteilt und eingelagert wurden. Dann musste sie mit den anderen wieder verschwinden. Aber einmal blieb Jenni einfach hier. Verließ die Insel nicht gemeinsam mit ihren Landsleuten. Ich weiß nicht, wie sie es gedeichselt hat. Sie war jedenfalls den Abend und die Nacht hier. Und sie war bei deinem Vater an seiner Stellung! Das war auf dem Stützpunkt natürlich streng verboten und wurde hart bestraft. Wenn man sie erwischt hätte, sie hätte mit ihrer Deportation rechnen müssen und Oskar mit einem Verfahren. Doch ich half, es zu vertuschen. Aus Dankbarkeit. Es hat Jenni das Leben gerettet, dass sie an jenem Abend hier war.«

Sie hörten Gitarrenmusik und Stimmen.

»Heute wird niemand schlafen gehen«, sagte der Eismeerjäger und reichte Edvard den Schnaps. »Trink ihn aus. Mir werden schon alle Hosen zu weit. So viele Löcher wie ich brauche, können meine Gürtel gar nicht haben. Sogar mein Kopf ist geschrumpft. Ich kann diese Fliegerkappen nicht mehr tragen. Es sieht lächerlich aus.«

»Wieso hat es Jenni das Leben gerettet, hier bei meinem Vater zu sein?«

»Hier von der Westküste aus schmuggelten die Norweger auf Fischerbooten Flüchtlinge nach Shettland. Flüchtlinge und Norweger, die zur britischen Armee wollten, um für ihr Land zu kämpfen. Auch von Jennis Insel aus gab es solche Kutter. Aber irgendeiner aus ihren eigenen Reihen hat die Flüchtlingshelfer an uns Deutsche verraten und an dem Abend, als Jenni bei Oskar war, kam ein deutsches Kommando in Jennis Dorf, um das Flüchtlingsnest auszuheben. Zwei deutsche Offiziere starben dabei und es gab eine schreckliche Strafaktion. Alle Flüchtlingshelfer wurden in das KZ Sachsenhausen deportiert und ihr Dorf wurde dem Erdboden gleichgemacht. Auch Jennis Familie war betroffen. Aber Jenni selbst war am Abend der Strafaktion in Sicherheit, weil sie bei Oskar gewesen war. Beim Feind! Kannst du dir vorstellen, was das für sie bedeutet hat? Nicht das Schicksal der eigenen Leute geteilt zu haben, weil sie beim Feind gewesen war? Sie wurde dafür gehasst! Und trotzdem hat sie nie aufgehört, deinen Vater zu lieben. Und er sie.«

»Und nach dem Krieg? Wie ging es weiter?«

»Dein Vater, wir alle, kamen in Gefangenschaft. Ich denke, Jenni muss unter ihren Landsleuten furchtbar gelitten haben. Wie die beiden wieder zusammenkamen, weiß ich nicht. Er hat darüber nicht gesprochen, als wir uns in Bergen sahen. Du hast gesagt, Oskar sei oft unterwegs gewesen. Er hat sie wahrscheinlich gesucht. Und irgendwann hat er sie gefunden. Aber vielleicht kannst du ihn selber fragen.«

Der Eismeerjäger zog ein kleines Adressbuch aus seiner

Lederjacke. Er blätterte darin, riss eine Seite heraus und gab sie Edvard.

»Die sind alle tot, die auf der Seite stehen. Aber vielleicht lebt dein Vater ja noch.«

Edvard las: Oskar Bergson. Er hatte sich einen anderen Namen gegeben.

Die Flammen schlugen meterhoch. Edvard konnte sich jetzt nicht zu den anderen in die Runde setzen. Er sah Alva, die lachend einem jungen Mann neben ihr die Ohrhörer gab. Aber der junge Kerl rückte von ihr weg, damit das Kabel spannte und sie nachrücken musste. Immer wieder, immer ein Stück näher an seine Seite. Anscheinend geht es ihr wieder besser, dachte Edvard. Er sah Lemskø, der mit einer Gruppe Engländer sprach. Ihre Geschichten würden neue Kartons in seiner Sammlung füllen und er würde ein Regal mehr brauchen. Nein, er könnte jetzt nicht bei ihnen sitzen.

»Ich möchte den Ort sehen, wo die Fotos aufgenommen wurden. Die Fotos von meinem Vater und Jenni, die Aufnahmen von dem Abend, als Jenni bei ihm war«, sagte Edvard.

»Es ist die Geschützstellung am Felsenhohlgang. Die Jungs können sie dir zeigen.«

Der Eismeerjäger gab einer Gruppe Männern in der Runde ein Zeichen und sie redeten. Edvard folgte ihrem Wink. Sie kennen die Insel wie ihre Westentasche, sagten sie. Dort, zeigte einer mit dem Finger, dort müsste es gewesen sein, ganz nah am Wasser.

Spiegelblank und still lag das Meer. Alva sollte dabei

sein, dachte Edvard und sah sich noch einmal nach ihr um. »Die ist beschäftigt«, sagte einer und lachte. Und mit ihm lachten alle und tranken aus ihren Flaschen. Die Männer standen auf, griffen Edvard unter die Achseln, mit festem Griff. »Ist es nicht schön, wenn sich etwas erfüllt, worauf man so lange gewartet hat?«, fragte der Eismeerjäger und prostete den anderen zu.

Edvard schwankte. Die Männer nahmen ihn in ihre Mitte, hakten ihn unter, zogen an ihm. Zuerst gingen sie langsam, vorsichtig über quer liegende Stämme, suchten festen Tritt, duckten sich unter Ästen weg, wo einmal ein Weg gewesen war. Sie schwatzten. Edvard wandte sich um und sah bald nur noch den vagen Schein des Feuers. Jetzt stolperte er den Männern hinterher. »Vorsicht, alter Mann!«, hörte er einmal einen sagen und »Du musst gut achtgeben, wo du hintrittst. Die Insel ist durchlöchert wie ein Käse.«

Edvard blickte auf seine neuen Schuhe. Sie waren schon schmutzig und zerkratzt. Es fühlte sich wie Glück an.

Er musste oft stehenbleiben, hielt sich mit einer Hand am Baum, schwitzte, schnaufte mächtig in sich hinein. Er sah nur noch die Rücken der Männer, da waren keine Hände mehr, die ihn stützen. Er hörte ihre Stimmen, Satzfetzen blieben im dichten Gestrüpp hängen, aber nicht für ihn. Die Männer lachten. Einer drehte sich noch einmal um, wedelte mit den Händen, als würden sie nicht zu ihm gehören: »Da drüben ist es, gleich da drüben, bei der Bretterwand.« Der Abend war hell, aber in Edvards Augen sammelte sich der Schweiß. Er sah in die Richtung, die der

Mann wies, doch er konnte keine Bretterwand erkennen. »Wo? Wo denn?«, rief er. Doch der Mann sprang über einen Baumstumpf, rief den anderen zu: »Kommt, wir gehen schwimmen!« Sie johlten, schlugen im Laufschritt Haken wischen den Birken, die aufgestellt standen, als wären sie Teile eines Spiels. Sie sind so jung, kam Edvard in den Sinn, sie haben noch nichts zu bereuen.

Edvard sah die Männer nicht mehr. Es war still. Er ging weiter, drehte sich im Kreis, suchte, wusste nicht wohin. Das Holz knackte trocken unter seinen Schritten und das Geräusch ließ ihn an brechende Knochen denken. Aber sein Körper war immer heil und ganz geblieben und dabei alt geworden. Das Leben hatte ihn verschont. Als hätte sich Edvard alles für diesen Moment aufgespart und für jenen Ort, wo sich die Vergangenheit, Gegenwart und Zukunft treffen würden.

Dann, mit einem Mal. Das Herz schlug ihm im Hals, als sein Tritt im krautigen Untergrund gegen einen festen Widerstand stieß. Ein Brett, Bohlen, rotes Ochsenblut schimmerte durch Gräser und Blätter. Die Reste der Baracke. Edvard hielt die Fotografie in Händen: Jenni, an die Wand gelehnt, an derselben Stelle. Meterhohe Birken standen, wo damals der freie Ausblick auf das Wasser gewesen war. Aber das gleiche Licht, derselbe ferne Himmel über dem Elefanten und Jennis Blick gegenwärtig, ganz im Hier und Jetzt. Er wünschte sich, Elsie wäre jetzt bei ihm. Sie stünden, wo sein Vater und Jenni gestanden hatten, und er könnte ihr ein Tuch aus weißer Fallschirmseide schenken.

Er hörte den Ruf seines Namens nicht. Er hörte Lemskøs Stimme nicht, die sich überschlug. Er spürte die Schritte nicht, die den Boden zittern ließen. Alles, was er spürte, war der Schlag seines Herzens. Er hielt es in Händen und es wurde immer leichter und er dachte, dass es viel zu lange schwer gewesen war.

»Edvard …!«

Lemskø winkte, sprang Edvard über Wurzelgeflecht entgegen. Edvard verstand nicht. Es gab doch nichts mehr, was nicht warten konnte.

»Isak …«, wunderte er sich, doch bevor er fragen konnte, griff der schon seine Hand: »Alva … Lina, ihre Tochter – Alva muss nach Berlin! Sofort!«

Edvard rannte. Rannte über die Insel, die ihm nichts mehr bedeutete. Sie war nur noch ein Hindernis, stand ihm im Weg zu Alva. Was war denn passiert? Um Gottes Willen! Lemskøs Worte flogen ihm zu: »Sie hat einen Anruf bekommen. Von Linas Vater – Lina ist verschwunden, weggelaufen.«

Atemlos kamen sie zum Museum. Alva war nicht mehr da. Einer der Gäste sei mit ihr losgefahren, er hatte noch nicht so viel getrunken, sagte der Eismeerjäger, nach Bergen, zum Flughafen. Sie wollte die letzte Maschine nach Berlin erreichen.

Alva war krank. Ihr Körper, ihre Seele, alles war im Fieber und sie fuhr durch eine leere Welt. Scheinwerfer und glühende Rücklichter ohne Sinn. Da war nur noch die Angst, nie mehr irgendwo ankommen zu können. Wenn Lina da nicht war, wohin der Wagen fuhr, wohin das Flugzeug flog, dann würde auch sie selbst nirgendwo mehr sein. Sie blieben an einer roten Ampel stehen.

»Fahr weiter, fahr einfach weiter«, sagte sie dem Fahrer.

»Das kann ich nicht«, sagte er. »Ich versteh dich ja, aber das kann ich nicht.«

Er sah sie an, voller Mitleid. Was bemitleidete er? Er habe auch Kinder, sagte er. Es gäbe nichts Schrecklicheres, als wenn den Kindern etwas zustößt, sagte er und biss sich auf die Zunge. Aber es sei ja bestimmt nichts passiert. Das werde sich schon alles aufklären. Sie werde nach Hause kommen und ihre Tochter würde sie schon erwarten. Wahrscheinlich werde ihr Mann sogar noch vorher anrufen: die Kleine sei wieder da.

Toms Stimme klang noch in ihrem Ohr, so verzweifelt, so einsam. Er sei mit Lina nach der Kita noch in den Park gegangen, auf den Spielplatz. Sie saß auf der Schaukel, er habe sie im Blick gehabt. Nur einen Augenblick lang sei er abgelenkt gewesen von zwei anderen Kindern, die sich gestritten hätten. Da sei er kurz dazwischen gegangen und plötzlich sei Lina nicht mehr auf der Schaukel gewesen. Aber sie konnte ja nicht weit weg sein. Er war zuerst ganz ruhig geblieben, habe sich umgesehen, nach ihr gerufen. Auf dem Spielplatz, auf der Wiese. Dann habe er Passanten gefragt, ob sie Lina gesehen hätten und er habe sie beschrieben, dass sie den roten Anorak trage – »Du weißt ja den roten Anorak, den sie nicht leiden kann« – und da habe er Angst bekommen, weil er fremde Menschen fragen und sie beschreiben musste. Und er fand sie einfach nicht.

Und dann habe er es dem Polizisten gesagt, der da immer Streife geht wegen der Spritzen. Und der hatte ein Funkgerät und dann kam ein Polizeiwagen und alle sahen zu, wie man sie nicht fand. Und Alva hörte Tom zum ersten Mal in ihrem Leben weinen. So weinen, dass er nicht mehr sprechen konnte.

Alva bedankte sich nicht. Sie stieg einfach am Terminal aus, zerrte die Reisetasche aus dem Kofferraum. Das wird schon, rief ihr der Mann am Steuer noch zu. Und Alva dachte: nichts wird schon.

Der Flughafen war aus Glas, aber für sie war alles undurchsichtig. Sie ging kreuz und quer. Es muss noch einen Platz geben. Es muss. Boarding in einer viertel Stunde. Sie fühlte sich krank und leer. Auf einer Spiegelfläche kam sie sich entgegen. Sie sah aus, wie sie sich fühlte. Und das war richtig so, dachte sie, auf eine schreckliche Weise war alles richtig. Die anderen drehten sich nach ihr um. Nur durch Zufall fand sie *Norwegian Airlines.* Berlin – es muss noch einen Platz geben. Es muss.

Alva bekam ein Ticket, sicher nur, weil sie so aussah, wie sie aussah. Die Reisetasche verschwand auf dem Laufband. Sie müsse sich beeilen, boarding in fünfzehn Minuten. Alva lief unter dem gläsernen Himmel zur Kontrolle, sie schwitzte und ihr war kalt. Sie hielt die Boarding-Card unter den Scanner, die Klappen öffneten sich, sie ging hindurch. Einen Moment hielt sie inne. Unmöglich, die Schritte hören zu können, hunderte von Menschen durchquerten die Halle, doch Alva hörte sie ganz deutlich. Riesenschritte in neuen Schuhen. Sie hatte es sich so gewünscht, sie hatte es gehofft, sie hatte es gewusst. Alva drehte sich um, obwohl sie keine Zeit hatte. Ein letzter Schritt, Edvard kam ihr mit ausgestreckten Armen entgegen, umarmte sie über die Schranke hinweg.

Alva vergrub ihr Gesicht in seiner Brust. Er roch ihr Haar, spürte ihr Zittern. Er wollte sie halten bis sie ruhig wurde, aber Alva drückte ihn weg.

»Ich hab keine Zeit mehr …«

»Moment noch.«

Edvard kramte die Trollfigur aus seiner Tasche. Alva nahm die knubbelige Spardose aus seiner Hand. Ihre Augen verschwammen.

»Versprich mir, dass du Elsie den Brief gibst.«

Edvard nickte. Für wen diese Augen weinen, der kann glücklich sein.

Alva drehte sich nicht mehr um. Edvard winkte nicht. Lemskø stand abseits und reckte den Hals, bis sie entfernt vor der Kontrolle in den Reihen Wartender verschwand. Er sah Edvard an.

»Und jetzt? Zur Adresse deines Vaters? Sie ist etwas außerhalb von Bergen.«

Edvard blickte zum Timetable.

»Nein, es ist vorbei.«

»Vorbei? Du willst Suche beenden, kurz vor dem Ziel?«

»Es spielt keine Rolle mehr. Ich weiß jetzt genug über meinen Vater«

Edvard drückte Lemskøs Hand. »Danke, Isak. Danke für alles«.

Hamburg Departure. Es muss noch einen Platz geben, dachte er, es muss.

Das Taxi hielt an der Ecke. Alva bezahlte, der Fahrer öffnete den Kofferraum, stellte ihr die Reisetasche vor die Füße. Der Gurt rutschte auf die Straße, der daran befestigte Gepäckschein kam im Rinnstein zum Liegen. Alva riss ihn ab und warf ihn weg. Die Rücklichter des Taxis leuchteten rot wie die Ampel, die Ampel wurde grün wie das *OPEN* an der Tür des *Späti*. Alva stand allein an der Straße, allein wie der angekettete Postkartenständer vor dem Schaufenster des Buchladens. Sie haben vergessen, ihn über Nacht hereinzuholen, dachte sie und drehte die Fächer. Einzelne Wörter standen auf den Karten, herausfotografiert aus alten Reklametafeln auf unverputztem Mauerwerk, rostigen Straßenschildern und halb abgerissenen Plakaten. Sie suchte sich ein paar schöne Karten aus und steckte sie ein. Sie wusste nicht warum. Ein paar Schritte noch, dann war sie bei Tom.

Alva hatte mit leeren Augen im Flugzeug gesessen und die Zeit war nicht vergangen. Das Flugzeug schien still zu stehen, in den Himmel gehängt, der die Hölle war. Nur ihre Gedanken waren zu Lina geflogen – Bilder vom Spielplatz, Kastanien in ihren Händen, mit Streichhölzern zu Pferden gesteckt auf dem Küchentisch. Alva hasste es zu basteln und hätte in diesem Moment alles darum gegeben, es noch einmal tun zu dürfen. Sie dachte an die Augenblicke mit ihr und sie fühlten sich für immer verloren an. Sie stöpselte ihre Ohren zu und jede Musik klang nach Lina. Nach Lina und Tom.

Am Flughafen, kurz nach der Ankunft hatte sie dann seine Nachricht bekommen: *Kann dich nicht erreichen. Alles gut. Lina wurde gefunden. Gott sei Dank. Tom.* Und eine Stunde danach von ihm abgeschickt: *Ich fuhr durch die Nacht und dachte an die Zeit unserer Liebe zurück. Mein Leben kann nie mehr so sein, wie es vorher war. Ich hatte so viel gewonnen und hab mehr als das verloren.* Alva fühlte, dass sie sich in dieser einen Stunde, die zwischen seinen beiden Nachrichten lag, nah gewesen waren und verbunden. Sie in den Himmel gehängt, er bleischwer auf der Erde hatten sie beide in einen Abgrund gesehen.

Alva trat an die Haustür und klingelte. Tom kam ihr auf der Treppe entgegen, blieb auf der Stufe vor ihr stehen, als sollte sie nicht weitergehen, gab ihr die Hand.

»Hast du meine SMS bekommen?«

Alva nickte.

»Beide?«

Alva nickte. Tom wich ihrem Blick aus. Er sah so müde aus, da waren Falten an den Mundwinkeln, die sie nie zuvor gesehen hatte und seine dunklen Augen hatten sich in noch dunklere Höhlen verkrochen. Sie wusste, dass es auch an der Beleuchtung lag – wenn sie früher auf dem Kiez gewesen und in der Nacht nach Hause gekommen waren, sahen sie im Treppenhauslicht um Jahre gealtert aus. »Wir wollten doch gemeinsam alt werden«, hatte Tom dann lachend gesagt. Und als wären sie davon noch unendlich weit entfernt, hatte Alva in den Lichtschalter ein Streichholz an den Rand des phosphorgrünen Knopfes gesteckt, damit das Licht blieb. Dann standen sie vor der Tür, als wäre es nicht ihre gemeinsame Wohnung, und flüsterten, wie es Alva als Fünfzehnjährige mit ihren besten Freunden getan hatte. Und Tom war ja ihr bester Freund. Er war ihre Liebe und ihr bester Freund gewesen.

»Kommst du mit nach oben? Lina schläft schon, aber wenn du möchtest?«

Alva konnte nicht sprechen, spürte wieder das Fieber und die Schwere.

»Du siehst erschöpft aus.« Tom streckte die Hand aus, um ihr die Reisetasche abzunehmen.

Er ging voraus. Seit ihrer Trennung hatte Alva die Wohnung nicht mehr betreten. Da war der Familiengeruch, den sie von früher kannte, aber im Flur hing ein Plakat, das sie noch nie gesehen hatte – Graffiti im Mauerpark.

Die Tür zu Linas Zimmer war nur angelehnt.

»Ich mach dir einen Tee«, sagte Tom und verschwand in der Küche.

Lina lag ganz klein im Bett, ihr Gesicht im Kissen vergraben. Alva wurde von einer Beruhigung erfüllt, die sie noch nie zuvor empfunden hatte. Als hätte es sich die ganze Welt noch einmal anders überlegt, als hätte das Schicksal sich entschieden, kein Unheil über sie zu bringen, das Unglück, auf das alle Zeichen gedeutet hatten, doch noch zu verhindern. Als sei ihr vergeben worden und es gäbe nur Fehler, aber keine Schuld und Strafe. Alva strich Lina übers Haar und weinte.

»Sie ist weggelaufen, um im Park nach deinem Finger zu suchen«, erzählte Tom in der Küche, während er einen Löffel Honig in den Becher mit Ingwer-Tee rührte, »und irgendwo in einem Gebüsch hat sie ihn gefunden.«

Er stellte den Tee auf den Tisch und legte ein Holzstöckchen neben den Becher, das wirklich wie ein Finger aussah: »Sie wollte ihn in deinen Briefkasten werfen, damit du ihn gleich hast, wenn du nach Hause kommst. Aber sie hat sich verirrt, ging in die falschen Straßen, immer weiter.

Alva hörte ihn erzählen: dass er dachte, Lina sei weggelaufen, weil sie das Elterngespräch in der Kita doof fand. Sie hatte nicht gewollt, dass über sie gesprochen wurde, habe geschrien und getobt. Überall habe er nach ihr gesucht, ohne Erfolg. Stunden dauerte es, bis sie irgendeiner Frau auffiel, die sie dann zur Polizei brachte. Sie hörte ihn erzählen und hielt den Becher in der Hand, den sie ihm geschenkt hatte, als er an seiner Bewerbungsmappe gearbeitet hatte und daran verzweifelt war – den Becher mit dem Aufdruck *It might be over soon.* Der Titel eines *Bon Iver* Songs. Da waren sie schon getrennt. Und Alva sah die Konzertkarte am Kühlschrank hängen und das Foto von Tom und ihr vor der Halle. Das Paar, das keines mehr war. Sie konnte es nicht fassen, dass sie beide darauf aussahen, als hätten sie noch alle Zeit. Er hat es nicht abgehängt, dachte sie, er sieht es jeden Tag.

Toms Stimme brach. »Das Bett könnte einfach leer sein, Lina könnte einfach nicht mehr da sein.« Er bedeckte seine Augen mit den Händen.

Alva berührte seinen Arm mit den Fingerspitzen, so, dass

er sie nicht spüren konnte. »Kann ich hierbleiben heute Nacht? Ich möchte da sein, wenn Lina aufwacht.«

Sie hatte im Badezimmer nicht nachgesehen, wie viele Zahnbürsten im Glas standen, wusste nicht, ob es in Toms Leben eine andere Frau gab. Sie fühlte den Augenblick, als hielte sie eine zerbrechliche Glaskugel in Händen.

Tom sah Alva an. »Ja, natürlich. Wo möchtest du …?«

»Wenn die Couch noch da ist …?«

»Ja. Ich mache alles fertig, du bist sicher müde. Geht ganz schnell.«

Er stand auf und ging zur Tür.

»Ich würde gerne noch ein wenig in der Küche bleiben, einfach hier sitzen. Alleine.«

Tom fuhr sich durch die Haare: »Schön, dass du da bist, Alva.« Er konnte sie nicht ansehen, schloss die Tür hinter sich.

Sie hörte seine Schritte auf dem Flur. Der Kühlschrank summte. Alva nahm die Troll-Spardose für Lina aus der Tasche und bemerkte, dass sich irgendetwas in ihrem Innern bewegte. Sie drehte den Verschluss auf, fand einen kleingefalteten beschriebenen Zettel darin: *Wir wollten uns doch nicht mehr verlieren!* Eine Telefonnummer stand darunter und Edvards Unterschrift.

Alva steckte sich *Songbird* in die Ohren und öffnete ihre Arbeitskladde. Lemskøs Blume lag gepresst zwischen den Seiten. Ein Beweisstück mehr, dass sie tatsächlich auf dieser Reise gewesen war, dass ihr nicht nur eine Geschichte blieb. Eine Geschichte, die man sich erzählen würde und von der irgendwann niemand mehr sagen könnte, ob sie wirklich wahr ist. Weil es ein Wunder gewesen war, dass sie Edvard getroffen hatte. Sie dachte an seinen Brief. Ob er ihn Elsie geben würde? Ein neues Leben, sein Leben, läge noch vor ihm.

Sie würde die Präsentation mit dem Wal beginnen. Mit dem Rücken, der das dunkelblaue Tuch zerschnitt. Und alle würden still sein.

Draußen stand der Mond am Himmel, silbern umkränzt. Alva breitete auf dem Tisch die Postkarten aus, als wollte sie ihre Zukunft legen: *Leben, Freiheit, Liebe, Glück* stand auf ihnen. Und sie dachte: ich muss nicht mehr suchen, was ich brauche. Ich brauche mich.

Der Fluss lag schwarz. Keine erleuchteten Fenster am anderen Ufer. Aber da schwamm der Mond und Edvard ging unter flimmernden Sternen über den Deich, rollte seinen Koffer über Grasnarben auf den Weg, der zum Haus führte, das es nicht mehr geben dürfte. Es konnte nicht sein, dass es hier immer noch stand, dumm, unwissend, sich immer noch einbildete, ein Zuhause zu sein in der Nacht, die es woanders gar nicht gab.

Edvard hatte keinen Schlüssel. Der lag auf dem Küchentisch. Er trat die Tür ein. Es fiel ihm schwer, weil er sich ganz weich und still fühlte. Erst beim zweiten Anlauf splitterte das Schloss aus dem Rahmen. Der Lärm rauschte über den Hof, nur ein kurzes Bellen von Frielings Hunden, dann kein Laut mehr. Edvard knipste im Flur die Lampe an. Die Tür hing schief, ließ sich nicht einmal mehr anlehnen, das Licht floss hinaus und sickerte vor dem Schuppen ein. Jetzt ist das Haus undicht, dachte Edvard, griff zum Telefon und wählte. Die Lautsprechertaste war noch immer verklemmt, das Klingelzeichen tönte in den Hof und Elsies Stimme.

»Edvard?«

Er horchte auf seinen Namen, der da draußen hallte wie ein Ruf.

»Ich bin wieder da. Kannst du kommen?«

Elsie antwortete nicht.

»Bitte!«

Sie hatte aufgelegt. Wie dumm von ihm, zu glauben, er müsste nur nach ihr rufen und sie stünde vor ihm. Als hätte es all die Jahre, dieses ganze Leben nicht gegeben, als könnte man einfach von vorne beginnen, Neues bauen auf dem Alten, Türen öffnen, wo es keine Räume gab. Er starrte auf den Schuppen und sah dort seinen Vater stehen, seinen Vater, der ihm zuwinkte.

Edvard ging über den Hof. Die Tür zum Schuppen stand offen, und es spielte keine Rolle, dass er es selbst wahrscheinlich war, der sie nicht richtig geschlossen hatte, vor seiner Reise, die unendlich lange zurücklag. Und wenn der Vater auch nur ein Wolkenschatten war, Edvard wusste, was er zu tun hatte.

Er stieg über die Matratze, griff nach der Petroleumlampe, die für ihn bereitstand. Sie war randvoll, seit damals hatte er die Lampe nicht mehr angezündet. Er drehte den Dochthalter ab, spritzte Öl auf die Matratze, auf Stühle, Lampenschirme, in Regale. Er schüttelte das Glas in weiten Bögen leer, trat aus dem Schuppen und zündete ein

Streichholz an. Er schnippte es weg, und es war zuerst nur eine kleine Flamme auf der Matratze. Edvard hätte sie noch austreten können, aber er blieb stehen, wo er stand. Er stand am Rand des schwarzen Flecks auf den Katzenköpfen, wartete darauf, wie die Flamme breiter wurde, Öl fand, wuchs und loderte. Er spürte die Wärme auf der Haut und ein roter Lichtschein legte sich vor den Schuppen. Edvard fragte sich, ab wann es nicht mehr aufzuhalten war und zog den Brief an Elsie aus der Jackentasche.

Da hörte er entfernt ein Klingeln, bald ein Klappern. Er sah in der Einfahrt das kreisrunde Licht einer Lampe, als wäre sie ein kleiner Mond, und als der Mond näherkam, erkannte er ihr Gesicht im Feuerschein. Elsie stellte das Fahrrad ab, stand ihm gegenüber, aber sie starrte in den brennenden Schuppen.

»Es wird nichts von deinem Vater übrigbleiben.«

»Er ist tot, Elsie. Weil er nicht für uns gelebt hat. Und doch hat er gelebt. Meine Mutter hatte recht und unrecht.«

Elsie sah ihn an. Ihre schönen Augen, die nicht alt geworden waren, die keine Zeit kannten, keine Veränderung, die ihn so sahen wie er noch werden konnte.

»Ich habe Post für dich«, sagte Edvard.

Sie nahm den Brief, und er las die Sätze von ihren Lippen, sah wie ihre Augen den Zeilen folgten, Und nach den letzten Worten, dem letzten Blatt blickte sie in sein Gesicht, las in ihm weiter. Und da stand, dass alles stimmte.

Dank

Die Arbeit an diesem Roman wurde durch ein Stipendium im Künstlerhaus Lauenburg, dem Stadtschreiber-Stipendium in Otterndorf und dem Literaturförderpreis der Freien und Hansestadt Hamburg unterstützt.

Noch alle Zeit *hat mich viele Jahre begleitet. Die Geschichte von Edvard und Alva zu schreiben und mit ihr zu leben, bedeutete für mich ein großes Glück und deshalb nicht selten Verzweiflung. Ich möchte den Menschen von Herzen danken, die mir immer zur Seite standen: Peter Henning, Jens Johler und Günther Butkus. Ich möchte Jørgen Norheim danken und dem Team vom Pendragon Verlag: Uta Zeißler und Jessica Tiekötter. Und Lars Schultze-Kossack, Luise Behr, Mareike Fietz. Und Christina Hartner.*

Nicht zuletzt bin ich meiner Familie – Christine, Lennart und Nicolas – für die Geduld und den Rückhalt dankbar. Und ich denke in Liebe an jene, die sich im Schreiben verlieren, suchen und finden. Wer hier nicht genannt ist, weiß, dass ich sie meine.

Anmerkungen

Elsies Gedicht für Edvard stammt aus: Günther Butkus, »Herzband – 366 Gedichte über Liebe & Verlust«, Pendragon Verlag, Bielefeld 2019.

Der dem Buch vorangestellte Songtext ist ein Auszug aus «Perfect Darkness« von F. Greenall, T. Thornton, G. Whittaker und M. Kelly, aufgeführt von Fink. Mit freundlicher Genehmigung von Just Isn't Music Ltd.

Alvas Soundtrack
Fink: Perfect darkness, We fall into the light, Save it for somebody else.
Bon Iver: Blindsided, Holocene, Might be over soon.
ARTphonica: Night Yoik

Noch alle Zeit *ist ein Roman. Ich erlaube mir aus dramaturgischen Gründen in Raum und Zeit und der Historie gewisse Freiheiten. So gibt es zwar den Wasserfall Sputrefossen, jedoch nicht als überlieferten »magischen Ort«. Die erzählte Sage wurde von Tarjei Vesaas' Roman »Das Eis-Schloss« inspiriert.*

Pendragon Verlag
gegründet 1981
www.pendragon.de

3. Auflage

Originalausgabe
Veröffentlicht im Pendragon Verlag
Günther Butkus, Bielefeld 2019

Lektorat: Günther Butkus, Christina Hartner
Umschlag und Herstellung: Uta Zeißler, Bielefeld
Umschlagfoto: mauritius Images, Westend61
Satz: Pendragon Verlag auf Macintosh
Gesetzt aus der Adobe Garamond
ISBN 978-3-86532-655-3
Gedruckt in Deutschland